인생의 파도

인생의 파도

세상의 파도 속에서 버텨낸 청춘의 고백

바른북스

작가 **방지환**

작가의 말

내 삶은 언제나 파도와 닮아 있었습니다.
부서지고 밀려나기를 반복하면서도
어디선가 다시 힘을 모아 끝내 되돌아오는,
그 끝없는 움직임 속에서 나는 살아남아 여기에 섰습니다.

돌이켜보면 상처로 얼룩진 순간들조차 하나의 결이 되어
지금의 나를 이루고 있었습니다.
이 책은 그 결 사이에 스며 있는
조용한 숨, 흔들리던 마음, 그리고 다시 일어선 날들의 기록입니다.

부디 이 글이
누군가의 마음 위에 살며시 내려앉는 낙엽처럼
잠시 머물러 위로가 되고,
어떤 계절에는 혼자 버티는 당신에게 아주 미약하더라도 온기가 되어 닿기를 바랍니다.
삶이 깊은 밤처럼 어두워질 때에도 파도는 늘 다시 되돌아옵니다.
당신의 삶 또한 그렇게 천천히, 그러나 반드시 다시 살아날 것이라 믿습니다.

— 2025년 가을, 낙엽이 향기가 되어 흩어지던 시골의 작은 카페에서 —

시작하기에 앞서

인생은 끊임없이 파도가 몰아치며, 그 파도 속에서 살아남는 것.

언제, 어디서든, 누구에게든 한 번쯤은 삶에 거대한 파도의 쓰나미가 몰아친다.

그 파도는 예고 없이 닥쳐와 모든 것을 뒤흔들고, 우리는 그 안에서 부서지고 무너진다. 그러나 쓰나미가 지나간 자리에 남는 건 폐허뿐만이 아니다. 상처와 잔해 위에서 다시 일어선 우리는 이전보다 더 강해지며 삶을 이어간다.

생명이 있는 모든 것은, 그 자체로 존중받으며 살아가야 마땅하다. 하지만 세상은 그것을 당연하게 허락하지 않는다. 가난하다고, 힘이 없다고, 약하다고 해서 존엄이 무너지는 순간들이 있다. 그럴 때, 우리를 붙잡아 주는 건 거창한 것이 아니다. 힘든 날 속에서 스스로 찾아낸 아주 작은 행복, 그 작은 불씨가 삶을 이어가는 원동력이 된다.

아무도 우리의 고통과 노력을 기억해 주지 않을지도 모른다. 하지만 존중을 주고받으며 살아낸 시간은 결국 개인에게만 허락된 고유한 기록이 된다. 그것이 추억이 되고, 일기가 되고, 한 사람의 역사가 된다.

그러니 세상이 당신을 버렸다고 생각하지 말라.

세상은 애초에 당신을 가진 적이 없다. 당신은 그 누구의 소유물도 아니며, 오직 자신의 바다 위를 항해하는 선장이다.

우리 모두는 태어나면서부터 '인생'이라는 바다로 나아가며 누군가는 크고 안전한 유람선을, 누군가는 튼튼한 어선을 타고 출발한다. 그리고 또 어떤 이는 작고 낡은 돛단배 하나에 몸을 싣는다. 나는 그 마지막이었다. 가진 것도, 타고난 것도 없이, 출발선부터 거친 바다 한가운데로 던져졌다.

작은 배를 타고 나선 사람에게 파도는 곧 삶이다. 무섭게 덮쳐오는 물결에 휘청거리고, 차가운 바람과 젖은 옷이 몸을 파고든다. 배고픔과 외로움은 파도보다 더 집요하게 몰려오고, 피하고 싶어도 이 넓은 바다엔 숨을 곳이 없다. 한 번의 파도를 넘기면, 또 다른 파도가 기다린다. 삶은 그렇게 끊임없이 흔들린다.

어떤 날은 파도에 휩쓸려 배가 전복될 뻔한 순간도 있었다. 죽음이 바로 눈앞까지 밀려와 숨이 막혔고, 살려줄 사람은 어디에도 없었다. 그 순간, 나는 몸을 웅크리고 하나뿐인 목숨을 지키며 버티는 수밖에 없었다. 파도 속에서 살아남았다는 건 단지 목숨이 붙어 있다는 뜻이 아니었다. 내 안의 어떤 부분이 이전보다 단단해졌음을 의미했다. 몸은 상처를 기억했고, 마음은 그때부터 생존하는 법을 배웠다.

그리고 나는 스스로 묻곤 했다.
왜 나는 이렇게 작은 배를 타고 태어났을까?
왜 내게는 큰 배도, 나를 끌어줄 돛도, 길을 밝혀줄 등대도 없을까?
왜 나만 이토록 거친 파도 속을 홀로 건너야 하나?

세상이란 바다는 그런 질문에 대답하지 않는다. 그저 끊임없이 시험을 내밀 뿐이다. 그리고 선택은 결국 내 몫이었다. 맞서 싸울 것인가, 아니면 이 바다 어딘가에서 모든 것을 놓아버릴 것인가.

나는 싸우기로 했다. 검정고시에서 여덟 번이나 떨어지면서도 포기하지 않았다. 누군가는 나를 비웃었고, 바보라 손가락질했다. 무시당하고, 모진 말을 들으며 싸워가는 길이 더 힘들었지만, 매번 떨어질 때마다 나는 무엇이 부족했는지 되짚어 보았다. 그리고 다시 책을 폈다. 책상 앞에 앉아도 눈물이 고였고, 마음은 허물어졌지만, 두 손은 펜을 놓지 않았다. 그렇게 아홉 번째 도전에서 합격을 받아냈다. 그것은 단지 시험 하나의 통과가 아니라, 나 자신에 대한 증명이었다. 나는 바보도, 무가치한 존재도 아니었다. 끝까지 버틴 자, 살아남은 자였다.

그리고 나는 한 번 죽었다 살아난 인생을 살고 있다.

환경미화원 일을 하던 중, 쓰레기차에 매달려 가다 떨어져 전봇대에 부딪혔다. 골반 근육이 파열되었고, 산재 처리도 병원 치료도 제대로 받지 못했다. 결국 하반신 마비라는 절망이 찾아왔다. 그때의 나는 한 번의 파도가 아니라, 삶 전체가 무너져 내리는 듯한 깊은 수렁 속에 빠졌다. 그러나 4년이라는 시간을 재활과 운동에 바쳤다. 검정고시 공부를 하면서, 동시에 몸의 감각을 되찾기 위해 땀을 흘렸다. 그 시간은 고통이었지만, 나를 포기하지 않게 한 건 작은 희망이었다.

미래가 보이지 않는 순간, 건강마저 잃고 마음이 감정의 쓰레기통이 된 시절이 있었다. 세상과 나 자신을 향한 분노, 무기력, 부정적인 생각이 매일같이 나를 잠식했다. 그럼에도 버틸 수 있었던 건, 손을 내밀어 준 사람들이 있었기 때문이다. 그들은 내 건강을 되찾아 주었고, 내 인생에 다시 불빛을 켜주었다.

그래서 말하고 싶다.

누군가는 지금 당신을 도와주고 있고, 응원하고 있다. 그 사실을 절대 잊지 말라. 앞이 보이지 않고 처절하게 무너져 있더라도, 절대 희망을 잃지 말라. 사람은 고통을 견뎌내고 이겨낼 때 더욱더 강해지는 것임을. 때로는 세상을 미워해도 좋다. 복수를 꿈꾸어도 좋다. 그런 감정이 살아남게 하는 힘이 될 때도 있다. 그것이 세상의 이치다.

당신도 지금 작은 배를 타고 있다면, 기억하라. 그 배가 작다고 해서 당신이 나약한 존재는 아니다. 큰 유람선을 타는 사람들도, 그 안에서 우리가 보지 못한 거대한 파도와 싸우고 있다. 부유해 보이는 사람도, 웃고 있는 사람도, 결국 각자의 바다를 항해하고 있다. 인생은 누구에게나 공평하게 잔인하다. 다만, 그 잔혹함이 겉으로 보이지 않을 뿐이다.

인생의 파도는 끝나지 않는다. 그것은 숙명이자 과정이며, 동시에 증명이다. 쓰러져도 된다. 무릎 꿇어도 된다. 그러나 그 자리에서 무너지지 말고, 반드시 다시 일어나라. 당신의 항해는 이제 막 시작되었을 뿐이다.

이 책을 통해 나는 고백하고 싶다.

아직도 나는 파도 속을 항해하고 있다. 여전히 흔들리고, 여전히 무섭다. 하지만 이제는 파도에 휩쓸리지 않는 법을 조금은 안다. 넘어져도 다시 일어나는 법, 추위 속에서도 나아가는 법, 끝내 버티는 법을 배웠다.

그리고 당신에게 말하고 싶다.

당신도 분명 그런 힘이 있다는 것을. 당신이 타고 있는 배가 아무리 작고 낡았다 해도, 절대 침몰을 받아들일 필요는 없다. 당신은 그 배를, 그리고 당신의 삶을 끝까지 붙잡을 수 있다.

인생이란 바다는 잔잔한 날보다 거센 날이 더 많다. 그래서 우리는 더욱 서로의 항해를 응원해야 한다. 당신의 인생에 거대한 파도가 닥친 날, 이 책의 한 줄이 작은 부표가 되어주길 바란다.

그리고 끝으로, 나는 지금도 바란다.

언젠가는, 그 모든 파도를 지나 고요한 바다 위에서 따뜻한 햇살을 받으며 이렇게 말할 수 있기를.

"그래도, 끝까지 살아서 여기까지 왔다고."

그 말을 내 입으로 뱉는 순간, 지금까지 버텨온 모든 밤과 눈물, 쓰러졌다가 다시 일어난 날들이 한꺼번에 스쳐 갈 것이다.

혹시 이 글을 읽고 있는 당신이 지금 파도 속에 있다면, 기억해 주었으면 한다.

당신은 혼자가 아니다.

그리고 무엇보다, 당신은 침몰하지 않을 것이다.

“왜냐하면, 이 문장을 읽는 바로 지금, 당신은 이미 살아남고 있으니까.”

목차

그날, 가족의 마지막 저녁

내가 태어나기 전, 우리 집은 대대로 잘살던 집안이었다. 과수원과 논밭, 그리고 산까지 몇십만 평에 이르는 땅을 가진 양반 가문. 마을에서는 여전히 '옛날 기와집 손자'라 불렸고, 그 이름이 한때는 자랑이었다.

할아버지가 살아 계실 적에는 노비까지 두었다는 이야기가 전해졌다. 어린 나는 그 말을 전설처럼 들었고, 그 시대를 직접 보지 못한 것이 아쉬울 만큼, 그 옛이야기는 마치 다른 세상의 풍경처럼 느껴졌다.

그러나 그 모든 번영은 한 세대도 지나지 않아 허물어졌다. 술과 담배를 즐기던 할아버지는 병을 얻어 일찍 세상을 떠났고, 아버지는 그 유산을 물려받아 사업을 시작했다. 하지만 세상은 호락호락하지 않았다. 사기꾼들의 달콤한 말에 속았고, 곧이어 들이닥친

IMF 외환위기는 마지막 결정타가 되었다. 사업은 한순간에 무너졌고, 빚은 쌓였으며, 집안은 풍비박산이 났다.

그 시절을 떠올리면, '무너진다.'라는 말이 얼마나 갑작스럽고도 철저하게 삶을 뒤흔드는지 실감한다. 거대한 파도가 한번 덮치면 그 안에서 숨조차 쉴 수 없는 것처럼, 우리는 그렇게 휩쓸렸다.

하루에도 몇 번씩 낯선 사람들이 집에 들이닥쳤다. 부동산 중개인은 말끔한 양복 차림의 손님들을 데리고 와 집 안 구석구석을 둘러보게 했고, 마당에는 '경매 진행 중'이라는 팻말이 무기력하게 박혀 있었다. 가재도구 하나하나에는 빨간 압류 딱지가 붙었고, 현관 우편함엔 법원의 독촉장과 경고장이 산처럼 쌓였다.

나는 문을 열기 전 항상 심호흡부터 했다. 혹시 또다시 낯선 사람들이 서 있지는 않을까, 빚쟁이들이 고함치며 밀고 들어오지는 않을까, 그 두려움이 목덜미를 타고 오르는 순간이 가장 숨 막혔다. 어린 나의 하루는 늘 불안으로 시작해 불안으로 끝났다.

눈은 소리 없이 내려 마당과 지붕 위를 덮었지만, 그 하얀 풍경은 아무것도 감춰주지 못했다. 오히려 적막과 고요 속에 우리 가족의 처지가 더 선명히 드러나는 듯했다. 차갑게 얼어붙은 겨울 공기가 집 안 깊숙이 스며들어 숨소리마저 서서히 무겁게 가라앉았다.

겨울바람은 칼날 같았다. 창문 틈새는 벌어진 채 방치되어 있었고, 전에는 빚쟁이들이 들이닥쳐 집 안을 부수고 간 탓에 문과 창이 엉망이었다. 스티로폼을 끼우고 테이프를 붙이고 헌 옷가지를 덧대도 소용없었다. 틈 사이로 스며든 매서운 공기는 뼛속까지 파고들었다. 서 있을수록 몸속의 온기와 의지가 조금씩 잘려 나가는 듯했다.

전기는 이미 끊겼다. 우리는 촛불 하나에 의지해 밤을 견뎠다. 노란 불빛이 벽에 부드럽게 번졌다가 흔들렸고 그 빛 속에서 아버지는 말없이 담배를 물었다. 성냥에 불을 붙여 촛불에 옮기고 꺼져가는 불씨에 담배 끝을 갖다 댔다. 연기가 천천히 피어올랐고 그 속에 아버지의 한숨이 묻어났다. 상 위에는 독촉장과 빚 문서가 널려 있었고 아버지는 고개를 숙인 채 말없이 연기만 내뿜었다. 그 어깨가 유난히 작아 보였다. 굳이 말하지 않아도 그 무게가 느껴졌다.

방 한쪽에서는 할머니가 마늘 껍질을 까고 계셨다. 몸은 이미 성치 않으셨지만 동네 농사일을 조금씩 받아오셨다. 굳은 마디와 주름투성이 손가락이 마늘 껍질을 벗길 때마다 알싸한 냄새가 촛불 그을음과 뒤섞여 방 안을 채웠다. 그 냄새에는 가난의 그림자와 추위 그래도 버텨보려는 의지가 함께 묻어 있었다.

나는 연달아 기침을 하고 콧물을 훌쩍였다. 목은 칼로 긁은 듯 쓰라렸고 뱃속은 공허함에 타들어 가는 것 같았다. 본능처럼 두 팔로 배를 감싸 쥐고 할머니 곁으로 바짝 다가갔다. 그 온기라도 나눠야 이 겨울밤을 견딜 수 있을 것 같았다.

할머니의 몸은 바람결에 부러질 듯 마르고 앙상했지만 그 속에서 희미한 온기가 전해졌다. 나는 그 미약한 온기를 놓치지 않으려 조심스레 몸을 기댔고 떨림을 삼키며 버텼다.

어머니는 부엌으로 가 장독대 뚜껑을 천천히 열었다. 안에는 쌀이 몇 알뿐, 바닥에서 힘없이 굴러다니고 있었다. 마지막 한 끼의 희망마저 사라진 순간 어머니 얼굴에 깊은 그림자가 드리웠다. 절망과 단념 그리고 어떤 결심이 묵묵히 그 안에 섞여 있었다.

어머니는 말없이 뒷문을 열고 나갔다. 매서운 바람이 한기처럼 방 안으로 스며들었고 그 찬 기운이 발목부터 심장을 향해 타고 올라왔다. 어머니는 곧장 망가진 보일러실로 향했다. 보일러 뒤편 깊숙한 곳 아무도 쉽게 찾지 못할 틈새에 손을 넣었다.

손이 조심스레 끌어낸 것은 비닐로 겹겹이 싼 봉지였다. 그 안에는 라면 네 봉지 그리고 조심스럽게 감춰둔 작은 봉지가 있었다. 그것은 어머니가 마지막까지 지켜야 할 피난처였다. 낡아 색이 바랜 금반지 몇 개 그리고 오랜 세월 하루하루 쥐어짜듯 모았을 듯한 두툼한 현금 봉투. 어머니는 그것들이 여전히 그 자리에 있는

지 한참을 바라보았다. 손끝이 봉투를 살짝 쓸었다. 그 짧은 순간에도 표정에는 복잡한 감정이 번졌다.

조심스럽게 묶어 더 깊숙이 밀어 넣는 손길은 부드럽지만 단단했다. 그 안에는 '오늘은 무사했다.'라는 안도와 '내일은 장담할 수 없다.'라는 불안이 동시에 담겨 있었다. 마치 두 감정이 한 손안에서 서로 부딪히며 소리를 죽이고 있는 듯했다.

라면 두 개를 꺼내 보일러 위에 올려놓은 뒤 어머니는 잠시 허공을 바라보았다. 그 시선은 멀고도 무거웠다. 물을 받으려 수도꼭지를 틀었지만 수압은 한없이 약했고 뚝뚝 떨어지는 물소리는 부엌의 고요 속에서 더 쓸쓸하게 울렸다. 차디찬 부엌에서 어머니의 어깨가 천천히 내려앉았다. 깊은 한숨이 입김처럼 퍼져 나왔고 가스레인지는 이미 오래전 가스가 끊겨 차갑게 식어 있었다, 그 위엔 '압류 물건'이라는 빨간 딱지가 붙어 있었다. 딱지는 마치 '손대지 말라.'는 경고가 아니라 '여긴 이미 끝났다.'라는 선언처럼 느껴졌다.

결국 냉장고 위에 있던 부르스타를 꺼냈다. 작고 불안하게 흔들리는 불꽃이 그날 저녁 우리 집에서 유일하게 살아 있는 생명 같았다. 어머니는 간신히 받은 물을 작은 냄비에 올리고 라면을 넣어 천천히 젓기 시작했다. 면이 풀리며 부엌 안에 라면 냄새가 퍼졌다. 냄새는 배고픔을 자극했지만 동시에 오늘 하루를 버티게 해

줄 작은 위로처럼 스며들었다.

낡은 개구리 소반 위에 놓인 라면 두 그릇. 그것이 다섯 식구의 저녁이었다. 반찬이라고는 국물에 힘없이 젖은, 말라비틀어진 김치 한 접시뿐이었지만 그마저도 감사한 마음이 들었다.

어머니는 제일 먼저 할머니의 그릇에 면을 정성스레 담아드렸다. 국물을 뜨거운 김이 피어오를 만큼 가득 채워 건넸다. 그 모습을 보며 나는 군침이 목구멍을 타고 내려가는 걸 느끼며 조용히 내 차례를 기다렸다. 그 짧고도 긴 기다림 속에서, '먹을 수 있다.'라는 사실 하나만으로도 눈물이 날 것 같았다.

아버지는 여전히 식탁에 앉아 있었다. 손에는 젓가락 대신 담배가 들려 있었고 눈은 라면이 아닌 독촉장과 각종 서류 위에 고정되어 있었다. 얼굴에는 깊게 팬 주름과 절망이 겹겹이 내려앉아 있었다. 종이 위를 뒤덮은 글자들은 이미 의미를 잃은 듯 보였지만, 아버지는 몇 번이나 머리를 쓸어 올리고 서류를 뒤적이며 연거푸 한숨을 내쉬었다. 그 손끝의 움직임은 오래된 기계처럼 느리고 무거웠다.

어머니는 조심스럽게 아버지의 그릇에 라면을 담으려 했다. 그 순간,

"난… 국물만 줘. 생각 없네."

짧은 대답이었지만 말끝이 낮게 가라앉았다. 그 속에는 힘겨움과 체념이 묻어 있었다. 그 목소리를 듣는 순간, 내 안에서 무언가가 뚝 하고 끊어지는 소리가 났다. 따뜻함으로 스며들어야 할 저녁 시간이 순식간에 얼어붙는 느낌이었다.

어머니는 잠시 멈칫하다가 다시 조심스레 말을 이었다.

"한 젓가락이라도 드셔요. 너무 속이 비었을까 봐…."

그러나 아버지는 고개를 젓히며 담담하게, 아니 무심하게 되뇌었다.

"아냐, 생각 없어. 국물만 줘."

그 말은 단순한 식사 거절이 아니었다. 살아가는 것조차 버겁다는 뜻, 하루하루를 버티는 의미마저 희미해진 어른의 절망이 그대로 배어 있었다. '먹어도 소용없다.'라는 모든 의지가 닳아버린 사람이 내뱉을 수 있는 깊은 허무가 그 말속에 숨어 있었다.

그 순간 가슴 한쪽이 푹 꺼져 내렸다. 뜨끈한 라면 한 젓가락보다도 이렇게 가족이 한자리에 앉아 있다는 사실이 더없이 애틋했다. 동시에 이유 모를 슬픔이 목구멍까지 차올랐다. 그리고 그날의 저녁이 어쩌면 우리 가족이 함께했던 마지막 '식사'가 될지도 모른다는 걸, 그때의 나는 전혀 알지 못했다.

어머니는 아버지의 그릇에 국물만 조심스럽게 담아드렸고, 내 그릇에는 말없이 라면을 조금 더 많이 퍼주셨다. 나는 배고픔을 이기지 못하고 허겁지겁 면을 삼켰다. 그 모습을 본 할머니와 어머니는 말없이 자신의 그릇에서 라면을 덜어 내 그릇에 보태주었다. 젓가락이 멈춘 채, 그들은 나를 바라보기만 했다. 그 눈빛에는 '괜찮다, 우리는 괜찮다.'라는 위로가 담긴 듯했지만, 그 속내가 이미 무너져 있다는 걸 본능적으로 느꼈다.

라면이 오가는 작은 소리 외에는 아무 말도 없었다. 침묵이 식탁 위를 무겁게 덮었고, 그 침묵이 오히려 모든 대화를 대신했다. 각자의 마음속 무게가 눈빛 속에서만 조용히 흘렀다.

아버지는 국물을 몇 숟갈 뜨고는 이내 자리에서 일어나 마당으로 나갔다. 겨울밤의 찬 공기가 얼굴을 할퀴었지만, 그는 개의치 않는 듯 담배를 연거푸 물었다. 허공을 바라보는 시선은 멀고 텅 비어 있었고, 마치 스스로에게도 답을 알 수 없는 질문을 하는 사람 같았다.

할머니는 식사를 멈춘 채 창문 너머로 아버지의 뒷모습을 오래 바라보았다. 그 등에는 세월과 절망이 겹겹이 붙어 있는 것만 같았다. 나는 그 등을 눈으로 따라가며, 그 위에 얹힌 무게가 얼마나 무거울지 감히 가늠조차 할 수 없었다.

얼마 지나지 않아 아버지는 우편함에서 무겁게 쌓인 서류 뭉치를 꺼내 들고 집으로 들어오려 했다. 그때였다. 골목 어귀 너머에서 거친 고함과 욕설이 바람을 타고 흘러들어왔다. 처음에는 먼 곳에서 들려오는 듯 희미했지만, 점점 가까워졌다. 짧은 정적이 스치고, 발자국 소리가 거칠게 울렸다.

우리는 모두, 그 소리의 주인이 누구인지 직감적으로 알아차렸다. 빚쟁이들이었다. 그 순간, 방 안의 공기가 한층 더 무겁게 가라앉았다.

할머니는 자리에서 벌떡 일어나 아버지 쪽으로 달려갔다. 두 손은 뚜렷하게 떨리고 있었지만, 그 움직임만큼은 단호했다. 숨소리가 짧고 거칠었고, 그 속에는 다급함이 실려 있었다. 아버지의 손을 잡고 급히 집 안으로 들어와 뒷문을 열자, 겨울밤의 찬 공기가 보일러실로 향하는 좁은 통로를 타고 스며들었다. 할머니는 주머니 속을 더듬었다. 먼지와 세월이 묻어 색이 바랜 1000원짜리 몇 장, 그리고 몇 장 남짓한 만 원짜리가 뒤섞인 작은 돈뭉치가 손에 잡혔다. 그 손길은 서두르면서도, 마지막 남은 것을 건네는 듯 유난히 무거웠다.

그 돈을 아버지 손에 억지로 쥐여주며, 할머니는 숨을 몰아쉬며 외쳤다.

"빨리 도망가! 집에 들어오지 말고 잘 숨어 있어라, 제발…."

목소리에는 애원과 단호함이 동시에 섞여 있었다. 눈빛은 결연했지만, 그 깊은 곳에 깃든 두려움은 숨길 수 없었다.

아버지의 얼굴이 순간 크게 흔들렸다. 집 안에 남겨질 어머니와 할머니, 그리고 나를 번갈아 바라보는 그의 눈동자가 떨렸다. 발걸음이 떨어지지 않는 듯, 아버지의 입에서 낮고 깊은 울림이 새어 나왔다.

"어머니!! 저 못 갑니다. 이대로는 못 가요…."

그 말이 채 끝나기도 전에 현관문이 무자비하게 걷어차였다. 문틀이 부서질 듯한 굉음이 집 안을 갈라놓았다. 거친 숨소리와 함께 몇 명의 남자들이 들어왔다. 발소리마저 사납고, 집 안 공기를 단숨에 장악했다. 그중 한 명이 식탁을 향해 발길질을 날렸다.

방금 전까지 온 가족이 둘러앉아 있던 식탁은 힘없이 뒤엎어졌다.

라면 국물과 김치는 바닥에 흩어져 형체를 잃었다. 뜨겁던 국물은 바닥 위에서 순식간에 식어갔고, 김치의 붉은 물이 얼룩처럼 번져갔다. 그 냄새마저 이질적으로 변해, 공포의 냄새로 뒤바뀌었다.

그 순간, 어머니는 본능처럼 내 손을 꽉 잡았다. 손끝이 차가울 정도로 세게 잡힌 그 힘에서 절박함이 전해졌다. 우리는 안방으로 달려가 문을 닫았다. 등 뒤로 들려오는 소리는 거칠고 무자비하게 울려 퍼졌다. 빚쟁이 중 한 명이 아버지의 멱살을 거칠게 잡아 마당으로 끌고 나갔다. 발걸음이 땅을 울릴 정도로 무거웠고, 그 안에는 자비라곤 없었다.

끌려가면서도 아버지는 고개를 돌려 우리를 바라봤다. 그 눈빛 속에는 미안함, 무력감, 그리고 놓을 수 없는 가족에 대한 애착이 한데 뒤엉켜 있었다. 그 눈빛을 보는 순간, 가슴속 무언가가 서서히 찢겨나갔다.

할머니는 그 앞을 막아섰다. "그만하라, 제발 놔줘라!" 하고 외쳤다. 그러나 빚쟁이 중 한 남자가 힘없이 마른 할머니를 거칠게 밀쳤다. 할머니의 몸은 종잇장처럼 바닥으로 쓰러졌다. 문틈 사이로 그 모습을 보는 순간, 울음을 삼킬 수 없었다. 목이 조여오고 숨이 막히는 공포가 한꺼번에 몰려왔다.

그날 밤, 우리 가족의 마지막 저녁은 그렇게 산산이 부서졌다. 라면 국물보다 짠 것은 그날 밤 흘린 눈물이었고, 가장 뜨거운 것은 누구도 입 밖에 꺼내지 못한 두려움이었다. 그 두려움은 오래도록 내 안에 남아 이후의 모든 겨울밤을 더 차갑게 만들었다.

"우리 아들 데려가지 마오…. 제발…!"

할머니의 절규는 눈보라 속에서 울리는 듯했지만, 빚쟁이들의 귀에는 바람 소리로만 들린 모양이었다. 그들은 더욱 거칠게 밀쳐냈다. 몸이 가벼운 할머니는 다시 눈밭 위로 쓰러졌다. 차가운 눈이 옷 사이로 스며들며 살갗을 베어냈고, 찬 바람이 얇은 옷 속을 비집고 들어왔다. 그 바람 속에는 자식을 빼앗기고 무너지는 어미의 몸부림이 서려 있었다.

늑대처럼 달려든 빚쟁이들이 아버지의 머리채와 멱살을 잡아 질질 끌었다. 발이 걸려 넘어지며 차디찬 눈 위로 몸이 쓰러졌다. 아버지는 본능적으로 몸부림쳤지만 역부족이었다. 끌려가면서도 그는 마지막 힘을 짜내어 소리쳤다.

"어머니! 걱정 마세요! 별일 없을 겁니다! 언능 들어가세요!"

아버지의 목소리는 눈보라를 가르듯 강하게 울려 퍼졌지만, 그 속에는 가족을 두고 떠나야 하는 남자의 무력감이 고스란히 배어 있었다. 꿋꿋한 척하는 목소리 뒤편에서 마음이 어떻게 무너지고 있는지 느낄 수 있었다.

하지만 할머니는 그 말을 듣고도 발을 떼지 못했다. 흩날리는 눈발 사이로 울부짖는 소리가 터져 나왔다.

"나를 데려가요! 우리 아들 잘못 없어요! 내가 죄지은 거예요…."

그 외침은 공중에서 갈라져 흩어졌지만, 누구도 받아주지 않았다. 아버지의 뒷모습이 눈발 속에 묻히듯 점점 멀어져 갔다. 할머니는 그 자리에서 주저앉았다. 마치 다리에 힘이 완전히 빠져버린 듯, 눈 속에 무너져 내려 땅을 치며 통곡하셨다.

"내 아들… 아들아…. 이 어미가 미안하다."

어머니는 안방 장롱 뒤에 나를 숨겨놓고 숨을 몰아쉬며 마당으로 뛰쳐나갔다.

"어머니 추워요. 어서 들어가세요."

그 목소리는 떨렸지만 울음은 꾹 삼켰다.

어머니는 할머니를 품에 안아 집 안으로 데려가려 했지만, 자식을 잃은 슬픔 앞에서는 어떤 위로나 온기도 무력했다. 할머니는 바닥을 치며 울었고 손바닥에는 피가 묻어 있었다. 어머니는 주머니에서 손수건을 꺼내 조심스럽게 그 손을 닦았다. 손수건 위로 번져가는 붉은 얼룩이 서서히 식어갔지만, 그 안에 담긴 슬픔은 식지 않았다.

무너진 몸을 부축해 안방으로 모시고 이불을 덮어드린 뒤에도 할머니의 어깨는 잔잔하게 떨렸다. 그 떨림은 눈물이 마른 뒤에도 한참 동안 멈추지 않았다.

나는 장롱 뒤에서 나와 말없이 그들의 뒷모습을 바라봤다.

6살, 아직 세상의 절반도 보지 못한 나이에 처음으로 마주한 공포와 상실. 그날 나는 깨달았다. 사람은 가장 무서운 존재이면서도 동시에 가장 깊은 슬픔을 안겨주는 존재라는 것을.

그날 이후, 어머니와 나는 단 한순간도 할머니 곁을 떠나지 않았다. 하지만 할머니는 며칠째 병든 몸을 일으키지 못한 채 앓으셨다. 평소에도 병원에 가야 했지만 약으로만 버텨내시던 분이었다. 이번에는 아들을 잃은 충격이 덮쳐와 몸과 마음이 함께 무너지고 있었다.

어머니가 말했다.

"보건소에 다녀올게. 잠깐만 할머니 곁에 있어줘."

나는 고개를 끄덕였고, 할머니의 손을 꼭 잡은 채 곁에 앉아 속삭였다.

"할머니 조금만… 조금만 참으세요. 치료받으면 나을 수 있어요."

할머니는 힘겹게 나를 끌어안았다. 목뒤로 전해지는 숨소리가 깊고 거칠었다. 그리고 마치 남은 숨을 토해내듯 말씀하셨다.

"손자야 이 할미는 앞으로 못 일어날 것 같다…. 미안하다. 죽어도 울지 말거라."

그 말이 귀에 들어온 순간, 머릿속이 하얘졌다. 생각이 멈췄고, 가슴 깊은 곳에서 두려움이 거칠게 치밀어 올랐다. 혹시 이 말이 마지막이 될까, 이 손이 곧 차가워질까. 그 두려움이 온몸을 휩쓸었다. 나는 더 세게 그 손을 붙잡으며 울먹였다.

"할머니 그런 말씀 하지 마세요…. 우리 봄에 꽃놀이 가기로 했잖아요."

그 말은 어린 내가 전하는 마지막 약속이었다. 그러나 마음 깊은 곳에서, 그 약속이 끝내 지켜지지 않을 것 같은 불길함이 천천히 스며들고 있었다.

할머니의 눈꺼풀이 점점 무거워졌다. 손끝의 온기와 힘이 서서히 빠져나갔다. 모래가 손가락 사이로 흘러내리는 것처럼, 잡을 수 없는 무언가가 멀어져 갔다. 마지막 힘을 다해 남긴 한마디가 내 가슴속 깊이, 차갑고 단단한 못처럼 박혔다.

"앞으로 더 힘들어지고, 고통이 밀려올 텐데… 널 남겨두고 가서 미안하구나."

그 목소리는 바람에 꺼져가는 등불처럼 작았다. 그 순간, 내 안에서 무언가가 무너져 내렸다. 억울함과 비통함이 한꺼번에 치밀어 올라 가슴속이 뒤틀리는 듯 아팠다. 도대체 무엇이 우리를 이렇게까지 짓눌러야 하는지, 왜 나에게만 이토록 가혹한 인생이 주어져야 하는지, 그 이유를 알 수 없었다. 목구멍이 바짝 조여들어 숨이 제대로 쉬어지지 않았다.

눈물이 주체 없이 쏟아져 할머니의 손등 위로 뜨겁게 떨어졌다. 그 손은 이미 힘이 빠져 있었고, 그 눈물마저 할머니를 다시 깨울 수 없다는 사실이 나를 더 절망하게 했다.

그때, 숨이 턱까지 차오른 어머니와 보건소장님이 문을 열고 들어왔다. 어머니의 어깨는 눈발에 젖어 있었고, 눈가는 이미 붉게 부어 있었다. 보건소장님은 방 안 상황을 확인하는 순간 아무 말 없이 무릎을 꿇었다. 그의 손이 바쁘게 움직이며 응급조치를 시도했고, 이마에는 금세 땀방울이 맺혔다. 두 눈에는 살려내고자 하는 간절함이 서려 있었지만, 할머니의 의식은 점점 멀어져만 갔다.

한참 뒤, 보건소장님은 숨을 고르며 손을 멈췄다. 그리고 고개를 깊게 숙이며 조용히 말했다.

"미안합니다. 정말 미안합니다. 결국, 할머니는 떠나셨습니다."

그 한마디가 방 안의 공기를 단숨에 무겁게 가라앉혔다.

어머니는 그 자리에서 무너졌다. 바닥에 무릎을 꿇은 채, "죄송합니다… 죄송합니다…."라는 말만 되뇌며 밤새도록 통곡하셨다. 그 울음은 벽과 천장을 타고 온 집 안에 번졌고, 나의 어린 심장에 깊이 파고들었다.

보건소장님은 묵묵히 이불을 끌어 올려 할머니를 덮어드렸다. 손길은 조심스러웠고, 마치 마지막 인사를 대신 전하는 듯했다. 그리고 그는 그 밤 내내 곁을 떠나지 않았다.

다음 날 아침, 어머니는 이장님께 소식을 알렸다. 동네 사람들은 서 둘러 모였고, 서로 힘을 보태 상여 준비를 했다.

할머니는 살아 계실 때 나에게 참 많은 것을 가르쳐 주셨다. 삶에 대해, 의리에 대해, 그리고 "남자란 우는 게 아니란다."라는 그 말까지. 그래서 상여 내내 나는 이를 악물고 눈물을 참았다. 하지만 시간이 흘러 아무도 없는 골목이나 산길을 홀로 걸을 때면, 그제야 울음이 목 끝까지 차올라 참지 못하고 터져버리곤 했다.

상여가 끝난 뒤, 이장님과 동네 어르신들은 아버지를 수소문했다. 그리고 끝내 한 교도소에 수감되었다는 소식을 들었다. 이장님은 그곳의 이름을 종이에 적어 내 손에 꼭 쥐여주셨다.

그 종이를 쥐었을 때, 차갑고 습한 공기가 온몸을 감싸는 듯했다. 마치 다시는 끝나지 않을 긴 겨울 속으로 발을 들여놓는 기분이었다.

그날이, 우리 가족이 함께한 마지막 저녁 식사였다.

그리고 그 기억은, 지금도 내 가슴 깊은 곳에서 지워지지 않은 채 얼어붙어 있다.

어머니,
겨울의 눈바람을 막아낸 사람

매섭게 살을 파고드는 겨울이었다. 숨을 내쉴 때마다 흰 김이 피어올랐고, 그마저도 바람에 쓸려 허공 속으로 흩어졌다. 하얀 입김조차 마치 세상마저 우리의 온기를 앗아가려는 듯 잔인하게 사라졌다.

우리는 찢어지게 가난했고, 세상은 늘 매섭고 차가웠다. 어머니는 그 겨울을 평생 잊지 못할 거라고 하셨다. 그것은 내게도 지워지지 않는 살 속 깊이 각인된 냉기였다.

빚쟁이들에게 쫓겨 어머니의 손을 붙잡고 칼바람 부는 산속으로 달아나던 그 새벽. 그 장면은 지금도 뼛속 깊이 선명하다. 숨을 쉴 때마다 가슴이 얼어붙는 듯했고, 눈발은 얼굴을 때리며 스쳤다. 어머니의 손끝은 차가웠지만, 그 차가움 너머로 '놓지 않겠다.' 라는 의지가 단단하게 전해졌다.

집의 보일러는 오래전에 고장 났고, 고칠 돈도 없었다. 방구석마다 냉기가 벽을 타고 스며들어 얼음처럼 굳어 있었고, 공기마저 무겁게 내려앉아 숨 쉬는 것조차 버거웠다. 한숨 돌릴 틈은 없었다. 집은 더 이상 피난처가 아니었다.

어머니는 그 추위 속에서도 밤새 한숨도 주무시지 않았다. 내가 혹시라도 이불 밖으로 나올까, 몇 번이고 덮어주셨다. 그 손길이 이불 위로 스칠 때마다 잠시나마 안도감을 느꼈다. 아이였던 나는 그 온기가 세상을 막아줄 수 있다고 믿고 싶었다. 하지만 그 믿음은, 바람이 새어드는 벽 틈처럼 언제든 무너질 수 있었다.

어두운 방, 차가운 이불 속에서 어머니의 숨소리가 들렸다. 고르고 잔잔한 숨과는 거리가 멀었다. 말로 다 할 수 없는 불안과 두려움이 실려 있었고, 무겁고 길게 이어지는 호흡에는 세상 모든 짐을 홀로 짊어진 사람의 체념이 묻어 있었다. 나는 그 숨소리가 더 무서웠다. 마치 다음 숨을 내쉴 수 있을지조차 알 수 없는 사람의 소리처럼 느껴졌기 때문이다.

새벽녘, 어머니는 조심스럽게 내 머리를 쓰다듬으며 깨우셨다. 손길은 따뜻했지만, 속도와 힘은 급박했다. 바깥에서는 빚쟁이들의 욕설이 다가오는 소리가 들렸다. 거친 발걸음이 눈을 짓밟는 소리가 골목 안으로 파고들며, 문 앞의 그림자가 점점 커졌다. 무겁게 눌린 발자국마다 집으로 드리운 공포가 더 짙어졌다.

전에 며칠째 어머니는 깨진 창가에 서서 바깥을 지켜보셨다. 말하지 않아도 알 수 있었다. 그 눈빛에는 하루하루를 버티며 견디는 사람만이 가질 수 있는 무거운 그림자가 드리워져 있었다. 공포는 한 겹 한 겹 쌓여 마침내 어머니의 얼굴빛마저 잿빛으로 물들였다.

어머니는 아무 말 없이 내게 옷을 겹겹이 입히셨다. 단단히 잠긴 단추, 서둘러 매만지는 목도리, 마지막으로 장갑을 꽉 씌워주며, 단순한 외출이 아니었다. 무언가를 피하기 위한 준비, 다시 돌아오지 못할 수도 있는 걸음을 위한 결심이었다.

어머니는 두툼한 겉옷을 걸치고 내 손을 힘 있게 붙잡으셨다. 그 손끝에서 '절대 놓지 않겠다.'라는 결심이 숨소리보다 선명하게 전해졌다.

뒷문을 여는 순간, 차디찬 겨울 칼바람이 얼굴을 사정없이 베었다. 바람 속 눈발은 시야를 가리고, 앞으로 나아가려는 발걸음을 주저앉혔다. 멀리서 빚쟁이들의 고함이 칼날처럼 골목을 가르며 날아왔다. 그 소리는 단순한 위협이 아니라 어둠 속에서 끝없이 쫓아오는 그림자처럼 우리를 옭아맸다. 하늘은 무겁게 내려앉아 있었고, 별 하나 보이지 않는 새벽은 숨을 죽인 채 우리를 지켜보는 듯했다.

앞으로 무슨 일이 닥칠지 알 수 없었다. 그러나 한 가지는 확실했다. 어머니가 내 손을 절대 놓지 않을 거라는 사실. 그 확신이 얼어붙은 새벽 속 내가 붙잡고 버틸 수 있는 유일한 온기였다.

쫓기듯 얼음판처럼 미끄러운 골목길을 지나 산 쪽으로 향했다. 발끝은 돌처럼 굳어갔고, 눈보라 속에서는 눈을 제대로 뜨기조차 힘들었다. 짙은 어둠은 길의 형체마저 삼켰고, 바람은 살을 찢듯 스쳐 귀를 얼렸다. 얼굴 위를 스칠 때마다 톱날이 긁고 간듯한 통증이 스며들었다. 그런데도 어머니의 손은 단 한 번도 떨리지 않았다. 손을 감싸 쥔 나의 손을 놓치지 않으려는 결심이 힘줄처럼 도드라졌다.

앞이 보이지 않는 어둠 속에서도 어머니는 길을 이미 알고 있는 사람처럼 묵묵히 발걸음을 옮기셨다. 그 걸음에는 망설임이 없었다. 나는 손을 더 세게 잡았다. 어디로 가는지, 얼마나 더 걸어야 하는지 몰랐지만, 그 순간 믿을 수 있는 것은 오직 어머니의 손뿐이었다.

산길은 점점 가팔라졌고, 발밑의 눈과 흙이 섞여 미끄러졌다. 발이 빠질 때마다 차가운 눈과 흙탕물이 발목을 감싸며 스며들었다. 몇 번이나 넘어졌고, 내가 엎어질 때마다 어머니는 지체 없이 손을 뻗어 나를 일으켜 세우셨다. 그리고 아무 일도 없었다는 듯 다시 앞으로 나아갔다. 그 단호한 뒷모습이 가슴을 저리게 했다.

문득 스쳤다. 왜 우리에게는 이렇게 거친 길만 주어지는 걸까. 산이 우리를 밀어내고 발걸음을 거부하는 것만 같았다.

숨이 가빠진 어머니는 잠시 멈춰 내 옷에 묻은 눈과 흙을 털어주셨다.

"조금만 더 가면 돼. 조금만 참자, 우리 아기."

그 한마디에 가슴이 무너졌다. 울음이 목구멍까지 차올랐지만 이를 악물고 삼켰다.

어머니의 손은 얼음처럼 차가웠다. 그러나 그 차가움 너머의 온기는 세상 그 어떤 것보다 뜨거웠다. 어머니는 내 손바닥을 두 손으로 감싸고 그 위에 숨을 불어 넣으셨다. 하얀 입김이 손가락을 감싸며 사라질 때마다 절박함과 체념, 그리고 사랑이 고스란히 전해졌다.

내가 또 비틀거리자, 어머니는 한순간의 망설임도 없이 나를 등에 업으셨다. 곧 어머니의 숨소리가 짧고 거칠게 끊겼다. 눈길을 걷는 것만으로도 숨이 턱까지 차오르는 상황에서, 나를 업은 채 묵묵히 산길을 오르는 등은 무겁고 위태로워 보였지만 더 단단하고 믿음직했다. 마치 내 삶 전체를 업고 가는 것 같았다.

발자국이 눈을 밟을 때마다 바스라지는 소리가 났다. 차가운 바람이 목덜미를 파고들었지만, 어머니의 등은 작은 온기를 전해주었다. 나는 그 온기를 놓치지 않으려 팔을 더 꼭 감았다.

한참을 헤맨 끝에 산속 깊은 바위틈에 몸을 숨겼다. 숨죽이며 주위를 살폈다. 빚쟁이들의 고함은 점점 멀어졌고, 대신 눈보라가 귀를 사정없이 때리는 울부짖음이 자리를 대신했다.

어머니는 외투를 벗어 나를 덮어주셨다. 외투가 감싸는 순간 얼어붙은 몸속에 미약한 온기가 스며들었다. 잠시 숨을 고를 수 있었지만 차가움은 여전히 뼛속 깊이 파고들었고, 발끝과 귀 끝은 바늘로 찌르듯 아려왔다. 나는 그 고통을 입 밖에 꺼내지 않았다. 어머니가 나보다 더 큰 고통을 견디고 계시다는 걸 알았기 때문이다.

말없이 나를 끌어안은 어머니의 품은 세상 모든 칼바람을 막아내려는 방패 같았다. 눈보라가 우리를 집어삼키려 해도 어머니는 온몸으로 추위를 막아내며 한 치도 물러서지 않았다. 그 품 안에서 나는 처음으로 알았다. 어머니가 얼마나 강한 사람인지를. 그리고 그 강함이 의지가 아니라 '사랑'이라는 이름으로 버텨온 힘이라는 것을.

해가 어슴푸레 산등성이 위로 얼굴을 내밀 무렵, 사방을 휘감던 눈보라가 잦아들었다. 희뿌연 새벽빛이 바위틈 사이로 스며들며 차갑게 굳은 눈 위에 은빛 그림자를 드리웠다. 그 빛 속에서 나는 어머니 품 안에서 서서히 의식을 되찾았다.

어머니의 몸은 반쯤 얼어붙어 있었고, 숨소리는 거의 들리지 않았다. 가늘게 떨리는 손끝, 창백하게 굳은 입술. 순간 심장이 덜컥 내려앉았다. 본능적으로 알았다. 지금 잠들게 두면 다시는 깨어나지 못할 거라는 것을.

"어머니…! 어머니! 일어나셔야 해요!"

목이 터져라 불렀지만 눈꺼풀은 미동도 없었다. 나는 떨리는 손으로 어머니의 얼굴을 감싸 쥐었다. 차가움이 손바닥을 타고 심장 깊숙이 스며들었다. 어머니가 씌워주었던 외투를 급히 다시 어깨 위로 덮어드렸다. 어깨를 흔들고 등을 두드리고 손을 비볐다. 찬 공기가 폐 속으로 날카롭게 파고들었지만 멈출 수 없었다.

끝이 보이지 않는 기다림 같은 순간이 흐른 뒤, 어머니의 눈꺼풀이 천천히 떨리며 열렸다.

거칠게 숨을 몰아쉰 어머니가 힘겹게 입을 열었다.

"이장님… 댁으로 가자."

부서질 듯 약한 목소리였지만 마지막 남은 힘을 짜낸 결심이 담겨 있었다.

나는 그 손을 꼭 붙잡았다. 잡은 손은 여전히 얼음처럼 차가웠지만, 그 안에서 희미하게나마 생이 깜박였다. 부축하듯 일으켜 세워 미끄러운 눈길을 한 걸음씩 내려갔다. 다리는 후들거렸고, 어머니의 몸은 전보다 훨씬 무겁게 느껴졌지만 멈출 수 없었다. 멈추면 모든 것이 끝날 것 같았다.

산자락을 벗어나자 멀리 빨간 벽돌로 단단히 지어진 집이 보였다. 이장님 댁이었다. 지붕 위엔 눈이 포근히 내려앉아 있었고, 넓고 단정한 마당은 마치 다른 세상처럼 평화로웠다. 눈이 녹아 드러난 흙길과 마당 한가운데 장독대가 이상하리만큼 따뜻하게 보였다. 그 풍경만으로도 얼어붙은 마음 한편이 풀리는 듯했다.

마당에서 눈을 쓸던 아주머니가 우리를 보자 빗자루를 털썩 내려놓고 달려왔다. 다가오는 얼굴엔 놀람이 번졌고, 곧 따뜻하고 부드러운 손길로 바뀌었다. 아주머니는 말없이 어머니의 어깨를 부축해 안으로 이끌었다. 차가운 공기를 가르며 문 안으로 들어서는 순간, 얼어붙은 삶에 처음으로 불이 켜진듯한 감각이 가슴 깊숙이 번졌다.

따뜻한 방으로 들어서자 아주머니는 재빨리 이불을 꺼내 어머니를 덮어주었다. 손놀림은 다급했지만 조심스러웠고, 눈빛에는 '살려내야 한다.'라는 결심이 담겨 있었다. 곧바로 전화를 잡았다.

"빨리 좀 와주세요! 그리고 보건소장님도 같이요. 예, 빨리요!"

작은 대야에 뜨거운 물을 받자 물김이 허공에 피어올랐다. 아주머니는 물수건과 해열제, 진통제를 들고 무릎을 꿇은 채 어머니의 이마를 닦아주었다. 거칠지만 따뜻한 손길, 차가운 죽음의 기운을 밀어내려는 듯한 의지였다.

나는 방 한구석에서 그 모습을 지켜보며 몇 번이나 숨을 삼켰다.

어머니의 의식은 점점 멀어졌고, 가슴이 조여들었다. 눈물이 제멋대로 볼을 타고 흘렀다. 무엇을 해야 할지 몰라 발끝만 바라보았다. 무력함이 나를 더 작게 만들었다.

얼마 지나지 않아 현관문이 거세게 열리며 찬 공기와 함께 두 사람이 들어섰다. 보건소장님과 이장님이었다. 보건소장님은 어머니의 상태를 살피고 말했다.

"이 상태로는 안 됩니다. 여기 있는 약만으로는 위험해요. 지금 당장 큰 병원으로 옮기지 않으면… 생명을 장담할 수 없습니다!"

목소리에는 절박함이 묻어 있었다. 하지만 이장님은 단호하게 고개를 저었다.

"안 됩니다. 지금은 사정이 좀… 그렇습니다. 어떻게든 여기서 살려주십시오."

짧은 말이었지만 속에는 무겁고 복잡한 사정이 담겨 있었다. 이장님은 잠시 보건소장님의 손을 잡아 낮은 목소리로 무언가를 속삭였다. 그리고 울음을 삼키지 못하고 서 있는 나를 거실로 데려와 앉혔다.

"남자는 말이다. 이런 때일수록 울지 말고, 꾹 참는 거야. 살아 있어 줘서 고맙다."

낯선 품이었지만 묘하게 따뜻했다. 나는 그 온기에 등을 기대고 잠시 숨을 고르듯 기대었다. 그사이 보건소장님의 손은 단 한순간도 멈추지 않았다. 방 안엔 해열제 냄새와 뜨거운 물김이 뒤섞였고, 어머니를 살려내려는 움직임이 긴박하게 이어졌다.

몇 번이나 보건소로 달려가 링거와 약을 가져왔다. 눈길에 미끄러져 무릎이 찧어도, 손이 눈 속에 파묻혀도 약봉지만은 온 힘으로 움켜쥐었다. 그 절박함이 사람들의 숨소리와 약 냄새, 긴장으로 묵직해진 정적이 뒤섞였다.

얼마나 시간이 흘렀을까. 보건소장님은 말없이 마당으로 나가 담배를 꺼내 물었다. 이장님도 뒤를 따랐다. 창 너머로 보이는 두 사람의 뒷모습은 말이 없었지만, 어깨의 무게와 눈가의 주름, 서로를 바라보는 짧은 시선 속에 걱정과 결심이 뚜렷했다.

잠시 후 보건소장님은 담배를 반쯤 남긴 채 끄고 조용히 자리를 떴다. 이장님은 거실로 들어와 아주머니를 불렀다.

"이틀 정도 집에 못 들어올 수도 있으니 알아둬."

아주머니는 이유를 묻지 않았다. 고개를 천천히 끄덕였다. 이미 모든 걸 알고 있는 듯한 침묵이었다.

나는 거실 한쪽에서 콧물을 훌쩍였다. 아주머니는 말없이 다가와 얼어 있던 내 옷을 하나씩 벗겨냈다. 뜨거운 김이 모락모락 피어오르는 대야에 손과 발을 담가 씻겨주었다. 물에 닿는 순간 뼛속까지 굳어 있던 차가움이 녹아내렸다. 온몸의 긴장이 한 꺼풀씩 벗겨지는 기분이었다. 옷을 갈아입힌 아주머니는 나를 소파에 앉히고 부엌으로 향하였다.

부엌의 바쁜 손놀림을 들으며 벽에 걸린 가족사진을 바라보았다. 사진 속 사람들은 모두 환하게 웃고 있었다. 그 웃음엔 단 한 줄기 그늘도 없었다. 걱정도 두려움도 눈물도 없이 따뜻한 공기만 담긴 얼굴들.

'저 사람들의 삶은 얼마나 평온했을까.'

문득 그 풍경 속 한 자리에 나도 앉아보고 싶다는 생각이 스쳤다. 아마도 세상의 어떤 추위도 닿지 않는 곳일 것이다.

그렇게 사진을 바라보다 눈이 스르르 감겼다. 깊이 잠들어 따뜻한 이불 속에서 깨어나니, 여기가 천국 같았다. 눈을 뜨고 싶지 않았다. 다시 이불 속에 몸을 묻고 그 온기에 영영 잠기고 싶었다.

아침 햇살이 창을 넘어 방 안으로 스며들고, 부엌에서는 은은한 음식 냄새가 번졌다. 나는 천천히 몸을 일으켜 부엌으로 갔다. 아주머니는 식탁 앞에서 여전히 분주했고, 나를 보자 환하게 웃었다.

"아이구, 우리 강아지 일어났어요?"

짧은 한마디에 마음속 얼음이 스르르 녹았다. 아주머니는 나를 따뜻한 밥상 앞으로 이끌었다. 오래전 잃어버린 무언가를 다시 손에 쥔 것 같았다.

미역국은 김이 모락모락 피어올랐고, 노릇한 계란프라이, 고기 반찬이 정갈하게 놓였다. 밥 한 숟가락을 뜰 때마다 아주머니는 젓가락으로 고기를 얹어주며 부드럽게 말했다.

"체하니까 천천히 먹어요."

그 다정한 말에 괜히 목이 또 메었다. 숟가락을 들고 있었지만 그 따뜻함은 목을 타고 내려가 가슴 깊숙이 번져 얼어붙은 무언가를 서서히 녹였다.

밥을 씹는 동안에도 머릿속에는 어머니의 모습이 그려졌다. 차가운 방 안, 내 손을 꼭 잡던 그 순간, 아직 회복되지 못한 지금의 얼굴. 결국 조심스럽게 물었다.

"아주머니, 어머니… 지금 많이 아프세요? 어머니랑 같이 밥 먹고 싶어요."

아주머니는 내 머리를 천천히 쓰다듬으며 미소를 머금고 말했다.

"괜찮아. 조금만 더 쉬시면 나아지실 거야. 걱정하지 마."

잠시 마음이 놓였지만, 속 깊은 곳에서는 설명할 수 없는 허전함이 피어올랐다. 엄마 없이 밥을 먹는 일이 이렇게 낯설고 쓸쓸한 감정이라는 걸, 그때 처음 알았다. 씹는 밥알이 목에 걸리는 듯했고, 따뜻한 국물조차 외로움을 완전히 덮어주진 못했다.

그 후 우리는 그 집에서 사흘을 머물렀다. 어머니는 꼬박 삼 일을 앓아누우셨고, 아주머니는 단 한순간도 곁을 떠나지 않고 지극정성으로 간호하셨다. 물수건을 데워 이마에 얹고, 약을 챙기고, 식은 물을 갈아주며, 새벽에도 몇 번이나 어머니를 확인했다. 그 모습은 거의 가족 같았다.

이장님은 낮에는 동네 아저씨들과 함께 나갔다가 해가 저물 무렵 잠시 들러 아주머니와 짧게 이야기한 뒤 곧 다시 나가셨다. 며칠 동안 집에 들어오지 않으셨지만, 가끔 마당에서 담배를 피우며 통화하는 모습이 보였다. 낮게 깔린 목소리, 굳게 다문 입술, 짧고 단호한 말투 속에는 반드시 무언가를 끝내고야 말겠다는 결심이 서려 있었다.

사흘째 되는 날, 이장님이 돌아왔다. 아주머니와 한참 이야기를 나눈 뒤 아주머니는 방으로 들어가 어머니 곁에 앉아 조심스럽게 무언가를 전했다. 그 말을 들은 어머니는 순간 힘이 풀린 듯 주저앉아 깊고 길게 울음을 터뜨렸다.

"정말로… 감사합니다. 죄송합니다."

울음은 가늘지만 바닥이 깊었다. 같은 말을 몇 번이나 반복했고, 방 안에는 오래 눌러왔던 서러움이 흘러넘쳤다. 나는 그 모습을 바라보며 억울함, 분노, 서러움, 설명할 수 없는 안도감이 한꺼번에 가슴속에서 부딪치는 걸 느꼈다.

아주머니는 어머니의 손을 꼭 잡고 조용히 말했다.

"아들 앞에서는 우는 거 아니에요. 이제 그만 울어요."

목소리는 단호했지만, 그 속엔 부드러운 배려가 깔려 있었다. 어머니는 고개를 숙여 눈물을 훔치고 아무렇지 않은 척 거실로 걸어 나왔다.

나는 말없이 다가가 어머니를 안았다. 차가운 공기 속에서도 그 품은 여전히 따뜻했다.

"선환아, 이제 집으로 가자. 아무 일도 일어나지 않을 거야."

그 말이 오히려 가슴을 저리게 했다. '아무 일도 일어나지 않기를' 바라는 간절함이 고스란히 전해졌지만, 우리의 삶은 이미 그런 약속을 믿기 어려운 세상이었다. 그럼에도 나는 고개를 천천히 끄덕였다. 믿고 싶었다.

우리는 이장님 댁을 떠났다. 아주머니는 대문 앞까지 나와 따뜻한 미소로 배웅했다. 그 웃음은 차가운 겨울 햇살처럼 잠시 얼어붙은 마음을 덮어주었다. 고개 숙여 감사 인사를 하고 조심스레 발걸음을 옮겼다. 떠나는 길은 쉽지 않았다. 그 집은 너무 따뜻했고, 잠시나마 천국 같았다. '여기서 살고 싶다.'라는 생각이 번쩍 스쳤지만, 입 밖으로 꺼내지 않았다. 어머니가 마음 아파하실까 봐.

길가의 눈은 서서히 녹아 물웅덩이를 만들고 있었다. 우리가 도망쳤던 산은 안개에 싸인 채 묵묵히 서 있었다. 그 산은 우리를 얼어 죽게 만들 뻔했지만 동시에 살게도 했다. 미워할 수도, 쉽게 잊을 수도 없는 존재였다.

집에 도착하니 내부는 이미 빚쟁이들의 발길을 거쳐 엉망이었다. 바닥에는 흩어진 물건, 넘어져 부서진 가구, 벽과 창문 곳곳에는 날 선 분노의 흔적이 그대로 남아 있었다. 그러나 어머니와 나는 아무 말 없이 집을 정리하기 시작했다.

가재도구에 붙은 빨간 압류 딱지를 하나씩 떼고, 부서진 창문은 테이프로 막았다. 고칠 수 있는 것은 고치고, 버릴 것은 묵묵히 버렸다. 마치 아무 일도 없었던 것처럼.

이장님의 도움으로 전기가 다시 들어왔고 가스도 복구됐다. 온수는 아니었지만 수도꼭지에서 찬물이 콸콸 흐르는 것만으로도 숨이 트였다. 얼어붙었던 수도에서 물이 흐르자 어머니는 고개를 숙인 채 한참 말없이 서 계셨다. 나는 그 물줄기를 가만히 바라보았다. 어쩌면 '다시 살아갈 수 있다.'라는 신호였을지도 모른다.

며칠 뒤, 어머니는 면사무소 화장실 청소 일을 시작하셨다. 손이 갈라지고 허리가 굽어도 힘들다는 말을 하지 않았다. 웃음을 먼저 보였고, 말보다 몸을 먼저 움직였다. 그렇게 우리 가족의 생계는 아주 천천히 다시 움직이기 시작했다.

이장님의 도움으로 기초 생활 수급자로 등록되면서 매달 일정량의 쌀과 몇 가지 반찬이 지원됐다. 처음 쌀 포대를 받아 어머니와 집으로 돌아오던 길, 고마움과 서글픔이 한꺼번에 밀려와 가슴속에서 뒤섞였다.

그날 이후 내 이름 앞에는 '기초 생활 수급자'라는 꼬리표가 붙었다. 그 꼬리표가 내 삶을 어떻게 바꿔놓을지 그때는 몰랐다. 그저 살기 위해 도움을 받는다는 사실이 고마울 뿐이었다.

하지만 지금의 나는 안다. 시간이 흘러도 그 꼬리표보다 깊게 남는 건 따로 있다는걸.

그 겨울 새벽, 어머니가 보여주셨던 단단한 숨결. 단 한 번도 내 손을 놓지 않던 그 손끝의 온기.

그날, 어머니는 눈보라보다 강했고, 세상의 모든 칼바람 앞에서 사랑과 온기로 나를 지켜냈다.

나는 그 사랑과 온기를 지금도 잊지 못한다.

초등학교, 입학식

나는 8살이 되던 해, 드디어 초등학교에 입학했다.

입학식 날 아침, 동도 트기 전이었다. 집은 고요했지만 부엌에서 작은 불빛이 어둠을 깨우고 있었다. 차가운 새벽 공기를 가르며 어머니가 낡은 냉장고 속 깊숙이 넣어둔 신문지 뭉치를 꺼내셨다. 그 안에는 귀하게 아껴둔 고기가 있었다.

마치 오래 기다린 보물을 꺼내듯 조심스레 포장을 푸셨다. 도마 위에 고기가 놓이고 칼끝이 내려앉을 때마다 '똑, 똑' 소리가 났다. 양은 냄비에서는 김치찌개가 보글보글 끓어오르고, 맛있는 냄새가 겨울 끝자락의 집 안에 작은 봄처럼 번졌다.

잠결에 그 소리를 들으며 이불 속에서 몸을 웅크렸던 나는 조심스레 부엌으로 갔다. 한쪽에선 어머니가 바닥에 앉아 낡은 걸레로 내 신발을 정성스레 닦고 계셨다. 새 신발은 아니었지만, 그 순간만큼은 세상에서 가장 귀한 선물 같았다.

먼지와 흙이 말끔히 지워진 신발은 햇빛을 머금은 듯 은은히 빛났다. 나는 말없이 다가가 그 등을 꼭 안았다. 매일 걱정과 불안이 내려앉은 듯 굳어 있던 어머니 얼굴에, 그날따라 드문 미소가 번졌다. 아주 오랜만에 본 웃음. 천사처럼 맑고 겨울 햇살처럼 포근했다.

"건강하고 씩씩하게 자라줘서… 정말 고마워."

부드러운 목소리의 끝자락이 가볍게 떨렸다. 붉어진 눈가가 마음속으로 스며들었고, 나도 모르게 목이 메었다.

"어머니, 이제 그만 울어요. 우는 모습 보기 싫어요. 앞으로는 많이 웃으세요."

그게 얼마나 어려운 부탁인지 알았다. 그래도 굳은 표정보다 웃는 얼굴을 보고 싶었다. 그 미소는 어떤 장식보다도 아름다웠다.

어머니는 나를 꼭 안아준 뒤 씻기러 화장실로 데려가려 하셨다. 나는 고개를 저었다.

"어머니, 이제 저 혼자 씻을 수 있어요."

순간 놀란 듯 눈을 크게 뜨시더니, 곧 기특하다는 미소를 지었다. '네가 조금씩 커가는구나.' 하는 뿌듯함이 스며 있었다.

내가 혼자 씻는 동안 어머니는 옷과 신발을 가지런히 놓았다. 차가운 물을 손에 끼얹자, 물방울이 피부를 타고 흘러내렸다. 문 너머로 조심스레 물었다.

"오늘 일하러 안 가세요?"

어머니가 잔잔히 웃었다.

"오늘 우리 아들 입학식이라 했더니 하루 쉬어도 된대. 입학식은 꼭 챙기라더라. 엄마가 같이 가줄게."

나는 재빨리 고개를 저었다.

"혼자 갔다 올 수 있어요. 걱정 마세요."

최근에 몸이 안 좋아져 병색이 어머니 얼굴에 희미했다. 며칠 전까지 기침을 참느라 들썩이던 어깨가 떠올라, 내 입으로 그 발걸음을 붙잡고 싶지 않았다. 그러나 어머니는 단호하면서도 부드럽게 말했다.

"그래도 우리 아들 입학식인데, 오랜만에 엄마 노릇 좀 해보고 싶어."

그 한마디가 마음 깊숙이 파문처럼 번졌다. '엄마 노릇'이라는 말이 왜 그렇게 뭉클했는지, 나는 한 박자 늦게 숨을 쉬었다. 같이 학교에 간다는 사실만으로도 내가 세상에서 가장 평범한 아이가 된 듯했다. 평범함이 이렇게 간절하고 설레는 일일 줄 몰랐다.

사실 입학식이 어떤 자리인지는 잘 몰랐다. '학교에 가는 첫날'

정도로만 생각했다. 특별한 기대도 화려한 상상도 없었다. 그런데 그날 아침, 밥상 위의 공기는 분명 달랐다. 김 모락모락 피어오르는 하얀 쌀밥, 담백한 김치찌개, 계란프라이. 한 숟갈 뜰 때마다 어머니의 마음이 고스란히 전해졌다.

그날의 어머니는 유난히 빛났다. 평소 허름한 옷과 아무렇게나 묶은 머리였지만, 그날은 머리를 곱게 빗고 오래된 코트를 깨끗이 다려 입으셨다. 세월이 묻은 코트였지만 표정과 미소가 누구보다 고왔다.

어머니와 나는 나란히 버스에 올랐다. 봄바람이 창문 틈으로 스며들어 뺨을 스치고, 햇살이 가볍게 얼굴을 간질였다. 차창 밖, 겨우내 잿빛이던 들판에 연둣빛이 번지고, 흙냄새가 계절의 변화를 알렸다.

학교 앞에 다다르자, 운동장은 환한 소리로 가득했다. 또래 아이들이 부모의 손을 꼭 잡고 서 있었고 손끝에는 설렘과 긴장이 동시에 묻어났다. 아이들의 웃음과 부모의 낮은 목소리가 섞이며 3월 초의 공기마저 들뜬 듯했다. 그 풍경 속에서 어머니와 함께 서 있다는 사실 하나만으로 마음이 든든했다.

커다란 운동장, 오래된 나무 그늘의 벤치, 햇빛에 반짝이는 알록

달록한 놀이터. 교실에는 키 높이의 작은 책상이 줄지어 있고, 벽에는 새하얀 칠판이 반듯했다. 칠판 앞에 서니 분필 가루 냄새가 은은했다. 모든 게 처음이었고, 낯설면서도 눈부셨다. 입꼬리가 저절로 올라갔다.

'세상에… 내게 이런 날도 오는구나.'

정원 앞엔 아직 겨울의 매서움이 남아 있었지만, 그 틈새로 봄을 알리는 꽃이 조심스레 피고 있었다. 그 옆에서 어머니와 나란히 사진을 찍었다. 사진 속 우리는 어색하면서도 진심 어린 웃음을 짓고 있었다. 오랜만에 지어본 미소였지만 그 안엔 서로를 향한 묵묵한 사랑이 담겨 있었다.

3월 초의 공기는 차가웠지만, 햇살은 이상하리만치 부드럽게 내리쬐었다. 어머니 손에서 전해지는 온기는 봄볕처럼 은근했고, 그 안에는 말로 다 할 수 없는 깊고 조용한 애정이 있었다.

잠시 후 강당에서 입학식이 시작됐다. 교장선생님의 차분한 목소리가 마이크를 타고 울려 퍼졌다. 환영 인사와 안내가 이어지는 동안, 나는 낯선 공간에서 몸을 조금 굳힌 채 앉아 있었다. 식이 끝난 뒤 담임 선생님과 인사를 나누고 교실을 둘러봤다. 창가의 초록빛 화분은 금방이라도 새싹을 틔울 듯 싱그럽고, 작은 의자와 책상은 '이곳이 네 자리야.' 하고 속삭이는 듯했다. 모든 것이 새로 시작되는 세상처럼 보였다.

교문을 나서며 어머니가 내 어깨를 토닥이며 웃었다.

“밥 먹으러 가자.”

우리가 향한 곳은 학교 맞은편 작은 짜장면 가게. 문을 열자 따끈한 기름 냄새와 함께 짜장면, 탕수육, 볶음밥 냄새가 한꺼번에 코끝을 파고들었다. 처음 짜파게티를 먹던 날이 떠올랐다. 그때는 허겁지겁 젓가락을 멈출 수 없었는데, 오늘은 ‘진짜’ 짜장면이었다. 그 사실만으로도 입안 가득 침이 고였다.

가게에는 가족 단위 손님들이 둥근 테이블에 둘러앉아 있었다. 접시 위 수북한 음식에서 하얀 김이 피어오르고, 그 사이로 오가는 말과 웃음소리가 공기 속에 떠다녔다. 나는 그 풍경을 부러운 눈길로 바라보며 조심스레 메뉴판을 집어 들었다. 모든 걸 다 시켜보고 싶었지만, 곧 현실이 나를 붙잡았다. 우리 형편을 너무 잘 알고 있었기에 짜장면 한 그릇조차 사치처럼 느껴지는 삶이었다.

어머니가 메뉴판을 내밀며 미소 지었다.

“오늘은 우리 아들의 날이니까, 먹고 싶은 거 다 시켜도 돼.”

나는 무심코 옆 테이블을 봤다. 둥근 테이블을 사이에 둔 가족의 여유와 웃음 그 풍경이 부러웠지만 마음속 결론은 이미 나 있었다. 짜장면 하나.

어머니는 내 표정의 주저함을 읽으셨는지 한 번 더 부드럽게 말했다.

“먹고 싶은 거 더 시켜도 돼. 걱정하지 마.”

나는 고개를 살짝 저었다. 짜장면 하나면 충분했다. 어머니와 마주 앉아 먹는 이 순간 자체가 이미 세상에서 가장 값진 식사였으니까.

“저는 짜장면만 먹을래요. 정말 괜찮아요.”

어머니는 주인아주머니를 불렀다. 짜장면 곱빼기 하나, 보통 하나, 탕수육 대짜 하나.

나는 탕수육 주문을 보고 미소 지었고, 어머니는 창밖을 보며 조용히 웃었다. 창문 너머, 봄바람 속의 평온한 얼굴들이 비쳤다.

가게 안은 웃음과 소리로 가득했다. 숟가락과 그릇이 부딪치는 소리, 아이들의 맑은 웃음, 서로의 그릇에 반찬을 덜어주는 손길들. 내겐 낯설면서도 다정한 풍경이었다. 그때 처음 깨달았다. ‘가족’은 같은 집에 사는 사람들이 아니라 서로를 지키고 붙드는 약속 같은 존재라는 것을. 슬픔을 나누고, 고난을 함께 버티고, 다정한 밥상을 함께 마주하는 일. 그 풍경 속에서 문득 묻고 싶은 말이 가슴 깊이 떠올랐다.

‘어머니, 아버지는 교도소에서 언제 나오세요? 보고 싶어요.’

하지만 그 말은 끝내 목구멍을 넘지 못했다. 그 한마디가 어머니의 웃음을 잘라낼 것만 같았다. 질문은 내 안에서만 차갑게 울렸다.

잠시 후 김이 모락모락 피어오르는 짜장면이 놓였다. 냄새가 번지자, 생각은 멈추고 마음이 따뜻하게 풀렸다.

내 얼굴만 한 그릇의 곱빼기. 윤기 도는 검은 소스 위로 뜨거운 김이 올라와 코끝을 톡 쐈다. 달짝지근하고 진한 향이 먼저 속을 어루만졌다. 젓가락을 움켜쥐었지만 서툰 손놀림에 면발이 엉켜 뭉쳤다. 소스가 손가락을 타고 흘렀고, 툭 튀어나온 면발이 그릇 밖으로 미끄러졌다. 허둥지둥 손으로 집어 입에 넣었다.

어설픈 모습을 본 어머니가 오래 묵은 미소를 지었다. 말없이 그릇을 가져가 소스를 골고루 비벼주고, 가위로 면을 한입 크기로 잘라주셨다.

"됐어, 이제 먹어."

그릇을 끌어안듯 붙잡고 면발을 입에 털어 넣었다. 한 젓가락, 또 한 젓가락. 목으로 내려갈 때마다 속이 따뜻해졌다. '제발, 이 순간이 끝나지 않게 해달라.' 마음속으로 빌며 젓가락을 멈추지 않았다. 그러나 그릇은 무심히 비어갔다.

그때 어머니가 말했다.

"엄마는 짜장면 별로 안 좋아해."

그러고는 자기 그릇의 면까지 내 그릇에 덜어주셨다. 어머니는 늘 그러셨다. 본인이 좋아하는 것보다 내가 좋아하는 것을 먼저 내주는 사람. 그날의 나는 그 마음을 깊이 알지 못했다. 아니, 아예

눈치채지 못했다.

군 복무 시절 침대에 누워 어머니를 떠올리다 그날이 불현듯 떠오르자, 가슴이 뻐근해졌다. 그때의 나는 모자란 아들이었다. 내 앞의 음식만 바라봤고, 어머니가 드시지 않는 이유를 묻지 않았다.

어머니는 그저 내가 먹는 모습을 바라보며 행복해하셨다. 짜장면을 배부르게 먹고 탕수육을 몇 조각 맛본 뒤 남은 건 포장했다. 내 얼굴과 손엔 소스가 범벅이었고, 어머니는 헝겊 수건으로 내 손과 입가를 정성스레 닦아주셨다. 따뜻한 손길에 나도 모르게 웃음이 났고, 어머니도 웃었다.

가게 문을 나서며 한 손에는 포장 봉지를, 다른 손으로는 어머니의 손을 꼭 잡았다. 잠시 머뭇거리다 조심스레 말했다.

"어머니… 오늘 하루만큼은 같이 있고 싶어요. 일하러 안 가면 안 돼요?"

목소리 끝에 내가 더 붙잡고 싶은 시간이 묻어 있었다. 세상의 거친 물살에서 단 하루만 벗어나고 싶었다. 오랜만에 함께 웃었고, 사진도 찍었고, 같은 방향을 바라보며 걸었다. '가족'이라는 이름으로 어깨를 나란히 한 날. 그 하루가 달콤한 사탕처럼 입안에서 천천히 녹고 있었고, 그 맛이 너무 빨리 사라질까 두려웠다.

그래서 어린 마음에 심술이 튀어나왔다.

"어머니, 오늘만은 일하러 가지 마요. 맨날 일만 하잖아요. 나는 혼자 있고… 항상 그랬잖아요. 동물원도 가고 싶어요."

서운함과 원망이 뒤엉킨 말이었다. 어머니는 걸음을 멈추고 내 눈높이에 몸을 낮췄다. 눈 속엔 미안함과 사랑이 동시에 번져 있었다.

"아들, 엄마가 일해야 맛있는 것도 사주고 동물원도 가고 놀이동산도 가지~ 응? 오늘 하루만 참자. 엄마가 미안해."

누르고 눌러둔 말이 터졌다.

"왜 맨날 일만 해요? 왜! 우리는 왜 다른 가족들처럼 놀러도 못 가고, 맛있는 것도 못 먹어요? 왜 이렇게 힘들게만 살아야 돼요? 맨날 미안하단 말밖에 안 하잖아요!"

내 목소리는 커졌고 말끝이 떨렸다. 어머니의 눈시울이 붉어졌지만 표정에는 화도 원망도 없었다. 내 고통을 고스란히 받아들이는 부드러운 체념이 있었다.

"미안해…. 엄마가 그 대신 약속할게. 다음 달에 꼭 놀이동산 가자. 자, 약속."

나는 고개를 숙이고 땅만 바라봤다. 마음속에 단단한 덩어리가 뭉쳐 있었고 쉽게 풀릴 기미가 없었다. 어머니가 안아주려 손을 뻗었지만 그마저 밀쳐냈다.

순간, 손에 들고 있던 탕수육 봉지를 있는 힘껏 던졌다. 포장 비닐이 터지며 음식이 바닥으로 쏟아졌다. 소스가 번지고 먼지가 고기 위로 천천히 내려앉았다. 어지러운 광경이 내 마음과 닮아 보였다.

어머니는 말없이 앉아 차가운 바닥에서 흩어진 탕수육을 하나하나 손으로 주워 담았다. 떨리는 손끝, 담담한 표정. 오래 눌러둔 피로와 체념이 그 차분함 속에 묻어 있었다.

나는 더 화가 나 봉지를 발길로 걷어찼다. 봉지가 굴러가자, 어머니는 그것마저 따라가 주워 들었다. 먼지를 가볍게 털고, 흙 묻은 부분은 손바닥으로 조심스럽게 닦았다. 마치 음식 위의 먼지만이 아니라 내 안의 분노와 서운함까지 함께 닦아내는 듯했다.

마침내 눌러왔던 울분이 폭발했다.

"왜 나는 항상 내 마음대로 못 해?! 왜?! 이럴 거면 왜 낳았어? 이렇게 힘들게 살게 할 거면 왜 낳았냐고!!"

감히 꺼내서는 안 될 금기를 깨는 칼 같은 말. 이미 날아간 말은 돌아오지 않았고, 그 칼날은 곧장 어머니의 가슴을 베었다.

어머니는 한마디도 하지 않았다. 대신 고요히 눈물을 흘리며 나를 끌어안았다. 나는 그 품을 거부하듯 밀쳐냈다. 분노와 어린 심술이 뒤엉켜 두 주먹으로 마구 때렸지만, 어머니는 맞으면서도 내 팔을 끌어안은 채 묵묵히 집 쪽으로 걸었다.

그 품은 따뜻했다. 그러나 그때의 나는 그 온기를 느낄 틈이 없었다. 울고 소리치고 발버둥 치다 지쳐, 결국 어머니 품속에서 잠들어 버렸다.

몇 시간을 걸어 집에 도착했을 때, 어머니는 나를 조심스레 내려놓았다. 눈이 감기기 직전, 어머니의 숨결이 귓가를 스쳤다. '미안하다.'와 '사랑한다.'가 동시에 섞인 듯한 기운. 그 속삭임 같은 온기가 마음 깊숙이 스며들었다.

눈을 뜨니 어머니는 이미 일터로 나가계셨다. 아무 일도 없었던 것처럼, 우리는 또다시 반복되는 하루로 들어갔다.

다음 날 어머니는 아침 일찍 일을 나가셨고, 내가 학교에 도착하니 운동장과 교문 앞은 환한 웃음으로 가득했다. 또래들의 손에는 알록달록한 꽃다발이 들려 있었고, 그 옆에는 아버지, 어머니, 할머니, 할아버지, 형, 누나, 친척들이 빙 둘러서서 등굣길을 축하해 주고 있었다. 꽃과 포옹, 웃음과 손길이 오가는 풍경. 내게는 닿을 수 없는 다른 세상의 장면 같았다.

'우리는 왜 다를까? 무엇이 달라서, 우리는 이렇게 외롭고 힘들게 살아야만 할까?'

그 물음은 쉽게 사라지지 않았다. 나는 어린 나이에 너무 일찍 철이 들었다. 하지만 어쩌면 그것은 어른들이 강요한 현실만은 아니었을지 모른다. 언젠가 이미 결심했을지도 모른다. 파도가 몰아쳐도 도망치지 않겠다고.

시련과 고난이라는 파도는 예고 없이 찾아온다. 나는 그 거친 물살을 피하는 법보다 먼저, 받아들이는 법을 배워버렸다. 그 법은 나를 일찍 자라게 했지만, 동시에… 끝내 아이로 남지 못하게 했다.

터져버린 우유

초등학교에 입학한 뒤, 나는 '기초 생활 수급자'라는 꼬리표를 달고 살아야 했다. 그 꼬리표는 곧 놀림이 되었고, 친구들의 장난감처럼 내 존재를 함부로 굴렸다. 마치 그 꼬리표 하나로 내가 어떤 사람인지, 어떻게 대해도 되는지 이미 정해진 듯했다.

어느 날, 교실에서 선생님이 명단을 들고 한 명씩 이름을 불렀다.

"앞으로 나와."

나는 몇몇 친구들과 함께 느릿하게 칠판 앞으로 걸어 나갔다. 그 순간, 죄인이라도 된 듯 교실 앞에 줄 세워진 채 서 있어야 했다. 발끝은 서로 닿을 듯 모였고, 고개는 저절로 숙여졌다.

우리 옷은 군데군데 얼룩져 있었고, 실내화는 없었으며, 발에는 구멍이 난 양말이 걸려 있었다. 그 모습은 이미 우리를 설명하는 모든 증거 같았다.

자리에서 우리를 바라보는 아이들의 눈빛은 차가웠다. 마치 사람 아닌 다른 무언가를 보는 듯, 낯선 경계와 우월감이 섞인 시선이었다. 몇몇은 웃으며 삿대질을 했고, 옆자리 친구의 귀에 대고 뭐라고 수군거렸다. 그 작은 웃음소리가 가슴을 찌르는 바늘처럼 느껴졌다. 그때 선생님의 목소리가 교실 공기를 갈랐다.

"야! 내라고 한 지가 언젠데, 아직도 안 냈어?"

언성은 높았고, 우리는 반사적으로 더 움츠러들었다. 대답은 오직 한마디였다.

"죄송합니다…."

그 말을 반복하는 것 말고는 우리가 할 수 있는 게 없었다. 선생님은 최대한 빨리 내라고 하면서, 학교가 끝나면 급식실에서 우유 한 박스를 배급받아 가라고 했다.

나는 그 말에 순간적으로 목이 타올랐다. 우유가 주어진다는 건 반가운 일이었지만, 그 전제 조건이 '안 낸 돈'을 다시 떠올리게 했다.

사실 급식비와 교내활동비 통지서는 이미 저번 주에 받았었다. 하지만 어머니께 드릴 수 없었다.

학교가 끝나면, 같은 꼬리표를 단 친구들과 시골 마을 골목과 공장 주변을 돌았다. 헌책, 낡은 박스, 젖은 종이, 찌그러진 캔… 뭐든 팔 수 있는 건 전부 주웠다. 심지어 그 통지서 종이마저 고물 더미 속에 섞어 넣었다. 모은 고물을 팔아 받은 몇 푼으로 아이스크림이나 과자를 사 먹었다. 그 순간만큼은 돈의 무게도, 꼬리표의 무게도 잊을 수 있었다.

우리는 서로 과자를 입에 넣어주며 웃었다. 고난과 시련에 짓눌린 어린 시절, 그 달콤함이야말로 유일하게 허락된 사치였다. 하지만 그 웃음은 오래가지 않았다. 현장학습, 수학여행 같은 건 애초에 꿈도 꿀 수 없었으니까.

운동회 날이면 운동장은 부모들의 웃음과 응원으로 가득 찼다. 돗자리를 펴고 함께 도시락을 먹고, 사진을 찍으며 하루를 추억으로 채워가는 풍경. 그 한가운데 서 있는 나는, 점점 더 커져가는 그리움과 부러움을 삼켜야 했다.

수업 전, 선생님이 오늘 있을 간단한 교내 활동과 몇 가지 주의사항을 말했다. 하지만 그 말은 내 귀를 스치고 지나가기만 했다. 머릿속은 이미 다른 생각으로 가득 차 있었다. 집중할 수가 없었다. 나만 그런 게 아니었다. 기초 생활 수급자라는 꼬리표를 달고 살아야 하는 친구들도 똑같았다.

학교가 끝나자, 우리는 서로 말없이 발걸음을 맞춰 급식실로 향했다. 그곳에서 영양사 선생님이 우리 각자에게 우유 한 박스를 나눠주셨다. 못 먹고 자라 왜소해진 내 팔에, 그 네모난 상자는 마치 거대한 선물 꾸러미처럼 느껴졌다. 무게보다 마음이 더 벅찼다.

박스를 품에 안은 채 운동장으로 나왔다. 겨울 끝자락의 찬 바람이 뺨을 스쳤지만, 가슴속에서는 묘하게 따뜻한 기운이 돌았다. 무겁고도 좋았다. 자꾸만 웃음이 났다. 들었다 내려놓기를 반복하며 낑낑대고 있을 때, 저 멀리서 웃음소리와 함께 몇 명의 아이들이 다가왔다.

그 아이들은 학교에서 가장 부유한 집 아이들이었다. 늘 새 옷을 입고, 매번 새 장난감을 자랑하던 아이들. 그러나 우리에게 그들이 보여주는 건 부러움이 아니라 조롱과 우월감이었다. 그날도 예외는 아니었다.

그들은 마치 기다렸다는 듯 우리 앞을 가로막았다. 평소에도 우리를 괴롭히는 걸 놀이처럼 즐기던 녀석들이었고, 선생님들도 그 사실을 알고 있었다. 하지만 돌아오는 건 늘 가벼운 훈계 몇 마디뿐. 결국 아무것도 변하지 않았다.

부잣집 아이들 중 한 아이가 여자아이의 손에서 우유를 낚아채더니 운동장 바닥에 내던졌다. '퍽' 소리와 함께 하얀 액체가 터져 나와 모래 위로 번졌다. 그들은 웃었다. 흘러내린 우유가 얼룩을 만들수록 웃음소리는 더 커졌다.

여자아이가 터진 우유를 모으려 손을 뻗자, 그들은 발로 그 팩을 짓밟았다. 하얀 액체가 튀었고, 그 아이의 손등이 젖었다. 울음이 터졌다. 그 울음마저 그들에게는 하나의 놀이 같았다.

나는 더 이상 참을 수 없었다. 가슴속에서 뜨겁게 치밀어 오르는 분노가 목구멍까지 차올랐다.

"하지 마! 얘들아, 제발 그만해!"

내 목소리는 떨렸지만, 그 안에는 절박함과 분노가 뒤섞여 있었다. 그러나 돌아온 건 비웃음이었다.

"어디서 거지새끼가 명령질이야? 닥쳐!"

그 말과 함께 발끝이 내 옆구리를 세게 찼다. 숨이 턱 막히며 나는 그대로 운동장 바닥에 쓰러졌다. 하얀 우유 얼룩 위로 내 그림자가 길게 드리워졌다. 그 순간, 서러움과 수치심, 그리고 무력감이 한꺼번에 나를 덮쳐왔다.

그 와중에도 나는 계속 말했다.

"하지 마… 얘들아, 제발 그만해…."

숨이 가빠오고, 목이 바싹 마르는 느낌이었지만 멈출 수 없었다. 그 말이 닿기만 하면, 이 폭력이 멈출 거라 믿고 싶었다.

여자아이의 손을 짓밟고는 괴롭히려 하자 쓰러져 있던 나는 여자아이를 지켜주기 위해 주저 없이 몸을 던졌다. 그 아이를 온몸으로 감싸 안았다. 등과 옆구리, 다리, 온몸으로 쏟아지는 발길질이 그대로 전해졌다. 신발 밑창이 살을 때리고, 먼지가 코와 입으로 파고들었다. 심장이 쿵쿵 뛰며 갈비뼈를 누르는 통증이 번졌다.

그들은 내 귀에 대고 욕을 퍼붓고, 더 세게 짓밟았다. 숨이 끊어질 듯한 순간에도 나는 울지 않았다. 울면 더 신나게 짓밟힐 거라는 걸 이미 오래전부터 알고 있었기 때문이다.

그럼에도 나는 끝까지 부르짖었다.

"제발! 그만해, 하지 마!"

입술이 터지고, 목소리가 갈라졌지만 멈추지 않았다. 그 순간, 내 몸과 마음은 산산이 찢겨나갔지만, 적어도 그 아이만은 지켜냈다. 그게 전부였고, 전부여야 했다.

다른 꼬리표 친구들도 필사적으로 말리다 발길질에 넘어지고, 손에 들고 있던 우유를 빼앗겼다. 흘러내린 우유를 지키려다 더 세게 맞고, 다시 땅에 쓰러졌다. 그들의 웃음소리가 귀를 때렸고, 우리는 그들에게 완전히 장난감이 되어 있었다.

결국 그들은 싱겁게 웃으며 우리를 버려두고 떠났다. 남겨진 건 흩어진 우유, 먼지, 그리고 숨 고르기조차 힘든 몸뿐이었다.

우리는 천천히 서로를 일으켜 세웠다. 먼지를 털어주고, 무릎과 팔꿈치의 피를 바라보다가, 아무 말 없이 서로의 울음을 달랬다. 말로 할 수 없는 위로는 그저 조심스레 닦아주는 손길로 전해졌다.

수돗가로 향하는 발걸음은 느리고 무거웠다. 차가운 수돗물이 손등을 타고 흐르며 상처를 스쳤다. 피가 닿은 곳은 따끔거렸고, 숨을 들이쉴 때마다 쓰라림이 더 짙어졌다.

흙먼지를 털어주며 마주 본 얼굴에는 울음이 맺혀 있었지만, 그 누구도 울음을 터뜨리진 않았다. 우리는 이미 충분히, 말하지 않아도 아파하고 있었다.

상처가 너무 깊어 결국 보건실로 향했다. 문을 열자, 소독약 냄새와 약장 서랍 소리가 동시에 다가왔다. 보건 선생님은 우리 얼굴을 보자마자 잠시 숨을 멈추는 듯했다. 묻지 않아도 무슨 일이 있었는지 짐작한 표정이었다. 그러나 차분히 다가와 내 어깨를 붙잡고 물으셨다.

"어쩌다 이렇게 다쳤니?"

나는 잠시 눈을 깜빡이며 머뭇거리고는 말을 꺼냈다.

"뛰어놀다가… 넘어졌어요."

그 거짓말은 나를 지키기 위함이 아니라, 함께 당한 친구들을 지키기 위한 거짓말이었다.

그 말에 더 이상 묻지 않으셨다. 마치 모든 걸 이미 알고 있다는 듯, 보건 선생님은 조용히, 천사처럼 우리의 상처를 하나하나 치료해 주셨다. 차가운 약솜이 피부에 닿을 때 스치는 소독약 냄새, 상처 위로 스며드는 약의 싸한 감촉. 그 손길은 단호하면서도 놀랍도록 부드러웠다. 사탕을 건네주며 "괜찮다."라는 듯 눈을 마주하셨고, 마지막엔 연고가 든 약봉지를 내밀며 내 어깨에 손을 얹으셨다.

"씩씩하네? 안 울고… 다음부터는 다치지 마, 알겠지?"

그 순간, 나는 이미 알고 있었다. 다음에도 다칠 거라는 걸. 그 아이들은 멈추지 않을 것이다. 그들의 괴롭힘은 번개처럼 예고 없이 내리꽂혔고, 이유조차 필요하지 않았다.

"네, 알겠습니다. 선생님 치료해 주셔서 감사합니다."

보건실 문을 나서며, 나는 꼬리표 친구들과 여자아이를 집까지 데려다주었다. 골목마다 노을이 스며들었고, 발걸음마다 땅거미가 따라붙었다. 각자 집 앞에서 인사를 나누고, 나는 홀로 내 집을 향해 걸었다. 발걸음은 무겁고, 마음은 깊이 가라앉아 있었다.

집 문을 열자, 먼저 나를 맞은 건 낡은 공기 속에 스민 쉰내였다. 눅눅하게 퍼진 곰팡이 냄새, 텅 빈 방 안에 흐르는 정적. 어머니는 아침 일찍부터 일을 나가셔서 여전히 돌아오지 않았다.

스위치를 올렸지만 전깃불은 잠시 깜빡이다 꺼졌다. 그마저도 내게 허락되지 않은 사치였다. 전등을 포기하고 스위치를 내린 뒤, 성냥을 켜서 초에 불을 붙였다. 흔들리는 촛불이 벽에 그림자를 만들었고, 그 불빛 아래 나는 한동안 멍하니 앉아 생각에 잠겼다.

'왜 나는 이렇게 살아야 하지…? 이유가 뭘까? 왜 나는, 맛있는 밥 한 끼, 평범한 하루도 누릴 수 없는 걸까…?'

머릿속은 이런 물음으로 뒤엉켜 있었다. 감정은 쓰레기통처럼 엉망이 되었고, 오늘의 일을 떠올리며 조용히 다짐했다.

'다시는 당하지만은 말자. 가만히 있지는 않겠다.'

초 옆에 놓인 깨진 손거울을 집어 들어 얼굴을 비춰보았다. 피곤과 상처가 뒤섞인 낯선 얼굴. 그 표정을 더는 보고 싶지 않아 거울을 벽에 던졌다. 바닥에 흩어진 조각들 사이로, 산산이 부서진 게 내 마음이었다. 모든 게 답답해 미칠 것 같아 나는 밖으로 나왔다.

서쪽 하늘이 붉게 물들며 해가 뉘엿뉘엿 기울고 있었다. 공기 속엔 하루가 저물어 가는 냄새가 은근히 스며 있었고, 그 속에서 발걸음은 자연스럽게 집 뒤편 산으로 향했다. 그곳은 평소 꼬리표 친구들과 함께 오르던 곳이었고, 때로는 혼자서 숨을 고르러 찾던 나만의 피난처였다.

산의 절반은 빽빽한 대나무숲이었다. 바람이 스치면 대나무들이 서로 부딪히며 낮게 사각거렸고, 그 잔잔한 마찰음은 묘하게 마음을 달래주었다. 발밑엔 바람에 흩날린 나뭇잎이 내려앉아 부드럽게 발소리를 삼켰고, 그 위로 작은 새들이 푸드득 날아올랐다.

나는 산 중턱, 오래전부터 앉아 있던 평평한 바위 위에 몸을 걸쳤다. 바람과 새소리가 섞여오는 그 자리에서, 내 안 깊숙이 고여 있던 말이 흘러나왔다.

'내가 약하다고, 계속 이렇게 살 수는 없어.'

그날 밤, 나는 집으로 돌아가지 않았다. 산속을 천천히 돌며 시간의 결을 만졌다. 바위틈이 품처럼 감싸주는 자리에 몸을 기대고 누웠다. 머리 위로는 수없이 많은 별이 박혀 있었고, 달빛이 고요히 내려와 내 얼굴을 부드럽게 스쳤다. 바람은 대나무를 흔들며 천천히 골짜기를 지나갔고, 그 소리에 내 심장은 조금씩 박동을 가라앉혔다.

그곳은 이상하리만큼 편안했다. 집보다, 학교보다, 그 어떤 곳보다도.

아침이 되어 잎사귀 틈새로 햇살이 스며들었다. 눈꺼풀을 천천히 들어 올리자, 온몸이 의외로 가볍게 느껴졌다. 시간이 얼마나 흘렀는지는 알 수 없었지만, 단 하나 분명한 게 있었다. 오늘도 학교에 가야 한다는 것.

하지만 나는 속으로 고개를 저었다.

'가기 싫다, 그냥 학교라는 곳이 가기 싫다.'

산을 내려와 집에 들어서자, 마당에서 나갈 채비를 하던 어머니와 눈이 마주쳤다.

"어디 갔다가 이제 오니?"

"뒷산에서 좀 놀다 왔어요."

어머니는 짧게 고개를 끄덕였다. 마당에 묶여 있는 내 자전거가 그 대로 있는 것을 보시고, 밤새 사라졌던 건 아니란 걸 안도하신 듯했다. 그 눈빛엔 깊이 묻어둔 피곤함이 비쳤지만, 더 묻지는 않으셨다. 그렇게 또 하루가 시작되었다.

어머니는 내 어깨를 살짝 두드리며 말했다.

"엄마 다녀올게. 학교 잘 갔다 와."

그 말만 남기고, 무언가에 쫓기듯 빠른 걸음으로 골목 모퉁이를 돌아 사라졌다. 나는 오늘 학교에 가지 않기로 이미 마음을 굳힌 상태였다. 하지만 그걸 어머니에게 굳이 말하고 싶지 않았다. 말하는 순간, 걱정이 눈빛에 번질 게 뻔했으니까.

어머니가 집을 나간 뒤, 방 한편에 놓아둔 방패연을 꺼냈다. 며칠 전 산에서 잘라 온 대나무로 직접 깎아 만든 것이었다. 손바닥에 전해지는 대나무의 매끈한 감촉이 왠지 모르게 든든했다.

논두렁을 향해 발걸음을 옮기니, 겨울 끝자락의 바람이 얼굴을 스쳤다. 오늘은 연을 날리기에 딱 좋은 바람이었다. 나는 연줄을 힘껏 당겼다. 방패연이 하늘로 치솟으며 바람을 잡아 올랐다. 푸른 하늘 위, 작은 종잇조각 같은 내 연이 햇빛을 받아 반짝였다.

연은 바람을 타고 점점 더 높이, 멀리 치솟았다. 실 끝에 매달린 종이와 대나무의 가벼운 몸짓이 구름 가까이 올라갈수록, 이상하게도 마음 한구석이 저릿했다. 저렇게 자유롭게, 어디에도 묶이지 않고 날아가면 얼마나 좋을까. 그 생각이 가슴 안에서 오래 맴돌았다. 줄을 당기고 풀기를 반복하며, 나도 모르게 그 하늘을 부러움 섞인 눈으로 올려다보고 있었다.

그때였다. 논두렁 옆 비포장도로에서 엔진 소리가 낮게 울리며 다가왔다. 흙먼지가 바람에 흩날리고, 그 속에서 오토바이 한 대가 천천히 내 쪽으로 방향을 틀었다. 운전대 위의 굵은 손과 익숙한 얼굴의 이장님이었다.

나는 얼른 고개를 숙여 인사했다.
"이장님, 안녕하세요."
"선환아, 연 참 잘 날리는구나~"

이장님의 목소리에는 온기가 묻어 있었다.

"네, 오늘 바람이 좋아서요. 이렇게 높이 올라간 건 처음이에요."

이장님은 내 손에 감긴 연줄을 한참 바라보다 가볍게 웃으셨다. 그리고 낮고 차분한 목소리로 말했다.

"연 날리다가 다 날릴 즈음엔 말이야… 마음속으로 소원을 빌어 봐. 그리고 지금 네가 겪고 있는 시련과 고난을 가져가 달라고 속으로 말한 다음, 줄을 탁 끊어버리는 거지. 그러면 그게 바람 따라 멀리, 아주 멀리 날아가 버릴 테니까."

그 말이 이상하게 마음속 깊이 스며들었다.

"아, 정말요? 네, 알겠습니다."

이장님은 시계를 힐끗 보더니 이내 나를 바라봤다.

"그런데, 오늘 학교 안 갔니?"

순간, 숨이 걸린 듯 목구멍이 막혔다.

"아… 그게…."

이장님의 눈빛은 여전히 부드럽지만, 그 안에는 놓치지 않으려는 단단함이 있었다.

"무슨 일 있니? 말해봐."

나는 잠시 고개를 숙였다가 주저하며 입을 열었다.

"아무것도 아니에요… 그냥, 하루쯤은 학교 가고 싶지 않았어요."

'그냥'이라는 말에 이장님의 표정이 조금 변했다.

"그냥이란 말, 선환아… 그 말 뒤엔 늘 사정이 있단다. 무슨 일이 있었던 거야? 말해봐."

그 목소리는 단호하면서도 다정했다. 묘하게 마음을 파고드는 온기였다. 그 앞에서는 괜히 숨기고 있던 이야기가 저절로 흘러나왔다.

"사실은요, 학교에 가면 부잣집 아이들이 저랑, 기초 생활 수급자 친구들을 자꾸 괴롭혀요. 어제는 배급받은 우유를 빼앗아서 바닥에 던져 터뜨렸고… 욕도 하고, 저를 때렸어요."

말이 끝나자, 이장님의 얼굴이 단숨에 굳었다. 웃음기는 사라지고 눈빛이 매서워졌다. 그것은 단순한 화가 아니라, 누군가를 지키겠다는 결심이 엿보이는 무거운 분노였다.

"선생님께 말해봤어?"

"네, 저번에도 말씀드렸어요. 부잣집 아이들이 자꾸 괴롭힌다고… 그런데 아무 소용 없었어요."

이장님은 말없이 담배를 꺼내 입에 물었다. 성냥불이 켜지며 붉게 빛났고, 연기가 길게 피어올랐다. 그사이, 이장님과 나의 사이엔 짙은 침묵이 내려앉았다. 그 연기 속에 내 마음속 답답함까지 같이 흩어지는 것 같았다.

잠시 후, 이장님이 담배를 털며 말했다.

"선환아, 이장님이랑 같이 학교에 가자. 선생님 직접 만나서 이야기해 볼게."

"아… 이장님, 정말 괜찮아요. 학교에 가기도 싫고, 그 사람들 다시 마주치는 것도 싫어요."

"괜찮아. 이장님이 잘 이야기해 볼게. 언능 가자."

이장님은 내 등을 가볍게 두드리며 마음을 다독였다. 그러고는 내가 잡고 있던 연줄을 살짝 건네받더니, 이빨로 툭 끊었다. 줄 끝을 내 손에 다시 쥐여주며 말했다.

"마음속으로 소원을 빌어봐. 시련과 고난을 다 가져가 달라고 하면서, 그 줄을 놓는 거야."

나는 눈을 감았다. 마음속 깊이 간절한 기도를 삼켰다.

'제발, 이 아픔이 멈춰지게 해주세요.'

그리고 두 손으로 줄을 풀어주었다. 연은 바람을 타고 높이, 더 높이 치솟더니, 어느새 하늘 끝으로 사라졌다.

이장님은 내게 오토바이 앞자리를 내주었다. 오토바이는 부드럽게 출발했고, 학교 앞에 멈춰 섰다. 그전에 슈퍼에 들러, 이장님은 꼬리표 친구들과 나눠 먹으라며 과자와 사탕을 사주셨다. 따뜻하게 봉투를 꼭 쥔 채, 나는 이장님 뒤를 따라 교무실로 들어갔다.

문을 열자 교장 선생님과 몇몇 선생님들이 자리에서 일어났다. 예상치 못한 손님의 등장에 놀란 기색이 역력했다. 교장 선생님은 반가운 듯 웃으며 다가왔다.

"이장님, 어쩐 일이신지요?"

"잠깐 얘기 좀 합시다."

짧지만 힘 있는 목소리였다. 교장 선생님은 곧장 교장실로 안내했고, 응접실에 마주 앉은 뒤 행정실 직원이 커피를 내왔다. 문이 닫히고 직원이 나가자, 공기 속에 긴장이 묵직하게 깔렸다. 이제 본격적인 이야기가 시작될 차례였다.

그때 이장님은 다시 나를 돌아보며 환하게 웃으시며 말하셨다.

"과자 친구들이랑 나눠 먹고 있으렴."

그 미소는 잠깐이었지만, 햇볕처럼 따뜻했다. 나는 문을 열고 행정실을 나왔다. 닫히는 문틈 사이로 마지막으로 돌아본 이장님의 얼굴은… 조금 전과 달랐다. 방금 전까지 천사 같던 부드러운 표정이 사라지고, 눈빛이 날카롭게 빛났다. 입술은 굳게 다물려 있었고, 그 안에는 단단한 결심과 숨은 분노가 응축되어 있는듯했다. 마치 지금부터 누군가를 강하게 꾸짖을 준비를 하고 있는 사람의 얼굴이었다.

수업이 끝나고 쉬는 시간. 운동장에서 꼬리표 친구들을 만났다. 나는 봉지에서 과자를 꺼내 하나씩 손에 쥐여주었다. 서로 과자 봉지를 뜯어 입에 하나씩 넣어주고, 바삭한 소리와 함께 웃음이 터졌다. 그 순간만큼은 어제까지의 일들이 잠시 잊혔다.

오랜만에, 숨이 편안하게 쉬어지는 기분이었다. 그때였다. 교무실 앞 복도에서 이장님의 모습이 보였다. 그 옆에는 교장 선생님과 교감 선생님이 나란히 서 있었고, 담임 선생님도 약간 뒤쪽에서 있었다. 우리는 운동장에서 그 광경을 가만히 바라봤다.

이장님이 손짓을 하며 무언가 말할 때마다, 세 분은 연신 고개를 끄덕였다. 때로는 깊게 숙였다. 그들의 표정에는 분명한 긴장과 함께, 스스로 돌아보는 기색이 엿보였다. 멀리서라도 알 수 있었다. 오늘, 무언가 중요한 변화가 시작되고 있다는 걸.

그리고 그날 이후, 많은 것이 달라졌다.

부잣집 아이들의 괴롭힘은 단 한 번도 없었다. 학교에서 내야 한다던 급식비와 교내활동비도 더 이상 내지 않아도 된다고 했다. 우유는 한 달에 두 번씩 우리 손에 배급되었고, 급식실에서는 매일 밥과 반찬을 챙겨 비닐봉지에 담아주었다. '집에 가져가서 먹어라.'라는 따뜻한 한마디와 함께.

학용품도 새로 채워졌다. 공책, 연필, 지우개, 색연필까지 부족한 것이 없었다. 강당에서는 문화상품권으로 된 장학금과 상장을 받았다. 2학기가 되어 담임 선생님이 바뀌었고, 새로 오신 선생님은 수업이 끝나면 나와 친구들을 한 명씩 불러 일주일에 세 번 상담을 해주셨다.

가정 이야기, 학업 고민, 학교생활에서 힘든 점… 선생님은 그 상담을 통해 필요한 것을 직접 채워주셨다. 누군가 우리 이야기를 끝까지 들어준다는 것이, 이렇게 따뜻한 거였구나 싶었다.

이장님이 학교에 다녀가신 그날 이후, 선생님들의 눈빛은 달라졌다. 그 눈빛 덕분에 학교라는 공간이 더 이상 무서운 곳이 아니게 되었다. 처음이었다. '학교가 무섭지 않다.'라는 감정을 느낀 건.

그 후로 우리는, 결핍만이 가득했던 초등학교 시절을 처음으로 '부족하지 않다.'라고 느끼며 보낼 수 있었다.

초등학교 시절, 나는 꼬리표 친구들과 함께 수많은 우여곡절을 겪었다. 가난과 차별, 억압된 상황은 끝이 없었고, 우리는 그 속에서 매일 버티는 법을 배워야 했다. 하루하루가 작은 싸움이었고, 살아남기 위한 반복된 결심이었다.

버티는 날들이 쌓이고, 계절이 바뀌며, 우리는 조금씩 성장해 갔다. 그 성숙은 어쩔 수 없이, 필요에 의해 찾아온 것이었다. 시간이 흘러 그렇게 6학년이 되었다. 졸업이 다가오자, '중학생'이라는 새로운 이름이 기다리고 있었다. 그러나 공부를 썩 잘하지 못했던 우리의 성적은 국립중학교가 아닌, 등록금이 비싼 사립중학교라는 선택지를 눈앞에 가져다 놓았다.

사립중학교, 그 이름만으로도 숨이 막혔다. 입학금, 교복값, 학용품, 체험학습비까지, 들려오는 소문은 하나같이 '돈'이었다. 그 부담감은 우리가 살아온 가난을 다시 적나라하게 드러냈고, 우리는 또다시 깊은 고민에 빠졌다. 이 3년을 과연 어떻게 버텨나갈 수 있을까?

폐지를 주워 팔고, 고물을 모아 번 돈에는 한계가 있었다. 그 겨울 방학, 중학교 입학을 코앞에 둔 우리는 학교 앞 문방구에 걸터앉아 신문지를 펼쳤다. 작은 광고란을 훑으며, 공중전화로 전화를 걸었다.

문방구 앞에 놓인 녹슨 동전 전화기. 100원짜리를 넣고 수화기를 들 때마다, 심장이 괜히 빨라졌다. 그러나 돌아오는 대답은 늘 같았다.

"나이가 너무 어려서 안 돼요."

동전은 빠르게 줄어들었다. 손에 남은 건 고작 700원. 마음은 무겁게 가라앉았고, 서로의 표정은 어두워졌다. 한숨이 길어질 즈음, 한 친구가 눈을 반짝이며 신문 한쪽을 가리켰다.

"야, 이거 봐! 광고 대행 전단지 알바인데, 나이 제한 없대!"

짧은 문구가 희망처럼 다가왔다.

'전단지 아르바이트 구함 – 나이 제한 없음 / 시급 3000원'

우리는 마지막 남은 희망을 걸고 전화를 걸었다. 사장님은 가능하다며 당장 사무실로 오라고 했다.

그날, 우리는 각자의 낡은 자전거를 끌고 칼바람 속으로 나섰다. 겨울바람은 뺨을 찌르고 손끝을 얼게 했지만, '일을 할 수 있다.'라는 사실 하나로 가슴이 뛰었다.

사무실 문을 열자, 전단지와 광고지가 천장까지 쌓여 있었다. 곧 한 아저씨가 나와 웃으며 물었다.

"일 언제부터 할 수 있니?"

"지금 당장도 할 수 있어요."

그 대답에 아저씨는 호탕하게 웃었다.

"마음가짐이 훌륭하네. 바로 시작해 보자."

전단지가 든 가방이 하나씩 우리 손에 주어졌다.

"아파트, 상가, 빌라, 주택 돌면서 전단지를 붙이면 돼. 아파트는 경비원이 수시로 순찰하니까… 들키지 않게 조심하고. 조용히, 빠르게."

근무 시간은 오전 9시부터 오후 2~3시까지. 시급 3000원. 일은 단순했지만, 경비원을 피해 다니는 건 쉽지 않았다. 들키면 쫓겨날 수도, 혼날 수도 있었기에 늘 긴장 상태였다. 그 겨울, 우리는 그렇게 하루하루를 버텼다. 손이 시려 감각이 사라지고, 귀가 얼얼했지만, 손바닥에 놓인 일당의 온기는 그 모든 추위를 잊게 했다. 어린 시절, 생존에 의해 우리는 다시 또 맞서며 나아갔다.

세월이 흘러, 성인이 된 어느 날, 나는 우연히 이장님의 근황을 들었다.

어릴 적 우리 가족을 조용히 감싸주셨던 그분. 언제나 검소한 옷차림에 온화한 말투로 이웃을 대하던 마을의 어른이, 사실은 국내 굴지의 대기업에서 이사급 임원을 지냈던 인물이었다는 사실을 그제야 알게 되었다.

그 기업의 창립 멤버로 시작해 수십 년간 중심에서 회사를 지켜온 사람이었고, 함께 걸어온 동료들 중에는 국회의원, 대형 로펌 대표, 고위 공직자 등 이름만 들어도 알 법한 인물들이 줄지어 있었다. 은퇴 후 어머니의 고향 시골로 내려와 농사를 하며 지내시지만 여전히 전화 한 통이면 대부분의 문제가 순식간에 해결된다고 했다.

마을 어르신들이 말했다.

"이장님은 말이야, 지금도 웬만한 시장이나 국장보다 힘이 있어. 전화기만 들면 뭐든 다 해결돼."

처음엔 믿기 어려웠다. 하지만 내 기억 속 장면들이 하나둘 떠올랐다.

그 겨울, 어머니와 빚쟁이들에게 쫓겨 산속으로 도망쳤던 날. 손끝이 얼고 배고픔에 몸이 떨리던 새벽, 우리는 이장님 댁으로 향했다.

이장님은 말없이 우리를 안방에 들이고, 따끈한 밥과 국을 끓여 주시며 이불을 건네주셨다.

다음 날 아침, 이장님은 조용히 수화기를 들었다. 그리고 단 한 통의 전화를 걸었다. 그 후, 우리를 괴롭히던 빚쟁이들은 모래 위 발자국이 파도에 사라지듯 자취를 감췄다.

그땐 몰랐다. 왜 한 통의 전화로 모든 상황이 정리됐는지. 왜 아무도 이장님 앞에서는 감히 목소리를 높이지 못하는지. 이제는 안다. 그건 사회적 영향력의 단면이었고, 그 힘을 가장 조용하게, 가장 필요한 곳에 쓰는 사람이 바로 이장님이었다.

학교에서 부잣집 아이들에게 괴롭힘을 당하던 날도 그랬다. 그분은 학교로 직접 와서 교장, 교감, 담임을 불러 단 몇 마디로 상황을 뒤집었다. 단단하고 흔들림 없는 목소리 앞에서 모두가 고개를 숙였다. 그 후, 아무도 우리를 함부로 대하지 못했다.

그때는 그저 '정의로운 마을 어른'이라 생각했다. 지금은 안다. 이장님은 힘을 휘두르지 않고도 지켜야 할 것을 지키는 사람이었고, 지위를 드러내지 않은 채 낮은 곳으로 내려와 따뜻함을 건네는 사람이었다. 조용히, 그러나 정확하게 세상을 움직이는 힘을 가진 사람.

그리고 그 힘을, 우리 같은 약자를 위해 아무 조건 없이 내어주는 사람. 이제 나는 말할 수 있다.

그날의 그 사람이 없었다면, 나는 이 자리에 살아남지 못했을 것이다. 세상을 움직일 수 있는 사람은 많다. 하지만 인생을 바꿔주는 사람은 드물다.

내 인생에서 단 한 명, 진짜 어른이 있었다면, 그건 바로 이장님이다. 가끔 별이 많이 보이는 밤이면, 나는 이장님 댁이 있는 방향을 향해 조용히 인사한다.

그날의 도움, 지금도 제 삶을 지켜주고 있습니다. 그 힘으로, 저는 아직 무너지지 않았습니다.

중학교 시절

중학생이 되어 나는 '꼬리표 친구들'과 함께 같은 중학교에 입학했다.

입학식 날, 교문 앞에서 부모님과 함께 있는 또래들 틈에서 우리는 서로의 어깨를 붙잡았다. 어깨의 닿는 그 온기는 부모 대신 우리를 지켜주는 단 하나의 우정 같았다. 강당 안으로 들어서는 순간, 머리 위로 형광등이 반짝였고, 신발 밑창에 닿는 마룻바닥의 삐걱거림이 묘하게 낯설었다.

강당 입구 옆 한쪽에서는 막 졸업한 선배들이 헌 교복을 차곡차곡 쌓아두고 무료로 나눠주고 있었다. 우리는 서툰 미소와 함께 교복을 건네받았다. 옷감에서는 세탁비누와 햇볕 냄새가 섞여 났다. 그 교복을 걸친 순간, 낡았지만 어쩐지 어깨가 조금 무거워진 기분이 들었다. 처음으로 중학교의 문턱을 밟는 발걸음이 그렇게 시작됐다.

교장 선생님의 훈화 말씀이 길게 이어지고 반 배정이 시작됐다. 교실 문을 열자 처음 보는 얼굴들이 빽빽이 앉아 있었다. 나는 빈 자리에 앉아 옆자리 친구와 짧게 인사를 나눴다. 그 친구는 다른 초등학교를 졸업 후 입학식에 혼자 온 것이었다. 처음 눈빛만으로도 서로의 처지를 가늠하듯, 말보다 짧은 순간이 더 많은 것을 전했다. 잠시 후 담임 선생님이 출석부를 들고 들어와 이름을 부르며 한 명 한 명의 얼굴을 살피셨다. 종례가 끝나자 교실은 금세 소란스러워졌다.

창밖과 복도 곳곳에서 부모님이나 친척, 가족들의 품에 안겨 꽃다발을 받는 아이들이 웃고 있었다. 축하 인사가 교실 공기를 가득 채웠다. 나는 그 모습 속에서 꼬리표 친구들과 눈을 마주했다. 우리는 말없이 웃었지만, 마음속 깊은 곳에서는 한 가지 감정이 스쳤다. '저런 순간은 우리에겐 오지 않겠구나.' 그 아릿함을 삼키며 한 친구가 먼저 말했다.

"잘해보자."

짧은 말이었지만, 그 안에는 '우리끼리라도 버텨보자.'라는 약속이 있었다. 우리는 그간 폐지와 고물을 주워 모아온 돈을 꺼내 들고 짜장면집으로 향했다. 나를 포함한 네 명이 모여 짜장면 곱빼기 두 그릇, 짬뽕 곱빼기 두 그릇, 탕수육 대짜 하나, 군만두 한 접시를 시켰다.

다른 테이블은 온통 가족 단위 손님들로 가득했다. 아이는 부모 무릎 위에 앉아 젓가락을 놀렸고, 부모는 아이의 입가에 묻은 소스를 닦아주었다. 그 풍경은 한순간 부러운 감정을 불러왔지만, 우리는 이미 오래전에 그런 마음을 숨기는 법을 배워버린 아이들이었다. 기대하지도, 바라지도 않는 척하는 게 익숙했다.

음식이 나오자 서로 그릇을 밀어주며 나눠 먹었다.

짬뽕 국물은 붉게 빛났고, 짜장 소스는 뜨겁게 김을 올렸다. 탕수육과 군만두도 "먼저 먹어."라는 말과 함께 옆으로 건넸다. 그렇게 먹는 밥은 이상하리만큼 더 맛있었다. 배가 불러 터질 만큼 먹고 버스를 타고 집으로 돌아오는 길, 창밖의 풍경보다 서로의 웃음소리가 더 컸다.

그날은, 그저 함께 있다는 사실이 행복했고 든든했다.

집에 도착하니 어머니는 이미 일터로 나가계셨다. 부엌 불을 켜자 개구리 소반 위에 계란프라이와 된장찌개, 그리고 몇 가지 반찬이 신문지로 덮여 있었다. 밥그릇 밑에는 3만 원이 놓여 있었다. 아침 일찍 출근해 밤늦게까지 일하는 어머니가 남겨둔 용돈이었다.

그 돈을 손에 쥐었을 때 묘한 감정이 밀려왔다. 고맙지만, 한편으로는 그 돈이 어머니의 피곤과 맞바꾼 결과라는 걸 알았기에 마음이 무거웠다. 짜장면을 먹고 왔음에도 배가 또 고파져 씻고 밥을 먹은 뒤 설거지를 하고 일찍 잠들었다. 다음 날 아침에도 식탁 위에는 스팸과 된장찌개, 반찬이 놓여 있었고, 어머니는 또다시 일을 나가셨다. 그 뒷모습은 늘 보이지 않았지만, 나는 그 부재로 어머니의 하루를 느낄 수 있었다.

방 안 거울 앞에 서서 어제 받아온 교복을 입어봤다. 새것이 아니었지만 깔끔했다. 약간 크긴 했지만, 몸에 제법 맞았고, 거울 속 내 모습은 평소보다 한층 성숙해 보였다. 마치 양복을 입고 서 있는 것 같았다.

정류장에 서니 멀리서 교복을 입고 걸어오는 아이들이 하나둘 눈에 들어왔다. 햇빛에 비친 그 모습은 마치 날개를 단 듯 환하게 빛나 보였다. 우리는 서로의 교복 차림을 훑어보며 “잘 어울린다.” 라며 장난을 쳤다. 그 장난 속에서 피어나는 웃음은 꽃향기처럼 번졌다. 버스를 타고, 내려서, 학교에 도착하기까지 웃음은 끊이지 않았다. 그 짧은 시간 동안, 우리는 현실의 무게를 잠시나마 벗어던질 수 있었다.

학교에 도착하자 곧 각자 다른 반으로 배정되어 흩어졌다.

내가 들어선 교실 안에는 처음 보는 얼굴들이 가득했다. 똑똑해 보이고 공부를 잘할 것 같은 친구들이 많았다. 그 옆에는 키가 크고 위압적인, 첫인상부터 거칠어 보이는 아이들도 있었다.

그들의 옷차림은 머리부터 발끝까지 깔끔했고, 브랜드 가방과 신발, 최신 전자기기가 눈에 띄었다. 심지어 어떤 친구는 이어폰을 꽂고 인터넷 강의를 듣고 있었다. 반대편, 무섭게 생긴 아이들은 복도를 느릿하게 어슬렁거리며 지나가는 친구들에게 장난을 치거나 시비를 걸었다. 그 풍경 속에서 나와 꼬리표 친구들은 유난히 작아 보였다. 키도, 체격도, 분위기도. 우리의 존재는 쉽게 묻히고, 쉽게 무시될 수 있을 만큼 초라했다.

아침 8시 40분, 학생주임 선생님의 목소리가 방송 스피커를 울렸다.

"모두 교실로 들어가 수업 준비하세요."

잠시 후 담임 선생님이 들어왔다. 죽도를 든 여자 영어 선생님이었다. 문을 열고 들어서는 순간, 단정하게 묶은 머리와 날카로운 눈빛, 단호한 목소리에서 묘한 압박감이 느껴졌다. 출석부를 부르며 한 명씩 이름을 확인하던 중 내 차례가 왔다.

나는 재빨리 자리에서 일어나 "네!"라고 대답했다.

그 순간, 선생님의 시선이 나를 잠시 스쳤다. 그러고는 짧고도 단호하게 말했다.

“수업 끝나고 교무실로 오세요.”

그 말이 떨어지는 순간, 이유를 알 수 없는 긴장감이 가슴을 조였다. 마치 앞으로 무언가 예기치 않은 일이 일어날 것 같은 불안이 서서히 번져왔다.

첫 수업은 국어였다.

공부 잘하는 친구들은 공책에 연필을 바쁘게 움직이며 선생님의 말을 받아 적었다. 반면 맨 뒷자리의 거친 친구들은 서로 장난을 치며 시간을 흘려보냈다. 나는 애써 마음을 다잡고 수업에 집중하려 했지만, 선생님의 목소리는 내 귀에 제대로 들어오지 않았다. 책 속 글자는 낯설고 어렵게만 느껴졌고, 이해는커녕 한 문장조차 제대로 붙잡지 못했다. 그저 책장을 뚫어져라 바라보며 단어 하나라도 머릿속에 담아두려 애썼지만, 50분은 끝없이 늘어진 줄 같았다.

눈은 책을 향하고 있었지만, 마음은 딴 곳을 헤매는 기분이었다. 교과서 속 문장은 벽처럼 느껴졌고, 그 벽을 기어이 넘어야 한다는 부담만 더 무겁게 다가왔다. 시계의 초침은 느릿하게 움직였고, 교실 안 공기는 점점 무겁게 가라앉았다.

수업이 끝나자, 복도에서 꼬리표 친구들이 다가왔다.

“첫 수업 어땠냐?”

"지루해. 하나도 모르겠어."

우리는 같은 대답을 동시에 내뱉더니, 서로의 표정을 보자마자 웃음을 터뜨렸다. 그 웃음 속에는 '나만 힘든 게 아니구나.' 하는 안도감이 섞여 있었다.

그때 매점 쪽에서 풍겨오는 호빵과 후랑크 소시지 냄새가 코끝을 스쳤다.

김이 모락모락 오르는 냄새는 배 속 허기를 한순간에 깨웠다.

"가자. 조금씩 돈 모아서 사 먹자."

하지만 매점에 가려면 중앙 복도를 지나야 했고, 그곳에는 늘 무서운 친구들이 진을 치고 있었다. 그들을 스치듯 지나가야 한다는 생각만으로도 발걸음이 무거웠다. 우리는 서로 눈빛을 주고받으며 망설였다. 그러다 마침 그들이 화장실로 향하는 틈을 타 전속력으로 매점까지 달렸다.

뜨겁게 데운 호빵과 소시지를 손에 쥐자 손끝부터 온기가 퍼졌다. 입천장이 델까봐 호호 불어가며 한 입씩 베어 물었다. 입안에 가득 번지는 따뜻한 속 재료와 짭조름한 소시지 맛에, 저절로 눈이 가늘어졌다. 서로의 먹는 모습을 보고 또다시 웃음이 터졌다. 그 짧은 시간이지만 우리에게는 그것이 잔치였다. 배고픔을 채운 것뿐 아니라, 마음까지 채워주는 순간이었다.

교실로 돌아오는 길, 화장실 앞에서 불쾌한 담배 냄새가 풍겼다. 매캐한 연기가 코를 찌르자 내 친구들도, 지나가던 학생들도 고개를 갸웃거리며 웅성거렸다.

2교시 사회 시간이 시작됐다. 깔끔한 정장을 입은 푸근해 보이는 선생님이 차분한 목소리로 수업을 이어가고 있었다. 그런데 수업이 채 10분도 지나지 않아 교실 문이 갑자기 열렸다. 학생주임 선생님이었다.

"선생님, 수업 중 죄송합니다. 담배를 피운 학생이 있어서요."

그 말이 떨어지는 순간, 교실 안 공기가 뚝 하고 식었다.

학생주임 선생님은 예비역 대위로 전역한 뒤 교사가 된 분이었다. 전직 군인 특유의 단정한 차림새, 꼿꼿한 자세, 군기 서린 눈빛이 문턱을 넘는 순간부터 교실 분위기를 완전히 바꿔놓았다. 그의 발소리는 마치 훈련소 점호 시간처럼 무겁게 울렸다.

"신입생들, 오늘 첫 학교 수업이지요?"

낯선 권위 앞에서 반 아이들은 대답을 하긴 했지만 목소리는 힘이 없었다. 몇 명만이 어렴풋하게 "네."라고 답했다. 그 찰나, 학생주임 선생님의 표정이 단숨에 매섭게 변했다. 날카로운 눈매가 번쩍이며 호통이 터져 나왔다.

"이 새끼들! 목소리 봐라! 똑바로 대답 안 해?!! 전체, 일어나!"

호통이 번개처럼 교실 안을 때렸다. 순간 공기가 찢어지듯 술렁이며 모든 학생이 벌떡 자리에서 일어났다. 의자가 바닥에 긁히는 소리가 여기저기서 섞여 울렸다.

"책상 옆으로 나와!"

우리는 숨을 죽인 채 조심스럽게 자리에서 물러나 책상 옆에 일렬로 섰다. 그 사이 복도에서 불어온 찬 공기가 등줄기를 스쳤다. 이어진 건 예고 없이 떨어진 얼차려였다.

"정신 똑바로 안 차려?! 앉아! 일어서! 앉아! 일어서!"

명령이 총알처럼 날아들었다. 우리는 기계처럼 앉아 일어서기를 반복했다. 바닥에 발이 닿는 둔탁한 소리, 숨이 가빠지며 목구멍에서 터져 나오는 거친 호흡, 그리고 선생님의 날카로운 목소리가 교실을 가득 메웠다. 그 순간, 이곳은 더 이상 교실이 아니었다. 군대의 훈련장 같았다.

"담배 피운 놈들, 다 나와!!"

순간 모든 움직임이 멈췄다. 무겁게 깔린 침묵이 교실 안을 짓눌렀다. 서로의 눈빛이 불안하게 오가다가, 결국 아무도 앞으로 나서지 않았다. 학생주임 선생님은 눈을 가늘게 뜨고 우리를 훑어본 뒤 낮지만 단호한 목소리로 명령했다.

"이 새끼들 안 나와?!! 손 앞으로 내밀어!"

우리는 동시에 두 팔을 뻗었다. 손끝에 묘한 떨림이 묻어났다. 선생님은 맨 앞줄부터 한 명씩 다가가 손 냄새를 맡기 시작했다. 숨을 삼키는 소리와 발소리만이 교실 안을 채웠다. 맨 뒷줄에 있던 무서운 친구들은 몰래 손바닥에 침을 묻혀 비비거나, 핸드크림을 듬뿍 발라 냄새를 지우려 안간힘을 썼다. 그러나 표정에는 미묘한 긴장감이 스쳤다.

순서가 점점 뒤로 넘어왔다. 내 차례가 되었을 때, 선생님은 내 손을 잠시 바라보다가 코끝을 가져갔다. 그리고 담배에 대한 언급 대신, 짧고 단호하게 말했다.

"손톱 좀 깎고 다녀."

그 순간, 안도의 숨이 미세하게 새어 나왔다. 그러나 긴장은 여전히 풀리지 않았다. 선생님의 발걸음이 뒷자리로 향하면서 공기는 점점 더 무거워졌다.

드디어 무서운 친구들이 모여 있는 자리. 그들의 손에서는 핸드크림과 침이 뒤섞인 이상한 냄새가 났지만, 그 아래에 감춰지지 않는 묵직한 담배 냄새가 서려 있었다. 학생주임 선생님의 표정이 단단히 굳었다.

"복도로 나가, 엎드려 있어."

명령은 날카로웠고, 그들은 말없이 복도로 나갔다.

곧이어 그 친구들의 가방 검사가 시작됐다. 책상 위로 쏟아지는 물건들 머리 왁스, 핸드크림, 휴대용 게임기, 쌍절곤, 성인잡지, 라이터, 휴대폰 충전기… 예상치 못한 물건들이 줄줄이 나왔다. 선생님은 표정 하나 변하지 않고 그것들을 전부 압수했다.

검사가 끝나자 사회 선생님께 짧게 고개를 숙이며 인사를 한 뒤복 도로 나갔다. 그 뒤 무서운 친구들에게는 하루 종일 엎드려뻗쳐를 시켰다. 반장에게는 쉬는 시간마다 그 옆에 서서, 엎드려뻗쳐를 제대로 안 하는 인원을 적어 오라고 시켰다.

그 광경을 교실 안에서 지켜보는 동안, 내 마음은 이상하게 복잡했다. 안도감과 동시에, 그 무거운 공기의 잔향이 오래도록 가시지 않았다. 복도를 지날 때마다 바닥에 엎드려 있는 모습이 시야에 들어왔다. 팔을 앞으로 뻗고 몸을 낮춘 채, 마치 벌을 받는 포로처럼 그 자리에 묶여 있었다. 학생들은 그 앞을 지나가며 조심스레 시선을 흘리거나, 호기심 어린 눈으로 힐끔거렸다. 몇몇은 친구끼리 작게 웅성대며 그 장면을 뒤로했다.

그런데 무서운 친구들은 엎드린 자세에서 슬그머니 고개를 들었다. 무릎을 꿇고 앉아 지나가는 학생들을 향해 낮고 거친 목소리를 흘렸다.

"뭘 야려?"

"학교 끝나고 남아라, 넌 뒤졌어."

"우리 앞 지나가면 뒤진다."

그 말투엔 노골적인 위협과 불길한 기운이 배어 있었다. 지나가던 학생들의 발걸음이 순간 굳어지고, 시선이 얼른 다른 곳으로 향했다.

이 장면을 지켜보던 반장이 종이에 이름을 적으려 펜을 들자, 그들의 시선이 번개처럼 반장을 겨눴다.

"야, 반장. 너 뒤질래?"

"그 종이에 적으면 진짜 처맞을 줄 알아라."

말은 날카로웠고, 표정은 더 매서웠다. 협박이라는 단어가 무색할 만큼, 그것은 거의 선전포고에 가까웠다.

나는 그 광경을 멀찍이서 보고 있었다. 그런데 갑자기 그들의 시선이 나를 향했다. 눈빛은 살기를 머금고 있었고, 이어진 건 욕설과 함께하는 노골적인 겁주기였다. 심장이 묘하게 쿵 내려앉았다.

곧 수업 종이 울리고 멀리서 복도로 선생님들의 발소리가 다가왔다. 그러자 무서운 친구들은 순식간에 다시 엎드려뻗쳐 자세로 돌아갔다. 아무 일도 없었다는 듯, 고개를 바닥에 묻고 가만히 있었다.

수업이 끝났고, 점심시간이 되었다.

급식 종이 울리자, 학생들은 기다렸다는 듯 자리에서 벌떡 일어나 급식실로 달려갔다. 그때였다. 나와 꼬리표 친구들 중 한 명이 무심코, 엎드려 있던 무서운 친구의 손등을 밟아버렸다. 순간 공기가 뚝 하고 멈췄다. 친구는 바로 고개를 숙이며 "정말 미안하다."라고 거듭 사과했다. 하지만 그 말이 끝나기도 전에 무서운 친구들이 벌떡 일어나 싸대기가 번개처럼 날아들었고, 이어 발길질이 친구의 옆구리를 강하게 후려쳤다.

우리는 다급히 달려가 "그만해! 때리지 마!" 하고 막아섰지만, 이미 그 친구들의 분노는 머리끝까지 치솟아 있었다. 돌아온 건 거친 욕설뿐이었다.

"좆같이 굴지 마라."

"다 죽여버린다."

그 분노는 순식간에 나와 다른 꼬리표 친구들에게까지 번졌다. 어깨를 밀치고, 뺨을 때리고, 발로 차는 폭력이 이어졌다. 지나가던 다른 학생들이 용기를 내어 중간에 끼어들었지만, 그들마저 붙잡혀 뺨을 맞았다. 그 순간 복도는 순식간에 전쟁터로 변했다. 싸늘한 공기 속에서 숨소리와 욕설, 발소리만이 교차했다.

얼굴은 붉게 부어올랐고, 몇몇은 코피가 연이어 흘러내렸다.

한 친구는 교복 상의가 어깨 부분부터 찢겨졌고, 또 다른 친구가 발로 차이는 과정에서 메이커 운동화 위로 피가 튀었다. 그들은 "신발에 피 묻었다."라고 하며 아주 심한 욕을 내뱉더니, 더 세게 발길질을 퍼부었다. 이어서 "피 닦아."라고 하며 억지로 무릎을 꿇게 하고 손으로 신발을 문질러 닦게 했다. 심지어 "세탁비 내놔."라며 주머니를 뒤져 돈까지 빼앗아 갔다. 그 과정에서 손목이 거칠게 꺾이고, 속주머니까지 뒤지는 손길이 섬뜩했다.

폭력을 끝낸 무서운 친구들은 아무 일 없었다는 듯 복도를 빠져나가 곧 학교 밖으로 사라졌다. 남겨진 우리는 말없이 서로의 얼굴을 바라보다가, 아무도 먼저 말하지 못한 채 화장실로 향했다.

거울 앞에 서자 피투성이 얼굴과 부은 볼이 그대로 비쳤다.

차갑고 하얀 형광등 불빛이 상처를 더 도드라지게 했다. 우리는 휴지에 찬물을 묻혀 피를 닦고 서로의 상처를 살펴보았다. 교복이 찢긴 친구에게는 체육복을 빌려주었다. 붉게 부어오른 얼굴에 차가운 물을 대자, 순간 피부밑으로 날카로운 통증이 번졌다. 숨이 멎을 듯 아렸고, 눈가가 절로 찡그려졌다. 아픔이 가라앉기는커녕 오히려 그 시간들의 공포가 물 위로 기포처럼 떠올라 더 선명해졌다.

너무나 억울하고 분노한 우리는, 점심시간이 끝나자 수업에 들어가지 않았고 학생주임 선생님이 있는 학생주임실로 향했다. 문을 열고 들어가 처음부터 어떻게 된 일인지 자초지종을 빠짐없이 설명했다.

학생주임 선생님은 우리의 얼굴을 한참 바라보더니, 목소리에 분노를 감추지 못했다.

“이렇게 맞을 거면, 학교 끝나고 운동장에서 남자답게 자신감을 갖고 싸워라.”

그 무서운 친구들은 앞으로 선생님이 해결하겠다고 하셨다. 그러니 우리는 학교에 잘 다니며 공부에만 집중하라는 것이었다. 그리고 오늘이 첫 수업이라 오후 5, 6교시만 하고 3시에 학교가 끝난다고 알려주셨다.

"오후 수업은 안 들어가도 된다. 보건실 선생님이 오늘 안 계실 거다. 보건실 문은 열어둘 테니 상처 부위 소독하고 약 바른 뒤 바로 집에 가라."

학생주임실에서 나와 우리는 곧장 보건실로 향했다. 약통 뚜껑을 열고 서로의 상처에 소독약을 발라주었다.

따끔거림에 얼굴을 찡그리면서도, 반창고를 붙이며 웃음을 흘렸다.

"다음부터는 같이 맞서 싸우자. 어차피 이판사판 아니냐."

우리는 모두 고개를 끄덕였다. 그 말은 단순한 객기로 들리지 않았다. 서로에게 용기와 자신감을 불어넣는, 그날만큼은 꼭 필요한 약속 같았다.

보건실을 나서면서, 아까 우리를 말리려다 함께 맞았던 친구들과도 짧게 인사를 나누고 서로 격려하며 헤어졌다. 그리고 나와 꼬리표 친구들은 각자 담임 선생님과의 상담이 있어 교무실로 발걸음을 옮겼다.

교무실로 들어서자 처음 보는 몇몇 선생님들이 분주하게 움직이고 있었다.

책상마다 쌓인 서류 더미와 켜져 있는 모니터 불빛, 종이 넘기는 소리와 빠른 타자 소리, 프린터가 돌아가는 기계음이 교무실 공기를 메웠다. 창밖에서는 운동장에서 들려오는 학생들의 함성 소리가 간헐적으로 스며들었다. 하지만 그 소리조차 안쪽의 고요를 깨지 못했다.

우리는 교무실에서 서성이다가 선생님들께 "안녕하세요." 하고 인사를 건넸다. 무슨 일로 왔느냐는 물음에 "오늘 담임 선생님의 상담이 있어서 왔습니다."라고 답했다. 그러자 곧 오실 테니 잠시 기다리라는 대답이 돌아왔다.

초등학교 교무실보다 훨씬 넓은 이곳은 인원도 많았다. 선생님들과 행정 직원들이 각자 맡은 자리에서 일에 몰두하고 있었고, 나는 그 풍경이 낯설면서도 묘하게 위압적으로 느껴졌다.

약 20분쯤 지나자 담임 선생님이 들어오셨다.

우리는 기다렸다는 듯 다가가 상담이 있어 왔다고 말씀드렸고, 선생님은 교무실 옆 상담실로 우리를 안내했다. 상담은 일대일로 이뤄졌다.

가정 형편, 집에서 겪는 어려움, 아르바이트 여부, 통학 방법, 건강 상태… 질문은 세세했고, 선생님은 한마디도 놓치지 않으려는 듯 눈을 맞추며 들었다. 학교에서 줄 수 있는 도움은 최대한 주겠다고, 학생주임 선생님께도 이야기를 들었으니 걱정하지 말고 공부에만 집중하라고 했다.

나는 모든 질문에 차분하고 자세하게 대답했다.

아침에 봤던 죽도를 든 그 무서운 모습이 아직 뇌리에 남아 있었지만, 상담 중의 선생님은 전혀 다른 사람이었다. 미소는 따뜻했고, 목소리는 부드러웠다. 천사와 마주한 것 같은 착각이 들었다.

다른 꼬리표 친구들도 각자 상담을 마쳤다.

학교를 나서며 우리는 어떤 이야기를 나눴는지 서로 들려줬는데, 내용은 거의 비슷했다.

그날 오후에도 전단지 아르바이트가 있었다. 사무실에 가니 사장님은 없었고, 문 앞에 전단지가 가지런히 놓여 있었다. 우리는 각자 책가방에 나눠 담았다. 아파트, 상가, 빌라, 주택을 돌아다니며 붙이는 일. 서로 "차 조심!"이라고 외치며 골목골목을 누볐다.

이제 주택만 남았다. 우리는 흩어져 맡은 구역을 돌기로 했다.

나는 다른 골목 쪽으로 발걸음을 옮겼다. 그런데 멀리서 낯익은 그림자가 보였다. 무서운 친구들이었다. 그들은 골목을 가로막고 서서 지나가는 아이들을 거칠게 붙잡아 세웠다. 주먹이 날아가고,

아이들이 비틀거리며 쓰러졌다. 손은 곧장 주머니로 향했고, 몇 초 만에 돈이 빼앗겼다.

심장이 쿵 하고 내려앉았다. 목이 바짝 마르고, 손바닥에는 식은 땀이 맺혔다.

살금살금 뒤로 물러섰지만, 발걸음은 자갈 위를 걷는 듯 무겁고 더뎠다.

그때였다. 무서운 친구들 중 한 명이 고개를 돌리더니 나를 발견했다.

"야! 너 일로 와봐!"

그 목소리는 날카롭게 골목 안을 찢었다. 가슴이 철렁 내려앉고 온몸이 얼어붙었다. 숨이 가빠지고 심장은 미친 듯이 뛰었지만, 다리에 힘이 들어가지 않았다. 그들은 손짓으로 나를 부르며 계속 소리쳤다. 그 손짓이 마치 나를 끌어당기는 올가미 같았다.

우물쭈물, 발끝만 떼었다 붙였다. 돌덩이처럼 굳은 몸은 한 발짝도 움직이지 못했다. 결국 한 명이 나를 향해 달려왔다. 나는 천천히 뒷걸음을 치려 했지만, 발이 땅에 붙어버린 듯 움직이지 않았다. 목뒤로 식은땀이 흘렀다.

그는 곧바로 내 목덜미를 거칠게 움켜쥐었다.

"반갑다? 씨발넘아 오라 할 때 왔어야지. 힘들게 오게 만들어?"
비웃음 섞인 목소리가 귀를 때리는 순간, 거친 손바닥이 내 뒤통수를 세게 후려쳤다. 균형을 잃고 비틀거리며, 그들이 모여 있는 곳으로 끌려갔다. 나를 둘러싼 채 욕을 퍼붓고 툭툭 건드렸다. 등에 오싹한 전율이 스치고, 온몸이 떨렸다. 시선은 바닥에 고정됐다. 눈을 마주쳤다간 무슨 일이 벌어질지 뻔했다.

나를 벽에 세게 밀친 뒤, 두 명이 내 책가방을 거칠게 빼앗아 바닥에 쏟았다. 전단지와 책들이 사방으로 흩어졌다. 발길질이 이어졌고, 라이터 불꽃이 튀었다. 전단지와 책에 불이 붙자 타들어 가는 종이 냄새가 코를 찔렀다.
"오우~ 야, 너 전단지 붙이러 다니냐? 그럼 돈 있겠네?"
손이 내 교복 주머니로 들어오려 하자 본능적으로 밀쳐냈다. 안쪽 주머니에는 어머니가 주신 삼만 원이 있었다. 그것만큼은 절대 빼앗길 수 없었다.

순간, 그의 표정이 싸늘하게 굳었다. 입에 담기 힘든 욕설이 날아왔고, 거친 손이 내 머리채를 잡아챘다. 이어 얼굴에 날아든 싸대기에 고막이 울렸다. 균형을 잃고 주저앉았지만, 한 손으로 교복 상의를 필사적으로 움켜쥐었다. 돈을 지키기 위해서였다. 그러나 발로 찍어 누르는 힘은 너무나 강했다. 손에서 힘이 빠지고, 결국 교복은 그들의 손에 넘어갔다.

그들은 돈을 꺼내 갔고, 교복마저 불 속에 던졌다. 옷은 불길 속에서 검게 일그러졌다.

나뿐만 아니라 괴롭힘을 이어 당하던 다른 아이들도 발길질과 주먹질을 당했다. 돈은 모조리 빼앗겼고, 그들은 우리 앞에서 담배를 피워 담뱃재와 가래침을 우리에게 털고 뱉어냈다. 악마 같은 웃음을 지으며 웃고 있었다.

그때, 멀리서 내 이름을 부르는 목소리가 들렸다. 꼬리표 친구들이 나를 찾아 헤매다 마침내 발견한 것이다. 망가진 내 모습을 본 친구들은 곧장 달려왔다. 그러나 무서운 친구들은 그들에게도 욕설을 퍼부으며 시비를 걸었고, 주먹이 오가며 패싸움이 벌어졌다.

나는 함께 싸우고 싶었지만, 이미 맞는 과정에서 손가락이 부러지고 발목이 삐어 서 있을 수조차 없었다. 내 친구들의 주먹질에는 분명 용기가 있었지만, 상대는 덩치와 힘이 훨씬 컸다. 결국 용감함은 힘 앞에서 무너져 내렸다

무서운 친구들은 내 친구들을 벽 쪽으로 몰아붙이더니, 발로 무참히 밟았다.

“아파하는 소리 내면 더 맞는다. 씹쌔꺄”

그 말이 끝나자마자 발길질이 이어졌다. 담배를 피우며 때렸고, 피우던 담배를 친구들의 입에 억지로 물렸다.

"학생이 담배를 피우면 안 되지! 맞아야겠네~."

비웃음과 함께 싸대기가 이어졌다. 나무 막대기를 집어 들어 온몸을 내리쳤다. 가방을 뒤져 책과 전단지를 꺼내 불태웠고, 교복 상의를 빼앗아 지갑과 돈을 챙긴 뒤 상의마저 불 속에 던졌다.

내 친구들은 나를 지키려다 더 찢기고 망가졌다.

그들은 우리에게서 모든 것을 가져갔고, 모든 것을 태우고는 악마 같은 웃음을 지으며 사라졌다. 악마 같은 그들이 떠나자 서로의 얼굴과 몸을 보았다. 멍과 피로 범벅이 되어 있었고, 우리는 모든 걸 빼앗긴 채 말없이 서로를 부축했다.

터벅터벅 걸어 도착한 곳은 주변 공원 수돗가였다.

아무 말 없이 눈물이 흘렀다. 수돗물로 서로의 얼굴을 씻겨주었고, 화장실에서 가져온 휴지로 피를 닦아주었다. 얼굴들은 상처투성이였지만, 묘하게 단단하게 굳어 있었다.

그 순간, 오전에 학생주임 선생님이 했던 말이 떠올랐다.

"남자답게 자신감을 갖고 싸워."

우리는 서로를 바라봤다. 그래, 한번 붙어보자. 이미 잃을 건 없는 인생이었다. 무서워할 이유도 없었다. 이판사판이었다.

그날, 우리는 결심했다.

"둘 중 한 명이 죽어야 끝난다."

그 말은 단순한 허세가 아니었다. 분노와 상처, 그리고 더 이상 물러설 수 없다는 각오가 섞인, 우리 나름의 최후통첩이었다.

그들을 찾기 시작했다. 어디에 있을지는 이미 감이 왔다.

시내 오락실. 예상대로, 그곳 한쪽에서 그들은 여자아이들과 어울려 담배를 피우며 웃고 있었다. 그 웃음소리가 귀에 거슬렸다. 조금의 망설임도 없었다.

우리는 오락실 문을 거칠게 밀치고 들어섰다.

순간, 차갑고 어두운 공기 속에서 네온사인의 빛이 번쩍였다. 곧장 주먹이 날아갔다. 여자아이들의 날카로운 비명 소리가 퍼지고, 그들은 순식간에 사방으로 흩어졌다.

그때 우리의 눈빛에는 살기와 독기, 그리고 짐승처럼 물러서지 않겠다는 결의가 서려 있었다. 의자가 허공을 가르며 날아갔다. 오락실 기계가 몇 대나 산산조각 났고, 깨진 유리 조각이 바닥 위에 흩어져 빛을 반사했다. 창문마저 박살이 나 차가운 바람이 몰아쳤다.

주먹과 발길질이 오가는 사이, 무서운 친구 중 한 명이 머리에 피를 흘리며 쓰러졌다. 내 친구가 의자로 머리를 내려친 탓이었다. 하지만 싸움은 멈추지 않았다. 피를 흘리며 바닥에 쓰러졌고 내 친구는 욕설을 퍼부으며 손을 멈추지 않았다.

멀리서 경찰차 사이렌 소리가 울리기 시작했다. 점점 가까워졌다. 무서운 친구들이 순식간에 도망쳤다. 나도 친구의 팔을 붙잡고 빠져나가려 했다.

"야! 지금 빨리 도망가야 해!"

"오늘 이새끼 내가 죽일 거야. 난 안 가!"

"지금 빨리 도망쳐야 된다고!!"

"너희는 도망가. 내가 시간을 끌게."

"닥치고 같이 가자니까!"

그 친구는 숨을 몰아쉬면서도, 눈빛은 단호했다.

"너희는 학교 잘 다니고, 잘 살아라. 우리는 남자답게 싸웠다."

"닥치고 빨리 나와! 지금 아니면 늦어!"

순간, 그는 우리를 뒷문 쪽으로 강하게 밀쳤다. 아무리 버티려 해도 그 힘을 이길 수 없었다. 손을 뻗어 그의 손목을 붙잡았지만, 그는 그 손마저 세게 뿌리치고 문을 잠갔다.

"야! 빨리 문 열어!"

"여긴 내가 알아서 할게. 우리 모두 잡히면 끝장이야. 빨리 떠나!

"그만 헛소리하고 문 열어!"

"친구야! 우리 우정 변치 말자. 어서 가!"

"뭘 해결하겠다는 거야? 같이 나가자고!"

"친구야! 지금까지 정말 고마웠다. 빨리 도망쳐!"

나는 문고리를 붙잡은 손에 힘을 주었지만, 옆에 있던 다른 꼬리표 친구가 나를 잡아끌었다.

우리는 남은 친구를 뒤로한 채, 몇십 분 동안 숨이 턱에 차도록 달렸다.

그 친구는 달리는 내내 내 손을 절대 놓지 않았다. 어디로 향하는지도 모른 채 도착한 곳은 큰 고가도로 아래였다. 심장이 터질 듯 숨이 가빴고, 그 와중에 우리는 남은 친구가 파출소에 잡혀갔을 거라고 짐작했다.

근처 파출소를 멀리서 지켜보기로 했다.

창문 너머로, 조사받는 친구의 굳어진 얼굴이 보였다. 그는 어릴 적 부모에게 버려지고 할머니 손에서 자라난 친구였다. 그 사실을 아는 나는 가만히 서 있을 수 없었다. 발걸음을 옮기려 했지만, 다른 친구들이 나를 붙잡았다. 몸을 뿌리치며 나아가려 했지만, 끝까지 나를 놓아주지 않았다.

해가 지고 저녁이 되자, 파출소 주차장에 차량 한 대가 멈춰 섰다. 차에서 내린 사람은 멀리서도 알아볼 수 있었다. 켜진 불빛 아래, 그의 얼굴이 드러났다. 학생주임 선생님이었다. 선생님은 경찰관과 짧게 인사를 나눈 뒤, 내 친구의 등을 토닥이며 웃어주었다. 그 모습을 멀리서 지켜보며 숨을 놓았다.

한 시간이 지나, 학생주임 선생님과 내 친구가 함께 나와 차에 올라탔다.

차가 멀어져 가는 것을 보며 서로를 껴안았다. 이제 됐다는 듯 고개를 끄덕였다. 아마 집으로 데려다 줄 거라 믿으며, 곧장 그 친구의 집으로 향했다.

비록 돈도, 가방도, 교복 상의도 없어져 빈손이었지만, 이상하게도 걸음은 가벼웠다. '남자답게 싸웠다.'라는 생각 하나가 우리를 버티게 했다.

몇 시간을 걸어 도착한 친구의 집은 고요했다. 인기척은 할머니 혼자뿐이었다. 늦은 시간이어서 문을 두드리지는 않았다. 그래도 다행이었다. 파출소에서 선생님과 함께 떠났으니 안전할 거라 믿었다.

우리는 각자 집에 몰래 들어가기로 했다.

홀어머니, 홀아버지, 혹은 할머니 손에서 자란 우리였기에, 지금의 몰골로는 문을 열 용기가 없었다. 그래서 동네 회관 옥상에 올라가 오늘의 싸움 이야기를 자랑하듯 늘어놓았다. 웃음소리가 한동안 끊이지 않았다. 피와 상처가 훈장이라도 된 듯, 서로를 대견해하며 웃어댔다.

웃으며 떠들다, 시간이 어느덧 새벽이 되어 조심스레 각자의 집으로 흩어졌다.

나는 집에 들어서자 깊은 잠에 빠져 있는 어머니의 숨소리를 들으며 방으로 향했다. 이상하게도 웃음이 지어졌고, 그대로 이불 속으로 파고들었다.

다음 날 아침, 친구들과 다시 마주했다.

어제의 흔적이 얼굴과 몸에 고스란히 남아 있었다. 부은 눈, 긁힌 피부, 멍든 자국들. 하지만 우리는 아무 말 없이 서로를 바라보며, 그 상처를 '남자답게 싸운 증거'처럼 받아들였다.

학교로 향하는 길, 몇 시간을 걸었다.

차량을 세우려고 손짓도 해봤지만, 단 한 대도 멈추지 않았다. 솔직히, 나라도 멈추지 않았을 것이다. 얼굴과 몸에 상처투성이인 학생들이 길가에 서 있다면, 누구라도 고개를 돌렸을 테니까.

길 위에서 풀을 뜯어 입에 물고, 발로 작은 돌을 차며 걸었다.

어느 순간, 어디선가 나타난 강아지 한 마리가 우리 옆을 졸졸 따라왔다. 마치 보조를 맞추듯 걸음을 맞춰주는 그 모습에, 잠시 웃음이 났다.

몇 시간을 걸어 학교에 도착하자마자 운동장 옆 수돗가로 달려갔다. 수도꼭지를 틀고 고개를 숙여 벌컥벌컥 물을 마셨다. 옆에는 '음수 금지' 팻말이 붙어 있었지만, 시골에서 자란 우리에겐 아무 의미가 없었다. 우물물, 계곡물, 논두렁 물까지 마시며 자라온 우리였다.

갈증이 가라앉자 이번엔 배가 고팠다.

곧장 급식실로 향했다. 문을 열자 수많은 시선이 우리에게 꽂혔다. 마치 낯선 동물을 구경하듯, 친구들이 호기심 어린 눈빛으로 훑어봤다.

몇 명은 다가와 물었다.

"야, 너희 괜찮아?"

"왜? 뭐가?"

"너희, 어제 싸운 거 들었어…."

"우리도 당할 수 없으니까, 그냥 남자답게 싸웠지. 앞으로 걔네들 함부로 못 할 거야."

"아니… 정말 괜찮은 거 맞지? 걔네들 보통 애들 아닌데…."

"괜찮아. 걱정해 줘서 고마워. 그리고 너희들도 그냥 이판사판이다하고 싸워봐 별거 아니야."

우리는 허기진 배를 채우기 위해 밥을 허겁지겁 먹었다. 그 순간만큼은 어제의 상처와 피로가 잠시 잊혔다.

식사를 마친 뒤에도 마음 한구석이 무거웠다.

어제 있었던 일이 계속 걸려, 결국 학생주임 선생님을 찾아가기로 했다.

학생주임실 문을 열자, 어제 파출소에서 조사를 받던 그 친구가 의자에서 벌떡 일어났다. 한마디 말도 없이 우리에게 달려와 안겼다. 그 순간, 아무 말도 필요 없었다. 우리는 그저 서로 등을 세게 두드리며 묵묵히 위로를 주고받았다.

잠시 후, 어제 있었던 일들을 조심스럽게 나누기 시작했다.

친구는 경찰 조사에서 학교와 학년, 싸움의 경위, 상대와의 관계, 부모 유무까지 세세하게 물어봤다고 했다. 진술서를 작성하던 중 경찰이 학교로 전화를 걸었고 학생주임 선생님이 곧장 파출소로 와주셨다고 했다.

다행히 오락실에는 CCTV가 없어, 패싸움 장면이나 증거가 남지 않았다.

결국 쌍방 폭행으로 결론이 났지만, 상대 아이 한 명이 크게 다쳐 병원에 실려 갔다고 했다. 생명에는 지장이 없었고, 학생주임 선생님이 병원비와 오락실 기물 파손 비용도 해결해 주셨다고 하였다.

원래는 상대 무리 전원을 퇴학시키려 했지만, 중학교에는 퇴학 제도가 없었다. 대신 전학 조치가 내려졌다고 한다. 이유는 명확했다. 학교 내에서 얼차려를 받던 중에도 다른 학생들에게 욕설과 폭력, 협박을 일삼았기 때문이었다.

친구는 경찰서에서 조사를 끝낸 후 학생주임 선생님의 집에서 하룻밤을 묵었다고 하였고 학교 밖에서 폭력을 행사한 책임으로, 보육 시설과 학교를 오가며 사회봉사 60시간을 하게 되었다.

그때, 학생주임 선생님이 문을 열고 들어왔다.

우리는 동시에 자리에서 일어나 깊게 인사했다. 선생님은 웃으며 우리의 어깨를 가볍게 토닥였지만, 얼굴에는 걱정이 묻어 있었다.

"다 같이 앉아서 얘기하자."

선생님은 구석에 쌓인 과일 음료수 박스를 꺼내 우리에게 하나씩 건넸다. 그 손길이 이상하게 따뜻했다.

"남자답게 싸워보니까 어때?"

우리가 잠시 서로를 바라보다가 대답했다.

"남자는 싸워가며 커야 강해지는 것 같아요. 대신 그 책임은 져야 된다고 생각합니다."

선생님은 짧게 웃으며 고개를 끄덕였다.

“원래 교직자는 이런 말 하면 안 돼. 싸우지 말라고 해야 정상이지. 하지만… 나도 어릴 적에 주먹다짐을 해봤다. 살다 보니 느끼는 건, 남자라면 억울한 일에는 싸울 줄도 알아야 한다는 거다. 그래서 너희에게 싸워보라고 한 거야.”

그 말을 듣는 순간, 가슴속 깊은 곳이 울컥했다. 뜨거운 것이 차오르더니, 눈물이 저절로 흘러내렸다.

“선생님, 감사합니다. 그리고 죄송합니다. 저희 때문에… 마음고생하셨을 텐데 늦은 시간에 경찰서까지 가시고 합의금도 해결해주셔서 정말 감사하고 죄송합니다.”

우리는 벌떡 일어나 무릎을 꿇었다. 고개를 깊이 숙이며 연신 사과했다.

“어이구, 이놈 새끼들아… 괜찮아. 어서 일어나! 남자는 무릎 꿇는 거 아니야.”

다시 자리에 앉자, 선생님이 우리를 바라봤다.

“정말 죄송하냐?”

“네, 선생님. 죄송합니다.”

선생님은 잠시 우리를 지켜보다가 고개를 끄덕였다.

“좋다. 너희들의 마음이 진심인 것 같네. 그럼 이렇게 하자. 앞으로 2주 동안 수업 들어가지 말고, 보육 시설에 가서 네 친구 사회봉사 하는 거 같이 해라. 너희보다 더 어려운 아이들 많이 도와주고, 할머니, 어머니, 아버지 말씀 잘 듣고.”

"네 알겠습니다. 선생님."

"마지막으로 한마디 하겠다. 소신 있고 줏대 있게 살아라. 인간은 늘 후회하며 살아간다. 하지만 그 후회에 미련을 두지 마라. 어차피 네가 선택한 일이니까."

"네 잘 알겠습니다."

"이제 그만 질질 짜고, 어서 나가서 봉사 활동해."

선생님은 학교 창고로 가서 졸업한 선배들이 두고 간 교복 상의, 와이셔츠, 가방을 가져가라고 했다. 그리고 2주 동안 학교에 나오지 말고 보육 시설에서 봉사하라고 당부했다.

그렇게 우리는 2주 동안 우리보다 더 어렵고 힘들게 사는 아이들과 시간을 보냈다. 그 아이들은 태어나면서부터 장애가 있어 부모에게 버려진 아이들이었다. 우리는 그들을 지켜주며 축구를 하고, 동물원에 가고, 맛있는 음식을 먹으며 추억을 쌓았다. 서로의 손을 꼭 잡고 웃으며, 정과 사랑을 나눴다.

그렇게, 나와 내 친구들의 중학교 생활은 우여곡절 속에서 시작됐다.

싸움에서 시작된 이야기였지만, 우리에겐 다시는 잊을 수 없는 배움과 인연이 되었다. 그날 우리는 알았다.

상처는 피로만 물드는 것이 아니라, 누군가의 손길과 마음으로 덮일 때 비로소 치유된다는 것을.

그리고 그 치유는, 싸움보다 훨씬 오래 남아 사람을 바꾼다는 것을.

그 겨울, 17살의 이별

중학교 졸업을 앞둔 16살 인생의 마지막 겨울 방학이 시작됐다. 고등학교 진학을 앞두고 있었지만, 마음 한구석에는 설렘보다 막연한 불안이 더 크게 자리 잡고 있었다. 나와 꼬리표 친구들은 여느 때처럼 생계를 돕기 위해 아르바이트를 찾고 있었다.

그전까지는 사람들의 눈을 피해 골목골목 숨어다니며 전단지를 붙였다. 겨울바람이 살을 에는 날에도, 손끝이 얼어붙을 때까지 풀칠을 하며 전단지를 붙였다. 하지만 이번엔 조금은 덜 힘든, 그리고 사람들 앞에서도 당당할 수 있는 일을 하고 싶었다.

자전거를 타고 동네를 누비며 버스정류장마다 놓인 신문을 뒤적였다. 누렇게 바랜 광고란 속 글씨를 하나하나 훑었다.

그러다 동전 전화기가 놓인 문구점 앞, 유리문 한쪽에 붙은 종이

가 눈에 들어왔다. 큼직한 글씨로 적힌 문구.

'예식장 아르바이트 구함'

그 순간, 우리는 서로를 바라봤다. 그리고 아무 말 없이 고개를 끄덕였다. 망설일 이유가 없었다.

바로 동전 전화기로 전화를 걸었다. 수화기 너머로 들려온 사장님의 목소리는 단호하면서도 친절했다.

"면접 보러 오세요."

자전거 페달에 힘을 주자 바람이 얼굴을 스쳤다. 목적지는 시내 쪽 예식장.

집에서 자그마치 한 시간 반은 걸리는 거리였다. 땀이 식을 새 없이 달려 도착한 예식장은, 우리가 살아온 골목 풍경과는 전혀 다른 세계였다.

대리석 바닥에 반짝이는 샹들리에, 로비 한쪽에는 향기로운 꽃 장식과 깔끔하게 접힌 의자 커버.

친구들과 나는 서로의 팔을 툭 치며 '와….' 하는 표정을 지었다. 이렇게 근사한 곳에서 일을 한다니, 실감이 나지 않았다.

조심스레 사무실 문을 열자, 사장님이 자리에서 일어나 우리를 맞았다.

"무슨 일을 해봤나? 지금은 학교 다니고 있지? 출퇴근은 어떻게 할 거야?"

낯선 질문들이 쏟아졌지만, 숨김없이 답했다.

우리는 어려서부터 가난 속에서 자랐고, 방과 후엔 폐지와 캔을 주워 팔고, 농사일도 도우며 살아왔다고. 출퇴근은 자전거로 하겠다고 말했다.

사장님의 표정이 부드럽게 풀렸다.

"어린 나이에 참 열심히 산다. 보기 좋다. 공부는 못해도 괜찮지만, 학교는 꼭 다녀야 해."

그러고는 잠시도 망설이지 않고 말씀하셨다.

"내일부터 나와."

순간, 가슴이 벅차올라 우리는 거의 동시에 허리를 깊이 숙였다.

"정말 감사합니다. 열심히 하겠습니다!"

사장님은 책상 위에 있던 감귤주스를 꺼내 손에 쥐어주며, 등을 가볍게 두드렸다.

"내일부터 잘 부탁한다."

예식장을 나설 때, 발걸음이 이상하게 가벼웠다.

찬바람이 불어와 볼을 스쳤지만, 그날따라 추위는 느껴지지 않았다. 웃음과 노래가 절로 나왔고, 집으로 돌아오는 길이 평소보다 훨씬 짧게 느껴졌다.

집 앞에 도착하자, 마당 한쪽 나무 옆에 자전거를 단단히 묶어두고 내일부터는 달라질 일상이 기다리고 있었다. 설레는 마음에 일찍 잠을 청했다.

다음 날 아침, 깨끗이 씻고, 약속 장소로 향했다. 친구들과 함께 자전거 페달을 힘차게 밟으며 노래를 불렀다.

그 순간, 겨울의 차가운 공기마저도 우리를 응원해 주는 것 같았다.

시급은 전보다 훨씬 높은 5,000원.

무엇보다 뷔페 음식과 다양한 음료수를 마음껏 먹을 수 있다는 사실이 우리를 들뜨게 했다.

그리고 가장 큰 변화는, 이제 더 이상 숨어 다니거나 도망칠 필요가 없는 일이라는 점이었다.

그 자유와 당당함이, 우리에겐 돈보다 값졌다.

예식장에서는 결혼식, 돌잔치, 피로연 등 하루가 다르게 다양한 행사가 열렸다.

우리는 주 5일 근무했고, 하루 6~7시간을 서서, 뛰며, 움직이며 일하였고 나와 꼬리표 친구들은 주차장에서 신호수로 서 있거나, 예식장에서 나오는 쓰레기봉투를 뒤편 수거함에 옮기고, 주차장을 쓸고 닦는 등, 힘이 필요한 일이라면 가리지 않았다.

예식장 안에는 여자아이들도 있었다.

그들은 홀에서 서빙을 하거나, 손님이 떠난 테이블을 정리하고 새로 세팅하는 일을 맡았다.

우리는 탈의실에서 안전 조끼를 입고, 손에 경광봉을 쥔 채 주차장으로 나갔다.

신호수 일이 시작되면 정신이 없었다.

차량들은 끊임없이 드나들었고, 우리는 뛰어다니며 손짓으로 방향을 안내했다.

겨울바람이 뺨을 스쳐도, 움직이느라 추위를 느낄 틈조차 없었다. 주차장엔 고급스럽고 반짝이는 차들이 줄지어 들어왔고, 차에서 내리는 사람들의 표정에는 여유와 웃음이 가득했다.

그 여유로움은 우리와는 다른 세상 이야기처럼 느껴졌다.

우리는 그저 멀찍이서 조용히 바라보며, 언젠가 저런 삶을 살 수 있을까, 잠시 상상해 보았다.

그 와중에도 우리는 서로를 챙겼다.

물이 든 페트병을 건네며 "마셔, 목마르지?" 하고 묻고, 편의점에서 사 온 초코파이 하나를 반으로 나눠 먹으며 잠깐의 숨을 돌렸다.

"다치지 말고 조심해."

짧은 말이었지만, 그 안에는 서로를 향한 믿음과 위로가 있었다. 그렇게 우리는 그 겨울을, 차갑지만 뜨겁게 살아내고 있었다.

행사가 모두 끝날 무렵, 손님들이 하나둘씩 떠나기 시작했다. 주차장 안이 조금씩 비자, 우리는 차량을 정리하고 바닥에 떨어진 쓰레기를 주웠다.

그때 지배인님이 다가와 예식장 안과 뷔페식당, 홀 쪽이 아직 정리가 덜 됐다며 도와달라고 하셨다.

우리는 여자아이들이 일하는 구역으로 향했다. 각자 한 명씩을 맡아 돕기로 하고 흩어졌다.

나는 뷔페식당 홀에서 혼자 일하고 있는 여자아이를 돕기로 했다.

뷔페식당에 들어서자, 수십 개의 테이블 위에 손님들이 먹다 남긴 접시와 그릇이 어지럽게 포개져 있었다.

바닥에는 구겨진 휴지와 쓰레기, 기울어진 술병, 찌그러진 음료 캔이 뒤엉켜 있었다.

그 한가운데, 왜소한 체구의 예쁜 여자아이가 홀로 그 많은 뒷정리를 감당하고 있었다. 바로 미소라는 여자, 나의 첫사랑이다.

작은 어깨가 연신 움직이며, 쟁반에 그릇을 담아 나르는 모습은 부지런했지만, 그 부지런함 속에 피곤이 묻어났다.

그 광경을 보는 순간, 나도 모르게 손이 먼저 움직였다.

나는 몇 개의 그릇과 컵을 양손 가득 힘겹게 들고 있는 미소에게 다가가, 목소리를 낮추어 조심스럽게 말을 건넸다.

“안녕하세요… 제가 도와드릴게요.”

미소는 숨을 고르듯 짧게 들이마시고는, 흘릴세라 시선을 그릇에 고정한 채 말했다.

“아, 너무 무거워요. 잠시만요.”

그 순간, 혹시라도 그릇이 떨어질까 조마조마한 마음이 나를 앞으로 내밀었다. 미소의 팔이 살짝 떨리는 게 보였고, 다음 순간 균형이 무너지는 듯 비틀거렸다. 나는 본능적으로 손을 뻗어 미소가 들고 있던 그릇을 함께 붙잡았다. 그리고 그 짧은 찰나, 그녀의 차가운 손까지 함께 감싸졌다.

순간, 시간이 잠시 멈춘 듯했다.

가까이서 바라본 미소의 얼굴은 하얗고 맑았다. 쌍꺼풀 없이 단정한 눈매, 그 속에 담긴 설명하기 어려운 깊은 슬픔, 고단한 삶의 그림자가 비치는 듯한 그 눈빛은 묘하게도 마음을 울렸다.

그 속엔 힘겨움이 있었지만, 동시에 설명할 수 없는 아름다움이 있었다. 나도 모르게 가슴속 어딘가에서 설레는 기운이 피어올랐다.

미소의 손끝은 얼음장처럼 차가웠다. 하루 종일 고된 일을 견뎌온 손, 거칠게 변한 피부. 내 손도 그다지 다르지 않았지만, 그 짧은 순간만큼은 서로의 체온이 천천히 번져가는 것이 느껴졌다. 차가웠던 손끝이 서서히 온기를 되찾을 때, 그녀의 볼도 희미하게 물들었다.

"고맙습니다. 안 도와줬으면 그릇 다 깨질 뻔했어요. 이제 테이블에 놓고, 나눠 들어요."

미소가 부끄러움 섞인 목소리로 말했다.

나는 설레는 마음을 억누르며 대답했다.

"아, 네. 제가 많이 들게요."

"아니에요. 저도 들 수 있어요."

"그릇 놓칠 뻔했잖아요. 무거운 건 제가 다 할게요."

"그럼 제가 미안해지잖아요. 같이 일하는 건데…."

"괜찮아요. 남자가 이 정도는 해야죠. 이건 제가 들고 갈게요."

미소는 멋쩍은 듯 웃었고, 나는 조용히 그녀를 따라 걸었다. 그 웃음 뒤에 감춰진 뭔가가 느껴졌지만, 그때는 그저 첫 대화를 나눈 기쁨이 더 컸다.

그 후 나는 무거운 짐과 힘든 일을 도맡아 도와주었고, 어느새 우리는 테이블 정리를 거의 마쳤다. 그때, 미소가 조심스레 내 옆으로 다가왔다. 손에는 작은 캔 음료가 쥐어져 있었다.

"저기요, 이거… 빨리 몰래 드세요."

나는 놀란 눈으로 물었다.

"일할 때 마시면 안 되는 거 아니에요?"

미소는 장난스럽게 웃으며 속삭였다.

"에이, 괜찮아요. 방금 저도 화장실 가서 몰래 마시고 왔어요."

"걸릴까 봐 좀…."

"제가 지켜볼게요. 얼른 먹어요."

나는 주위를 둘러본 뒤 구석으로 가 캔을 땄다. 톡 하고 터지는 소리와 함께, 목을 타고 내려가는 차가운 청량감이 온몸을 깨웠다. 마치 오랜 가뭄 끝에 만난 오아시스처럼, 갈증이 사라지는 순간이었다.

다 마시고 돌아오자, 그녀는 나를 향해 환하게 웃었다.

"맛있죠?"

나도 모르게 얼굴에 웃음이 번졌다.

"네, 완전 맛있어요. 고마워요."

미소는 손가락을 입술에 대고 장난스럽게 말했다.

"쉿, 이건 비밀이에요~."

그 표정에 나도 웃음을 터뜨렸다.

"당연하죠!"

미소는 웃음을 남기고, 주방에서 들려오는 부름에 서둘러 달려갔다. 나는 잠시 그 뒷모습을 바라보다, 묘하게 남은 따뜻함과 설렘을 안은 채 다시 내 일을 이어갔다.

그 짧은 순간, 우리는 서로를 향한 작은 호의를 나눴다. 힘든 하루 속에서도 그 한 모금의 웃음이 목을 적시듯 마음을 풀어주었다. 잠깐의 여유가 마치 오래전부터 알고 지낸 친구처럼 우리를 가깝게 만들었고 그 온기가 묵직하게 가슴 한쪽에 남았다. 나는 다시 테이블로 돌아가 무거운 접시와 그릇을 부지런히 치웠다.

서로 땀방울이 이마에 맺힌 채 묵묵히 부드러운 손놀림으로 자신의 일을 해냈다.

일이 끝날 무렵 지배인님이 홀 한쪽에 아르바이트생들을 모아 하루 일당을 건네주셨다. 봉투가 손에 닿는 순간, 손끝으로 전해지는 미묘한 온기와 종이 특유의 바스락거림이 오늘 하루의 무게를 실감하게 했다. 이어 "모두 밥 먹고 퇴근하세요."라는 말씀이 덧붙자, 묵직했던 몸이 순간 가벼워졌다.

우리는 자연스레 뷔페식당으로 발걸음을 옮겼다. 여자아이들과 우리는 서로 고개를 끄덕이며 "오늘도 고생 많았어요." 하고 인사를 주고받았다. 친구들과 여자아이들은 커다란 접시를 골라 뷔페 음식을 아낌없이 담았다. 김이 모락모락 피어오르는 따뜻한 국물, 윤기 흐르는 고기와 노릇한 튀김, 달콤한 케이크까지 모두가 하나씩 접시에 올리며 눈빛을 반짝였다.

밥을 먹으며 친해졌고, 여자아이들은 우리와 동갑이라고 하자 말을 놓고 친구가 되었다, 겨울날 우리는 서로에게 조금씩 의지해 따뜻하게 겨울을 맞이할 준비를 하는 듯했다.

우리가 모인 테이블은 금세 웃음과 이야기로 가득 찼다. 하루의 피로가 식사와 웃음 사이로 녹아들었고, 그 순간만큼은 가난도, 추위도 잠시 문밖에 두고 온 듯했다. "내일도 파이팅하자!"라며 서로 잔을 들어 건배하듯 종이컵을 부딪쳤고, 그렇게 또 하루를 살아낼 힘을 얻었다. 식사를 마친 우리는 테이블을 정리하고 퇴근 준비를 했다. 예식장 앞에서 “조심히 가!” “내일 봐!”라는 인사를 주고받으며 각자의 길로 흩어졌다.

우리 친구들은 자전거를 타고 어둠 속을 달렸다. 집까지 한 시간 반, 겨울 저녁 7시가 넘은 거리엔 이미 깊은 밤이 내려앉아 있었다. 가로등 불빛이 군데군데 도로 위에 길쭉한 그림자를 드리웠고, 그 사이사이를 달빛이 희미하게 채웠다. 살을 에는 칼바람이 뺨을 때릴 때마다 숨이 목구멍까지 얼어붙는 듯했지만, 우리는 멈추지 않았다.

“차 온다! 조심해!”

“사람 나온다, 천천히!”

어둠 속에서 주고받는 목소리는 서로의 안전망이었고, 우리는 그 소리에 의지해 길을 달렸다. 아무도 없는 겨울밤의 도로 위, 그 순간만큼은 친구들이 곧 나의 길이었고, 나는 그들의 길이었다.

동네 입구에 도착하자, 우리는 짧고 굵게 인사를 나눴다.

“잘 가라!” “내일 보자!”

짧은 말이었지만, 그 안에는 ‘오늘도 살아냈다.’라는 안도와 ‘내일도 버텨내자.’라는 다짐이 담겨 있었다.

나는 우리 집 마당으로 들어서, 나무 옆에 자전거를 단단히 묶었다. 고장 난 잠금장치 대신 굵은 밧줄로 몇 번이고 감아 고정하고는 현관문을 열었다.

거실 안은 조용했다. 텔레비전에서 흘러나오는 희미한 불빛이 방 한가운데를 비추고 있었고, 그 빛에 기대어 어머니가 마늘과 생강 껍질을 까고 계셨다. 손끝이 바쁘게 움직이면서도, 어머니의 표정은 한없이 잔잔했다.

그 모습을 보자, 문득 돌아가신 할머니의 얼굴이 떠올랐다. 평생 고생만 하다 떠나신, 손마디가 굳은 채로 나를 꼭 안아주던 그 온기, 어머니의 굽은 어깨 위로, 할머니의 그림자가 겹쳐 보였다. 그 순간, 방 안의 공기는 더욱 무겁고도 따뜻하게 가라앉았다.

어머니는 무릎을 짚고 천천히 일어서며 나를 바라보셨다.

그 눈빛엔 하루를 버텨낸 나를 향한 안쓰러움과 고맙다는 듯한 미묘한 안도감이 섞여 있었다.

"고생했어, 우리 아들."

그 말 한마디에, 발끝까지 긴장이 풀렸다.

"어머니, 왜 불도 안 켜고 계세요…."

"아이, 그냥…."

그 '그냥'이라는 대답 속에, 어머니 특유의 체념과 익숙해진 불편함이 묻어 있었다.

"밤엔 혼자 계실 땐 어두우니깐 불 켜세요, 어머니."

어머니는 넉살 좋게 웃으며 나를 달래듯 말했다.

"알겠어, 우리 아들~ 또 잔소리 시작됐네."

나는 거실 불을 켜며, 어둠 속에 묻혀 있던 방 안을 환히 밝혔다. 불빛 속에서 보니, 어머니 앞에는 껍질이 수북이 쌓여 있었다. 마늘과 생강 껍질. 혹시나 옆집 아주머니가 건네준 소일거리를 또 받아오신 건가 싶어 물었다.

"어머니, 또 일하고 계신 거예요?"

"그냥… 할 것도 없고, 심심해서 받아 온 거야."

말끝을 흐리셨지만, 나는 안다. 그 '심심해서'는 생활비를 조금이라도 보태려는 마음을 감추는 말이라는 걸.

곧 어머니가 나를 살피듯 물으셨다.

"밥은 먹었니?"

"예, 밥 먹고 퇴근했어요."

어머니는 잠시 내 얼굴을 찬찬히 바라보셨다.

"대간해 보이네… 고생만 해서 어쩌니… 힘들면 일하지 마, 엄마가 용돈 줄게."

"아니에요, 어머니. 용돈은 제가 알아서 벌게요."

어머니의 입꼬리가 조금 올라갔다.

"다 컸네, 우리 아들. 엄마가 전기 매트 켜놨어."

나는 안방으로 향하다가, 보일러가 켜져 있지 않은 걸 알아챘다.

"어머니, 제가 하면 되는데 방에는 왜 보일러 안 트셨어요?"
"괜찮아… 엄마는 옷 입고 자니까."
그 말에 가슴이 쿵 내려앉았다.

"어머니, 추울 때는 꼭 트세요. 밖에 얼마나 추운데요."
"알겠어. 추울 땐 틀게…."
"꼭 틀고 주무세요. 어머니, 제발요."
어머니는 미소를 지으려 했지만, 그 안에는 미안함이 묻어 있었다
"미안해. 앞으로는 꼭 틀고 잘게…."
나는 방으로 들어가기 전, 주머니에서 구겨진 지폐 몇 장을 꺼냈다.
"어머니, 내일 병원 가세요."
"아니야. 엄마 이 돈 안 받을래."
"괜찮으니까 병원 다녀오세요. 받으세요."
내 손이 어머니 손 위에 겹쳐지고, 지폐를 꼭 쥐여주었다.

"아들, 엄마 진짜 괜찮다니까."
더는 말하지 않고, 나는 방으로 들어섰다.
"저 먼저 잘게요. 내일 아침밥은 차리지 마세요. 출근해서 먹을 거예요."

따뜻한 전기장판 위에 몸을 눕히자, 온기가 등에 스며들었다. 조

금만 쉬었다 씻어야지, 생각했는데 하루 종일 뛰어다닌 탓인지 피로가 한꺼번에 몰려왔다.

양말을 벗자마자 방 안에 지독한 발 냄새가 퍼졌다.

마치 오래 신어 땀에 전 양말이 한동안 햇볕을 못 본 듯한 냄새였다.

'조금만… 조금만 눈 붙였다가 씻자.'

하지만 눈꺼풀은 묵직하게 내려앉았고, 그대로 깊은 잠에 빠져들었다.

아침이 되었다.

마당에서 친구들의 웃음 섞인 목소리가 들려왔다.

눈을 감은 지 얼마 되지 않은 것 같은데, 해는 이미 떠 있었다.

친구들의 부름에, 파김치가 된 몸을 일으켜 마당으로 나갔다.

"금방 씻고 나갈게. 조금만 기다려 줘."

말은 그렇게 했지만, 몸은 여전히 무거웠다.

친구들은 마당의 발발이와 장난을 치며 나를 기다리고 있었다.

나는 대충 씻으려고 화장실로 향하다가, 문득 어제의 미소가 떠올랐다.

그 순간, 장롱 속에 있던 샴푸 선물 세트가 생각났다.

어머니가 마을 잔치에서 받아왔지만 평소엔 아껴 쓰느라 꺼내지 않던, 향기 좋은 메이커 샴푸.

늘 비누 하나로 머리를 감던 내가, 오늘은 달랐다.

머리를 감고 나오니, 거울 속에는 낯선 내가 있었다.

존슨 베이비로션을 얼굴에 듬뿍 바르며, 괜히 심장이 조금 빨리 뛰었다.

마치 누군가를 만나러 가는 소년처럼.

출근 준비를 마치고 신발 끈을 단단히 묶은 뒷마당으로 나서자, 친구들이 킁킁거리며 나를 놀려댔다.

"야, 냄새 왜 이렇게 좋냐? 누구한테 잘 보이려고 그러냐?"

"너 그 여자애 좋아하지~."

그들의 장난 섞인 말투에 피식 웃음이 났다.

"야, 그냥 진짜 오랜만에 써본 거야."

대수롭지 않게 넘기려 했지만, 내 귀 끝은 이미 붉게 물들고 있었다.

자전거 페달을 밟으며 출근길에 오르자, 겨울바람이 얼굴을 파고들었다. 숨을 들이마실 때마다 차가운 공기가 폐 속까지 스며들었지만, 친구들의 장난은 멈출 줄 몰랐다.

"좋아한대요~ 좋아한대요~."

친구들의 목소리가 바람결에 섞여 길게 흘러갔다.

그 한겨울, 차가운 공기 속에서 자전거를 타고 웃으며 달리던 그 순간. 돌이켜 보면 가난하고 거친 삶 속에서 잠시 스며든 순수한 낭만이었다. 바람은 매서웠지만, 내 마음속에는 봄 햇살처럼 포근한 온기가 번지고 있었다.

예식장에 도착을 하고 나서도 우리는 시끌벅적하게 웃고 떠들며 예식장 뒤편 분리수거함 옆 기둥에 자전거를 단단히 묶었다. 밧줄과 자물쇠가 '오늘 하루도 무사히'라는 약속처럼 묶였다.

출근 15분 전. 탈의실에서 점퍼와 안전 조끼를 입고, 무전기를 받아 손에 익숙하게 쥐었다. 친구들과 함께 주차장으로 나가 청소를 하고, 안전 표지판을 옮기던 중 멀리 신호등을 건너는 여자아이들이 눈에 들어왔다.

그중에는 어제 음료수를 건네줬던, 미소도 있었다.

나는 빗자루를 든 채 걸음을 멈췄다. 시선이 저절로 미소에게 고정됐다.

겨울 햇살이 미소의 얼굴을 은은하게 감싸며 부드럽게 빛나고 있었다. 머리카락 끝이 바람에 살짝 흔들릴 때마다, 그 모습이 마치 사진 속 장면처럼 마음에 새겨졌다. 예뻤다. 청순했고, 그리고… 설렜다.

그 순간 깨달았다. 16살, 인생 처음으로 누군가에게 마음이 끌린다는 감정을. 가슴속 깊은 곳에서 두근거림이 올라왔고, 나도 모르게 바보처럼 미소를 짓고 있었다.

멀리서 그 모습을 지켜보던 친구들이 눈치를 채자, 곧바로 장난이 시작됐다.

그들은 내가 쳐다보던 여자아이에게 다가가, 선환이가 너를 좋아하는 것 같다고 귀띔하였다. 멀리서 쳐다보며 웃고 있다고 놀리자, 얼굴이 화끈거리고 심장이 미친 듯이 뛰기 시작했다.

순간, 부끄러움과 쑥스러움이 한꺼번에 밀려와 주차장 뒤편 청소 도구함으로 황급히 몸을 숨겼다. 하지만 웃음은 자꾸만 새어 나왔다.

숨기려 해도 숨길 수 없는 그 마음이, 스스로도 낯설고 묘했다.

잠시 뒤, 다시 주차장으로 나갔다. 마침 지배인님이 출근하셨고, 예식장 로비에서 웃고 있던 친구들과 여자아이의 친구들은 각자 맡은 파트로 흩어져 일할 준비를 했다.

점심시간이 가까워지자, 차량과 손님들이 한꺼번에 몰려들었다. 주 차장은 금세 전쟁터가 되었다. 우리는 서로의 이름을 부르며 조심하라고 소리쳤고, 뛰어다니면서도 서로를 챙겼다. 예식장 안쪽은 보이지 않았지만, 그 안에서도 분주함이 파도처럼 일렁이는 게 느껴졌다.

지배인님의 무전기에서, 단호하면서도 미안한 목소리가 흘러나왔다.

"오늘은 정시 퇴근이 어려울 것 같아요. 2시간 더 근무해야 합니다."

그 말이 끝나자마자 주차장에 잠시 고요가 스쳤다. 이미 얼어붙은 공기가 더 차갑게 느껴졌다. 해가 떨어지자, 바람은 매서움에 이를 갈듯 몰아쳤다. 손끝이 얼어붙고 귀가 시리게 아팠다. 우리는 서로 눈빛을 주고받으며, 교대로 5분씩만이라도 화장실로 들어가 몸을 녹이기로 했다.

주차장 옆 화장실 안에는 온열기가 틀어져 있었다. 문을 열자 김이 서린 따뜻한 공기가 얼굴을 감쌌다. 비록 수많은 사람들이 오가는 탓에 특유의 냄새가 섞여 있었지만, 냄새쯤은 견딜 수 있었다. 냄새는 참아도 이 칼바람은 참기 어려웠으니까. 이곳이 그 순간만큼은 작은 피난처였다.

내 차례가 되었고, 나는 화장실에 들어가 따뜻한 물로 손을 녹였다. 뼈마디까지 시린 손가락에 온기가 스며들자, 피가 다시 흐르는 듯한 감각이 밀려왔다. 그 순간, 문득 탈의실 구석에 버려져 있던 까만 귀마개가 떠올랐다. 오래전 누군가가 두고 간 물건이었는데, 오늘 같은 날만큼은 필요한 물건이 될 것 같았다.

친구들과 나눠 쓰면 조금이나마 추위를 덜 수 있겠다는 생각에, 나는 탈의실로 향했다. 구석에서 귀마개를 꺼내 손에 들고, 예식장 로비 옆 사무실로 향했다. 사무실 안에는 종이컵에 뜨거운 물을 받는 소리가 졸졸 흐르고 있었다. 나는 친구들과 나눠 마시기 위해 뜨거운 물을 받던 중이었다.

그때, 문이 열리고 미소가 들어와 문 옆에 있는 박스를 뜯더니, 안에서 꺼낸 핫팩 몇 개를 손바닥 위에서 조심스럽게 흔들었다. 그러다 하나를 내 손에 쥐어주고, 또 하나는 내 점퍼 주머니 속에 넣어주었다.

"추워서 어떻게 해…. 밖에 많이 춥지?"

미소의 목소리는 바람에 시달린 내 귀에 한겨울 난로처럼 스며들었다.

"아냐, 괜찮아. 핫팩 정말 고마워…."

"밖에 엄청 춥던데, 조금만 버텨. 결혼식 거의 다 끝나가."

"응, 알겠어. 미소야."

미소는 고개를 끄덕이며 이어 말했다.

"아, 우리 아까 잠깐 시간 나서 밥 먹었어. 너희들 것도 남겨놨으니까 따뜻하게 데워놓을게. 추워도 조금만 버텨."

나는 습관처럼 괜찮다고 했지만 속으로는 그 말이 오래 맴돌았다.

"옷 따뜻하게 입고 있어서 괜찮아 걱정 안 해도 돼."

"그래도 내일부터는 조금 더 따뜻하게 입고 와… 알겠지? 감기 걸리면 안 되니까."

그 짧은 말, 한마디가 가슴속까지 파고들었다. 작은 손짓, 사소한 배려 하나가 몸뿐 아니라 마음까지 데워주고 있었다.

"응, 너도 꼭 옷 따뜻하게 입어. 이렇게 챙겨줘서 고마워."

나는 말끝을 조심스럽게 눌러 담았다.

그때 로비 너머에서 손님의 목소리가 들렸고, 미소는 급히 뛰어나갔다.

나는 손에 쥔 뜨거운 물과 몇 개의 핫팩을 품에 꼭 안았다.

그 작은 온기가 얼어붙은 손끝에 닿자, 차가웠던 숨이 조금 풀렸고, 주차장으로 돌아가 친구들에게 건넸다.

친구들의 입가에도 서서히 미소가 번졌다.

그날의 그 따스함 덕분에, 우리는 칼바람 속에서 조금 더 버틸 수 있었다.

차량이 하나둘 빠져나가며 오늘의 고된 일과가 서서히 끝을 향해가고 있었다. 뼛속까지 파고들던 추위도, 함께 조금씩 옅어지는 듯했다. 하지만 해가 완전히 사라진 자리에는 얼어붙은 밤공기가 가만히 내려앉았고, 그 공기 속에서 우리는 마지막 힘을 짜내듯 몸을 움직였다. 손끝은 이미 감각이 둔해져 있었지만, 조금이라도 빨리 끝내고 싶은 마음이 더 앞섰다.

뷔페식당으로 올라가니, 여자아이들의 일도 거의 마무리되어 있었다. 땀에 젖은 이마, 손에 묻은 물기, 지친 어깨. 그러나 그들의 표정에는 묘하게도 안도와 성취감이 섞여 있었다. 우리는 말없이 다가가 그 빈자리를 채웠다. 함께 접시를 나르고, 남은 음식을 정리하고, 쓰레기를 치우다 보니 생각보다 훨씬 빨리 일이 끝났다.

주방 한쪽에 조심스레 덜어둔 음식이 있었다. 김이 모락모락 피어오르며 '이제 좀 쉬어도 된다.'라고 말해주는 듯했다. 우리는 그릇에 음식을 담아 테이블에 앉았다. 허리를 펴자마자 하루 종일 쌓였던 피로가 몰려왔다. 말없이 숟가락을 들어 허겁지겁 밥을 먹었다. 따뜻한 밥알이 목을 타고 내려가자, 온몸이 서서히 풀렸다. 허기를 채 우는 건 음식이었지만, 그 순간만큼은 음식보다 '따뜻함'이 나를 살리고 있었다.

그 모습을 지켜보던 미소가 살짝 웃었다. 그 미소는 단순한 표정이 아니었다. 고단한 하루 속에서도 잃지 않은 온기, 그리고 나를 향한 조용한 응원의 신호였다. 이상하게도, 그 미소 하나가 마음 깊숙한 곳을 건드렸다. 설명하기 어려운 울림이 있었다.

친구들이 하나둘 퇴근하며 인사를 건넸다.
"수고했어!", "내일 봐!"

그 짧은 말들 속에 하루를 함께 버텨낸 동료애가 묻어 있었다. 그런데 미소는 끝까지 자리를 지켰다. 그저 곁에 있어 주는 것, 말없이 함께 있는 것이 이렇게 따뜻할 수 있다는 걸, 그날 처음 알았다.

식사를 마친 뒤, 우리는 조용히 그릇을 정리했다. 식당의 불이 하나둘 꺼졌고, 정적이 내려앉았다. 탈의실로 향해 옷을 갈아입고 밖으로 나와 자전거를 꺼내려는 순간, 손목시계를 보니 밤 10시를 훌쩍 넘기고 있었다.

나는 잠시 미소를 바라보다가, 조심스럽게 물었다.
"지금 시간 엄청 늦었는데, 집은 어떻게 가?"
미소는 대수롭지 않게 웃으며 대답했다.

"괜찮아. 예전에도 도서관에서 밤늦게까지 공부하다가 혼자 걸어간 적 많아."

"그래도… 이 밤엔 위험할 수 있어."

그때 옆에 있던 친구들이 못 참고 장난스럽게 나를 떠밀었다.

"야, 당연히 네가 데려다줘야지. 이 밤에 여자를 혼자 보내게?",

"그래~ 남자는 좋아하는 여자를 지켜줘야 한다고 했어!"

미소는 웃으며 손사래를 치더니, 정말 괜찮다며 빨리 집에 가라고 했다. 어쩔 수 없이 미소와 헤어지고 집으로 향하였다. 자전거 페달을 밟으며 친구들과 가는 길에도 그 생각이 머릿속을 떠나지 않았다.

뒤에서 친구의 목소리가 날아왔다.

"야! 남자잖아! 숙녀는 배웅해야지~."

결국 나는 핸들을 돌렸다.

"얘들아, 아무리 생각해도 그냥 가는 건 아닌 것 같아. 먼저 가."

친구들은 환호성을 질렀고, 나는 미소가 걸어간 방향으로 페달을 밟았다. 멀어져 가는 가로등 불빛 아래에 미소의 뒷모습이 작게 흔들리고 있었다. 겨울밤의 적막 속에서, 조용히 걸어가는 그 모습은 이상하리만큼 외로워 보였다.

가까이 다가서자, 자전거의 소리를 들은 미소가 천천히 뒤를 돌아보았다.

차가운 겨울밤 공기가 온몸을 감쌌고 내 호흡은 하얀 김으로 번져 나갔다. 그 속에 묻힌 내 목소리는 떨림을 숨기지 못했다.

"왜 안 갔어?"

나는 자전거를 멈추며 조심스레 말했다.

"밤이라 너무 어두워. 위험하니까 내가 집까지 데려다줄게."

미소는 여전히 고개를 저으며 대꾸했다.

"진짜 괜찮다니까. 너네 집 멀잖아…얼른 가."

하지만 발걸음이 떨어지지 않았다. 내 안에서 무언가 자꾸만 곁에 머물라고, 그냥 두고 가면 평생 후회할 거라고 속삭였다.

"잠깐만…그거 알아? 예쁜 사람이 밤에 혼자 돌아다니는 건 정말 위험한 일이야. 그런 사람은 꼭 지켜줘야 한다고 생각해."

내 말은 어설펐고, 스스로 들어도 서툴렀다. 그런데도 그 말은 가슴 깊은 곳에서 나온 진심이었다. 순간 미소가 피식 웃더니, 내 얼굴을 빤히 바라봤다.

"뭐야, 너 진짜 웃겨."

얼굴이 화끈 달아올랐다. 다급히 변명처럼 말을 이어갔다.

"그…뭐냐, 뉴스! 뉴스에서 봤어. 밤에 여자 혼자 걷다가 끔찍한 일 생기고…. 어? 안돼, 위험해. 진짜 너는, 예뻐서 더더욱 안돼. 내가 지켜줘야 돼."

말을 내뱉고 나니 부끄러움이 몰려왔지만, 이상하게도 후회되진 않았다.

미소는 내 말을 듣더니 어이없다는 듯 고개를 갸웃하며 웃음을 참지 못했다. 하지만 그 웃음 속엔 분명 따뜻함이 있었다. 마치 내 서툰 진심을 귀엽게 받아주는 듯한 눈빛이었다.

"너 정말 귀엽다. 인도로 올라와. 도로는 위험해."

나는 자전거를 밀며 조심스레 인도로 올라섰다. 그녀와 나란히 걷는 겨울밤 길, 그 짧은 거리가 이상할 만큼 가슴을 두근거리게 했다.

"가자. 근데 너, 집 어디야?"

"자전거 타면 금방이야. 가까워. 너는?"

"나는 걸어서 한 30분 정도? 근데 너 이름이 뭐야?"

나는 잠시 머뭇거리다 대답했다.

"나? 방선환이야."

"선환? 이름도 귀엽네."

"너 아직 나를 잘 몰라서 그러는데. 사실 나… 진짜 남자야."

내 말에 그녀는 또다시 웃음을 터뜨렸다.

"웃기고 있네~ 귀염둥이 더만."

나는 씩 웃으며 되물었다.

"너 이름은 뭐야?"

"음~ 너 하는 거 봐서 알려줄게."

"뭐야, 그런 게 어딨어? 알려줘!"

"생각해 보고~ 근데 너, 나 좋아한다며?"

장난기 어린 말투가 가슴을 더 뛰게 만들었다. 나는 얼떨결에 머리를 긁적이며 대꾸했다.

"아니 좋아하는 게 아니라, 그냥…친구로서 좋아하는 마음이 생긴다는 거지."

"정말? 그럼 나, 너 안 좋아해도 되는 거네?"

"뭐?! 너 나 좋아해??"

"나도 물론~ 친구로서!"

"아니, 방금 나 좋아한다고…."

미소는 웃으며 장난스러운 눈빛을 보냈다.

"너 왜 이렇게 귀엽니, 진짜. 웃기다. 솔직하게 말해봐."

"그러니까, 내 말은…."

내가 말을 잇기도 전에 그녀가 먼저 끊었다.

"아까 말했잖아, 너 진짜 남자라면서 나, 그런 사람 좋아해."

순간 숨이 막히는 듯했다. 나는 말끝을 더듬었고, 미소는 계속 웃으며 나를 바라봤다. 더는 버틸 수 없었다. 나는 결국 멈춰 서서 도로 한편, 가로등 불빛 아래 고개를 푹 숙였다. 떨리는 목소리로 내 마음을 꺼냈다.

"나, 너 좋아해."

공기가 멎은 듯 고요했다. 그 말은 내 가슴 속에서 너무 오래 눌러두었던 것. 어렵게, 하지만 진심으로 흘러나왔다.

"사실은…어제 너랑 일하면서, 마음이 좀 움직였어. 오늘 아침에도 네가 길 건너서 오는 거 보면서 자꾸 눈길이 갔어. 계속…쳐다봤어. 나도 이런 적 처음이야. 솔직히 모르겠어, 근데 그냥…좋아해."

미소는 더 이상 장난치지 않았다. 웃지도 않고, 조용히 내 말을 들었다. 잠시 후, 고요를 깨듯 부드럽게 말했다.

"나 좀 봐봐."

나는 고개를 돌리지 못했다.

"지금은 못 보겠어…."

입술을 내밀며 말했다.

"뭐야~ 아까는 남자라며? 완전 순둥이잖아. 나 안 보면 진짜 집 간다?"

그 말에 나는 용기를 내어 고개를 들었다. 겨울밤이라 얼굴이 선명하진 않았지만, 눈빛은 너무 또렷했다. 그 눈빛 속엔 장난이 아닌 무언가, 오래된 그늘 같은 깊이가 있었다. 그녀는 마침내 입을 열었다.

"내 이름은 김미소야. 반가워."

나는 그 이름을 조용히, 하지만 누구보다 따뜻하게 불렀다.

"반가워, 미소야."

잠시 숨을 고른 그녀는 조심스럽게 물었다.

"정말…나 좋아해?"

그 눈빛은 떨렸지만, 동시에 누군가에게 확인받고 싶은 간절함이 담겨 있었다.

"응, 진심으로 좋아해."

망설임은 없었다. 그 한마디에 내 하루의 떨림이 전부 담겨 있었고, 눌러왔던 감정이 다 흘러나왔다.

미소는 살짝 눈을 내리깔며, 드디어 내게 속마음을 전했다.

"나도 너 좋아해. 근데…지금은 사귈 수 없어."

"왜? 무슨 일인데…?"

나는 조심스럽게 물었지만, 대답은 쉽사리 나오지 않았다. 입술을 달싹이다가 한참을 망설였다. 차가운 겨울 공기 속에서 숨소리마저 조심스러웠다.

결국 미소는 고개를 숙인 채 조용히 말했다.

"서로 좋아하는 마음만으로는 안되는 일도 있어. 지금 내 상황이 연애를 할 만한 그런 상황이 아니야. 정말…미안해."

그 말은 뼛속까지 스며드는 추위보다 더 차갑게 다가왔다. 순간 마음이 흔들렸지만 금세 가라앉혔다. 나는 애써 웃음을 지으며 대답했다.

"미안해하지 않아도 돼. 무슨 일이 너에게 있는지는 내가 알 순 없지만, 나도 모르게 너를 계속 좋아하게 되는 걸 어떡하겠어."

그건 계산된 말이 아니라, 가슴속 깊은 곳에서 치밀어 올라온 고백이었다. 멈출 수 없는 감정, 막을 수 없는 진심. 나는 그것을 단순히 토해낸 것뿐이었다.

미소는 다시 고개를 숙였다. 찬 바람이 얼굴을 스쳐 갔지만 눈빛만큼은 따뜻했다. 그 안에는 말하지 못할 수많은 사정과, 그럼에도 불구하고 내 마음을 이해해 주려는 고요한 배려가 담겨 있었다.

“정말 미안해….”

나는 미소의 목소리에서 끝까지 자신을 다잡으려는 떨림을 느꼈다. 억지로 미소를 지으며 고개를 끄덕였다.

“괜찮아. 잘 해결되길 바랄게….”

미소는 짧게, 그러나 힘주어 고개를 끄덕였다. 마치 그 한 번의 끄덕임으로 모든 말을 대신하려는 듯했다.

“고마워 우리 여기서 헤어지자. 우리 집은 여기서 조금만 더 걸어 가면 돼. 너도 이제 얼른 들어가야 하잖아.”

나는 여전히 불안했다. 이 밤, 미소를 홀로 남겨두는 것이 마음에 걸렸다.

“정말 괜찮겠어?”

“응. 괜찮아. 익숙한 길이야.”

“…그럼 잘 가. 내일, 보자.”

나는 아쉬움과 안도 사이에서 머뭇거리며 돌아서려 했다. 그런데 그 순간, 미소 갑자기 내 소매를 살짝 잡았다. 그 짧은 손길이 나를 붙잡아 두는 것만 같았다.

미소는 목에 걸고 있던 따뜻한 목도리를 풀어내더니 내 목에 조심스레 감아주었다.

"잠깐만. 너 지금 이대로 가면 너무 추울 거야. 이거라도 하고 가."
미소의 목소리는 다정했고, 그 손길은 따뜻했다.
"괜찮아. 이 정도 추위쯤은 아무것도 아니야."

나는 괜찮다고 했지만, 사실은 그 따뜻함이 너무 고마워 거절할 힘조차 없었다.

"그래도 감기 걸리면 안 되잖아…꼭 하고 가, 응?"
손끝에서 전해지는 온기가 목도리와 함께 내 목을 감쌌다. 순간 눈시울이 뜨거워졌다. 겨울밤의 찬 공기와 대비되는 그 따뜻함은 단순한 옷가지의 온기가 아니었다. 마치 나라는 존재를 걱정해 주는 세상 가장 소중한 마음의 증거 같았다.

"…고마워."
내 목소리가 떨렸다. 미소는 여전히 부드럽게 웃으며 대답했다.
"너야말로 나 데려다줘서 더 고마워. 밤이니까 조심히 가…알았지? 너무 세게 달리지 말구."
미소는 지쳐 있음에도 작은 웃음을 보였다. 그 웃음 하나가 나를 무너뜨렸다. 나는 아무 말도 못 한 채 그 미소를 오래도록 바라보다가, 겨우 고개를 끄덕였다.
"응, 너도 조심히 가."
마지막 인사를 나누고 자전거 페달을 밟았다. 일부러 속도를 늦췄다. 서둘러 멀어지고 싶지 않았다. 그녀가 내게 둘러준 목도리에서 은은한 향이 흘러나왔고, 그 온기가 목덜미를 감싸며 자꾸만 마음을 울컥하게 만들었다.

미소에게 닥친 무언가, 분명 쉽지 않은 일일 거라는 짐작이 들었다. 그래서 더욱 마음이 아팠다. 사랑을 시작하고 싶어도 시작할 수 없고, 꿈꾸고 싶어도 꿈꿀 수 없는 현실이 마치 누군가의 인생에 마음껏 봄이 오기 전에 다시 겨울이 덮쳐온 느낌이었다.

'도대체 언제쯤이면 마음 편히 사랑할 수 있을까, 언제쯤이면 웃으며, 무겁지 않게 행복해질 수 있을까….'

집에 도착하자 어머니는 이미 곤히 주무시고 계셨다. 나는 조용히 방문을 닫고 방 안에 멍하니 앉았다. 방 안 공기는 따뜻했지만, 마음은 오히려 싸늘하게 식어 있었다. 그리고 미소가 내게 걸어준 목도리를 조심스레 손빨래했다. 한 땀 한 땀 헹굴 때마다, 그날 밤의 말과 눈빛이 다시 스며들어 가슴이 먹먹해졌다. 보일러를 틀어둔 방 한쪽에 목도리를 걸어두고 나서야, 나는 겨우 눈을 감을 수 있었다.

다음 날 아침, 마당에서는 친구들의 익숙한 목소리가 들려왔다. 피곤함이 쌓여 있어 눈을 뜨기가 힘들었다. 이불 속에서 잠시 더 머물고 싶었지만 창문 너머로 들려오는 자전거 벨 소리에 억지로 몸을 일으켰다. 방문을 열며 "조금만 기다려!"라고 외친 뒤에 대충 물 세수만 하고는 목도리를 챙겨 가방에 넣었다.

마당으로 나가자, 친구들이 나를 빤히 바라봤다. 내 표정 하나만으로도 그들은 어제 어떤 일이 있었는지 어렴풋이 짐작한 듯했다.

"괜찮아? 어제 무슨 일 있었어?"

"아냐, 괜찮아 아무 일도 아니야. 오늘도 열심히 해보자."

애써 웃으며 말한 뒤 우리는 자전거를 타고 출근길에 올랐다. 도중에 몇 번 위험한 상황도 있었지만 그럴 때마다 서로에게 "조심해!"라며 큰소리로 챙겨주었다. 그 목소리 하나에 긴장이 풀렸고 서로를 지켜내며 그렇게 또 하루를 시작했다.

예식장에 도착해 일할 준비를 마친 뒤, 주차장 청소를 시작했다. 한참 빗자루를 움직이고 있을 때 지배인님의 목소리가 무전기를 통해 울려 퍼졌다.

"모두 예식장 로비로 모이세요."

우리는 장갑을 벗고 빠르게 로비로 향했다. 뒤이어 여자아이들도 도착했지만, 미소는 보이지 않았다.

지배인님의 아침 조회가 시작되었다. 오늘은 특별한 행사가 없어 예식장 전체 대청소 후 조기 퇴근하라는 말씀이 이어졌다. 그러나 내 마음은 청소보다도 미소의 부재에 더 쏠려 있었다. 왜 안 온 걸까? 무슨 일이 생긴 걸까…. 머릿속이 온통 그 생각뿐이었다.

구석구석 땀을 흘리며 청소에 집중했다. 4시간이 흐른 뒤 대청소가 끝났다. 여자아이들도 퇴근 준비를 마치고 로비에 모였고 나는 재빨리 그들에게 다가가 물었다.

"저기…미소는 오늘 왜 안 왔어?"

한 여자아이가 말했다.

"중요한 일이 있다고…출근 못한대."

다른 여자아이가 조심스럽게 덧붙였다.

"며칠 뒤에 중요한 시험이 있어서 도서관에 있다고 들었어."

나는 고개를 끄덕이며 "알려줘서 고마워."라고 말하곤, 자전거에 올랐다.

페달을 빠르게 밟았다. 바람이 얼굴을 스쳤고, 속도를 낼수록 가슴은 점점 더 두근거렸다. 도서관 앞에 도착했을 때, 숨이 차오르는 동시에 묘한 긴장감이 몰려왔다. 나는 천천히 문을 열고 조심히 안으로 들어갔다.

조용한 공간. 책 넘기는 소리, 펜 끝이 종이를 긁는 소리만이 가득했다. 나는 시선을 이리저리 두리번거리며 그리고….

도서관 구석 끝자락, 작은 창가에 앉아 열심히 공부하는 미소의 뒷모습이 눈에 들어왔다.

나는 조심스럽게 다가가 속삭이듯 말했다.

"미소야, 나 왔어."

깜짝 놀란 듯 그녀가 고개를 돌렸다.

"여긴…어떻게 온 거야?"

"너 친구가 알려줘서 왔어."

"이 바보야, 추운데 여기까지 왜 왔어…."

"그냥…보고 싶어서. 아, 그리고…목도리."

"그걸 하고 왔어야지. 이렇게 추운 날씨에…근데 일은?"

"오늘은 청소만 하고 일찍 끝났어."

"그래? 여기 앉아. 근데 밥은 먹었어?"

"아직 안 먹었어."

"배 안 고파?"

"조금…배고파."

"조금만 기다려. 이것만 하구 같이 밥 먹으러 가자."

"응, 알겠어."

나는 조용히 옆에 앉았다. 작은 창문 사이로 햇살이 비집고 들어와 얼굴을 부드럽게 감쌌다. 미소의 고개를 숙여 집중하는 모습, 연필을 쥔 손끝, 책장을 넘기는 사각거림 하나까지도 빛나 보였다. 도서관의 평온함과 고요 속에서, 나는 어느새 머리를 책상 위에 대고 엎드렸다. 그리고 생각보다 깊은 잠에 빠져들고 말았다.

도서관에서 잠이 든 건 처음이었다. 그런데 이상하게도 그곳에서는 늘 따라붙던 불면의 그림자가 들이닥치지 않았다. 따뜻했고, 고요했다. 잠결에 종이 끝이 볼을 간질이는 느낌이 스쳤다.

"일어나, 바보야. 여기서 잠들면 나 혼자 간다?"

희미하게 눈을 뜨자, 미소가 장난스럽게 웃고 있었다. 그 눈빛이 빛을 받아 반짝였다.

"여기선 이상하게 잠이 잘 와. 넌 어떻게 이런 데서 집중해 공부하냐?"

"참으면서 하지, 기다려 준 보상으로 내가 맛있는 거 사줄게."

"진짜? 나 피자 먹고 싶다."

"그래, 피자 먹으러 가자. 나가자."

우리는 도서관을 나와 바로 앞 피자집으로 향했다. 문을 열자 따뜻한 공기와 맛있는 치즈 냄새가 가득 풍겨왔다. 나는 얼어 있던 손끝을 비비며 점퍼를 벗어 의자에 걸었다. 그리고 무심코 미소를 보았을 때….

소매 사이로 드러난 팔에는 시퍼런 멍, 긁힌 자국들, 손목에서

팔뚝까지 이어진 옅은 상처들이 눈에 들어왔다. 순간, 시간이 멈춘 듯 가슴이 철렁 내려앉았다.

미소는 태연하게 웃고 있었지만, 나는 그 흔적들에서 눈을 떼지 못했다. 애써 감추려는 듯 옷소매 끝을 붙잡고 있었다. 나는 그 모습이 오히려 더 선명하게 다가왔다.

묻고 싶었다. 괜찮냐고, 무슨 일이 있었냐고. 하지만 입술이 떨어지지 않았다. 그 순간만큼은 아무 말도 하지 않고 그저 곁에 있어 주는 게 더 필요하다고 느꼈다. 나의 시선을 느꼈는지 미소는 메뉴판을 보며 피자 얘기로 돌렸다. 나는 모르는 척을 하며 피자를 시켰다.

곧 피자가 나왔다. 치즈가 길게 늘어나는 따뜻한 한 조각을 그녀는 내 접시에 먼저 올려주었다. 나는 고개를 숙여 한입 크게 베어 물었고, 허겁지겁 먹기 시작했다.

그 모습을 바라보던 미소는 정작 피자를 한 입도 먹지 않은 채 내내 웃기만 했다. 내가 먹는 모습을 보며 피자 대신에 행복을 먹었다. 짧은 순간이나마, 나의 작은 행동이 그녀에게 고통을 잠시 잊게 하는 진통제 같았다.

피자를 거의 다 먹었을 무렵, 나는 잠시 화장실을 갔다 온다며, 가게 밖으로 나섰다. 근처를 지나던 사람에게 약국의 위치를 물었고, 곧장 뛰었다. 가쁜 숨을 몰아쉬며 후시딘과 반창고, 파스를 사 작은 봉투에 담아 돌아왔다. 자리로 돌아와 나는 아무 말 없이 봉투를 내밀었다.

“집에 가면 꼭 약 발라. 그래야 금방 낫고, 흉터도 안 남아.”

미소가 놀란 듯 봉투를 들여다봤다.

“이거 사러 갔다 온 거야?!”

나는 고개를 끄덕이며 작게 웃었다.

“언제든, 아프면 말해. 숨기지 말고…꼭 말해.”

미소는 한참 동안 봉투를 들여다보다가 조심스레 내 눈을 바라보았다.

“선환아 고마워. 약, 잘 바를게.”

그 미소는 고마움과 동시에 아주 작은 슬픔을 품고 있었다.

우리는 가게를 나왔다. 차가운 겨울바람이 얼굴을 스치는 순간, 미소는 갑자기 울음을 터뜨렸다. 그것은 단순히 고마움 때문만은 아니었다. 세상에 태어나 처음으로 받아본 따뜻함에 대한 놀라움, 그리고 오랫동안 눌러왔던 외로움과 한이 뒤섞여 한꺼번에 터져 나온 울음이었다.

나는 아무 말 없이 미소의 떨리는 어깨를 감싸 안았다.

그 작은 몸이 내 품에서 부서질 듯 안겨왔다. 그 무게는 가볍지 않았다. 오히려 수없이 쌓여 온 외로움과 상처가 그 안에 고스란히 실려 있는 듯했다.

'이 아이는 도대체 얼마나 오래 혼자서 버텨온 걸까, 얼마나 외로웠던 걸까.'

나는 조용히 미소의 목에 목도리를 감아주었다. 겨울바람이 스며들지 않기를, 그 작은 몸이 조금이라도 따뜻하길 바라는 마음뿐이었다. 아무 말도 건네지 못한 채, 우리는 집 근처 공원으로 발걸음을 옮겼다. 벤치에 나란히 앉자, 미소는 잠시 침묵하다가 마치 오래 잠겨 있던 이야기를 꺼내듯 낮고 떨리는 목소리를 내뱉었다.

"어릴 적에 엄마가 집을 나갔어. 아버지는 술만 마시면 사람이 달라져. 하루하루가 너무 힘들고 무서워."

나는 그 말을 듣고 아무 대답도 하지 못했다. 목구멍이 막히고, 단어가 떠오르지 않았다. 그저 차가운 손을 꼭 쥐며, '내가 여기에 있다.'라는 사실만 전하고 싶었다.

"공부 열심히 해서 좋은 학교 가고, 좋은 직장 들어가서 돈 많이 벌면…아버지랑 할머니, 편하게 해드릴 수 있을 것 같아서. 그래서 지금 아르바이트도 하면서 버티고 있어. 근데, 정말 너무 힘들어."

나는 속으로 울부짖었다. 왜 어린 나이에 이런 짐을 져야 하는 걸까. 왜 세상은 누군가에겐 이토록 가혹한가. 참아왔던 질문이 입술을 적셨다.

"경찰에 신고하면 안 돼? 이렇게 계속 맞으면서…."

그러나 미소는 단호하게 고개를 저었다.

"그럴 수 없어. 아버지가 붙잡혀 가는 건 싫어. 내가 조금만 참으면 돼 괜찮아."

그 한마디가 내 가슴을 깊게 파고들었다. '괜찮아.' 그 말이야말로 얼마나 오래, 얼마나 많이 다쳐왔는지 보여주는 증거 같았다.

미소는 예식장 아르바이트도 그만두겠다고 했다. 이유를 묻지 않아도 알 수 있었다. 사랑보다 생존을 선택해야 했고, 꿈꾸기보다 버텨야 했다. 아직 봄이 오기도 전에 다시 겨울이 내려앉은 인생이었다.

공원은 어느새 어두워지고 있었다. 서쪽 하늘을 물들이던 노을은 자취를 감췄고, 우리 사이에 있던 따스함마저 서서히 사라져갔다. 그럼에도 나는 미소를 더 꼭 안아주고 싶었지만, 조용히 속삭였다.

"이제 가야 해. 할머니가 기다리셔."

나는 고개를 끄덕였다. 말없이 그녀와 나란히 걸어 집 앞까지 향했다. 그런데 집이 가까워지자, 안에서 고함소리와 욕설이 터져 나왔다. 창문 너머로 보이는 장면은 험상궂은 아저씨가 무언가를 내던져 부서지는 소리가 이어졌고, 허리가 굽은 할머니가 그를 말리려다 휘청거리는 모습이 스쳐 보였다.

미소는 그 장면을 보자마자 몸을 벌벌 떨기 시작했다. 얼굴에 두려 움이 번져갔고, 떨리는 목소리로 나를 바라보며 말했다.

"집 얼른 가. 여기 있지 말고. 알겠지? 나 먼저 들어가 볼게."

미소는 곧장 달려 들어갔다.

나는 발걸음을 떼지 못했다. 창문 너머에 비친 그 거친 아저씨가 미소의 아버지라는 걸, 말릴 힘조차 없는 노인이 그녀의 할머니라는 걸, 직감적으로 알 수 있었다. 그리고 그 순간 깨달았다. 그녀가 내게 했던 말들이 결코 과장이 아니었음을.

욕설과 함께 미소에게 손찌검이 이어지는 모습이 눈에 들어오자, 내 안의 분노는 더 이상 견딜 수 없는 지경에 이르렀다. 나는 그 집 앞까지 달려가 문을 마구 두드렸다. 아니, 주먹으로 내리쳤다.

"문 열어요! 지금 뭐 하시는 거예요!!"

문이 열리자마자 술에 절은 아저씨가 거칠게 멱살을 잡아챘다.

"쌍놈의 새끼가 누구야?!"

나는 눈을 피하지 않았다. 오히려 있는 힘껏 소리쳤다.

"저 미소 남자친구예요. 왜 때리세요? 무슨 권리로요? 술 드셨다고 이러시는 거예요?! 정신 좀 차리세요!"

아저씨의 손이 내 뺨을 세차게 후려쳤다. 고개가 돌아갔지만, 나는 굴복하지 않았다.

"더 때려 보세요! 이게 끝이에요? 저도 인생 만만하게 살지 않았습니다. 오늘 저 죽일 각오로 때려 보시라고요!"

아저씨는 욕설과 함께 주먹과 발길질을 퍼부었다. 얼굴은 피투성이가 되고 입술은 터졌다. 그러나 나는 맞으면서도 버텼다. 그때, 유지는 아버지를 말리다 뺨을 맞고 바닥에 쓰러졌다. 내 안의 분노는 불길처럼 치솟았고, 나는 오히려 더 자극했다.

그 순간, 경찰이 들이닥쳤다. 그러나 그는 경찰이 도착했는데도 폭력을 멈추지 않았다. 결국 제압을 당해 수갑이 채워졌다. 경찰 한 분이 내 얼굴을 보고는 휴지로 닦아주며 안쓰럽게 말했다.

"괜찮니, 학생? 그냥 도망갔으면 될 걸…이게 뭐냐."

나는 피범벅이 된 얼굴로 고개를 끄덕이며 힘겹게 대답했다.

"괜찮아요. 전 후회 안 해요."

경찰차 뒷좌석에 함께 앉은 우리는, 긴 침묵 속에서 그저 창밖을 바라보고 있었다. 도로 위 가로등 불빛이 번갈아 비치며 스쳐 지나갔고, 그 불빛마다 우리의 얼굴은 어둠과 빛 사이를 오갔다. 그 순간, 미소는 조심스럽게 내 손을 잡았다. 차갑고 떨리는 손. 그 떨림이 고스란히 내 손끝을 타고 심장으로 번져왔다. 나는 아무 말도 할 수 없었다. 다만, 손을 더 세게 쥐여주며 그 떨림을 함께 받아내고 싶었다.

경찰서에 도착하자, 한 경찰관이 구급상자를 꺼내더니 연고와 밴드를 내밀며 말했다.

"도망가지 그랬니. 얼굴이 이게 뭐야…부모님이 보면 기겁하시겠다."

나는 남자답게 웃으며 대답했다.

"괜찮습니다. 금방 나아요."

경찰관은 잠시 나를 바라보다가, 말없이 약과 밴드를 내 손에 쥐어주었다. 그 손길엔 짧은 연민이 묻어 있었다.

진술서를 작성하는 동안, 맞은편 방에서 유지도 따로 조사를 받고 있었다. 나는 고개를 숙인 채 글을 쓰다가도, 무심코 미소의 목소리에 귀를 기울이고 있었다. 경찰이 설명하는 소리가 희미하게 들렸다. 미소의 아버지는 이미 전과가 있어, 이번 사건은 합의와 상관없이 구속된다는 말. 순간, 마음이 서늘해졌다. 미소의 삶은 이제 또 다른 국면으로 흘러갈 터였다.

새벽 1시. 우리는 경찰서를 나섰다. 공기는 깊은 겨울답게 차가웠고, 거리는 적막했다. 미소는 내 손을 더 세게 잡았다. 그 손은 아까보다 덜 떨렸지만, 절대 놓지 않으려는 듯 힘이 들어가 있었다. 말없이 걸음을 옮겼다. 그 고요한 침묵이, 오히려 서로의 마음을 더 크게 울리고 있었다.

손을 잡고 걸으며 도착한 곳은 다시 미소의 집 앞. 미소는 나를 집 안으로 데려가려 했지만, 나는 발걸음을 멈추며 말했다.

"미소야, 나 내일 출근해야 돼. 이제 들어가야 해."

미소는 말없이 내 눈을 똑바로 바라보았다. 그러더니 갑자기 한 손으로 내 눈을 가리고, 다른 손으로 내 어깨를 감싸 안았다. 그리고 상처 난 내 입술에, 아주 조심스러운 입맞춤을 남겼다. 순간 심장이 멎는 듯했다. 따끔거리는 상처 위로 전해진 그 온기가, 아프면서도 이상하게 웃음이 났다.

"가지 마… 내 옆에 있어 줘. 너 가면 나, 집에 안 들어갈 거야."

나는 애써 달래듯 말했다.

"지금 너무 늦었어. 들어가야지."

"그럼 너라도 들어가."

"알겠어. 너 들어가는 거 보고 갈게."

"아직도 몰라? 너 가면 나 여기 계속 서 있을 거라고."

그 말에 가슴이 철렁 내려앉았다.

"미소야, 지금 너무 춥잖아. 여기서 이러지 말자."

"그러니까 나랑 같이 있자고."

"우리 어머니도 걱정하셔. 내일 출근도 해야 하고…."

"그럼 내가 어머니한테 직접 전화할까?"

"아니, 그게 아니잖아."

"빨리 결정해. 나랑 있을 거야, 집에 갈 거야?"

나는 우물쭈물하며 대답을 망설였다. 머릿속은 온통 뒤엉켜 있었다. 그런 나를, 미소는 지그시 바라보다가 잔잔한 미소를 지었다. 그리고 아무 말 없이 내 손을 끌었다. 그 힘은 강하지 않았지만, 분명한 의지가 담겨 있었다.

"미소야, 잠깐만."

"야, 이 바보 멍청아. 조용히 하고 따라와."

나는 지금껏 한 번도 본 적 없었던 미소의 당당한 모습에 말문이 막혔다. 낯설면서도 단단하게 굳은 눈빛, 그 말투와 태도는 오히려 내 마음속 깊숙이 파고들었다. 순간, 마치 전혀 다른 사람을 마주한 듯한 느낌이었다. 흔들리지 않는 미소의 걸음에 나도 이끌리듯 따라갔다. 알 수 없는 끌림 속에서 나는 또다시 미소에게 빠져들고 있었다. 그날 밤, 분명히 말할 수 있었다. 나는 또 한 번, 걷잡을 수 없을 만큼 미소에게 반했다.

집 문이 열리고 들어서자, 예상과는 다르게 내부는 고요했다. 조금 전까지의 소란이 무색하게도 거실은 정리되어 있었고, 쓰러졌을 법한 물건들은 제자리에 놓여 있었다. 아마도 할머니가 서둘러 치워 놓으신듯했다. 그러나 그 고요함 속에서 눈에 띈 건 다른 무엇보다도 부재의 풍경이었다. 벽에는 가족사진 하나 걸려 있지 않았고, 어딘가 허전한 공기가 공간을 채우고 있었다. 따뜻하고 살가운 기운이 사라져 버린 자리에, 오직 싸늘한 정적만이 남아 있었다.

미소는 곧장 나를 방 안으로 데려가더니 침대에 앉히고 말했다.

"잠깐, 옆방 할머니께 다녀올게."

미소가 사라지자, 나는 방 안을 천천히 둘러보았다. 은은하게 퍼지는 꽃향기, 달콤하면서도 차분한 냄새가 공기 속에 스며 있었다. 책상 위에는 수북이 쌓인 책들이 어지럽게 놓여 있었고, 벽에는 친구들과 찍은 사진들이 빼곡히 붙어 있었다. 대화 속에서만 듣던 미소의 일상이 조금씩 내 눈앞에 펼쳐지는 듯했다. 흐트러진 교과서와 노트, 연필과 지우개 자국이 그대로 남아 있는 걸 보니, 오래전부터 공부를 하고 있었던 흔적이 역력했다. 이 작은 방에도 그녀의 삶과 고단한 하루들이 고스란히 묻어나 있었다.

잠시 후, 문이 열리며 미소가 돌아왔다. 손에는 김이 모락모락 피어오르는 머그컵 두 개가 들려 있었다.

"핫초코 타왔어. 뜨거우니까 천천히 마셔."

"오! 나 핫초코 진짜 좋아하는데."

"정말? 핫초코 좋아해?"

"응. 완전 좋아해."

"그럼 우리 집 자주 놀러 와. 핫초코 타줄게."

"진짜? 매일 놀러 올까봐."

"일 끝나고 매일 와. 같이 있자."

우리는 서로를 바라보며 웃었다. 짧은 순간이었지만, 세상의 소란과 무게는 멀리 물러간 듯했다. 방 안은 따뜻했고, 그 온기는 단순히 핫초코 때문만은 아니었다.

잠시 후, 나는 조심스럽게 물었다.

"근데…할머니는 괜찮으셔?"

"응. 괜찮아. 방금 잠드셨어."

"늦은 시간에 내가 와도 괜찮은 거야?"

"괜찮아. 할머니는 내가 친구 데려오면 늘 좋아하셔."

나는 고개를 끄덕였지만, 마음 한쪽엔 여전히 묵직한 물음표가 남아 있었다. 그래서 다시 입을 열었다.

"근데…할머니, 많이 편찮으셔?"

미소는 잠시 눈을 피하다가 이내 고개를 끄덕였다.

"응. 요즘 더 안 좋아지셨어. 그래서 곧 요양원 들어가셔야 해."

"그렇구나…할머니 요양원 가시면 자주 찾아뵈어야겠다."

"그럴 거야. 고등학교 때문에 곧 멀리 떠나는데, 그래도 틈날 때마다 오려고."

나는 순간, 가슴이 철렁 내려앉았다.

"고등학교 멀리 가?"

"응. 꽤 멀리. 그 고등학교 가고 싶어서 중학교 내내 일하면서 공부했어. 남들보다 늦을까 봐 매일 밤늦게까지 공부했지. 힘들었지만, 결국 합격했어. 지금은 정말 기뻐."

미소의 말속엔 고단함과 성취가 동시에 묻어 있었다. 나는 핫초코의 따뜻한 김 너머로 바라보며 나보다 더 강한 사람이었다는 걸 느꼈다.

이야기를 들으며, 나는 엄지손을 치켜세웠다.

"미소야, 너 진짜 멋있다. 최고야. 앞으로도 더 잘할 수 있을 거야. 파이팅!"

말을 내뱉는 순간, 내 안에서도 알 수 없는 힘이 솟았다. 굳은 결심과 치열한 삶의 태도가 나에게까지 전해져 오는 듯했다.

"고마워, 오늘도 정말 고맙고…너도 분명히 잘할 수 있을 거야."

미소의 눈빛은 흔들림이 없었다. 힘든 시간을 버텨낸 사람이 가진 단단한 빛, 그 속에서 나는 이상한 위안을 느꼈다.

우리는 서로를 바라보며 한참 동안 웃었다. 말없이 건네는 위로와 응원의 눈빛 속에, 같은 방향을 바라보는 사람만이 알 수 있는 깊은 무언가가 있었다.

"우리 앞으로 서로 응원해 주고, 팬이 되어주자. 어때?"

"좋아! 너는 나의 팬, 나는 너의 팬. 우리 둘 다, 앞으로는 행복한 일만 가득했으면 좋겠다."

그 순간, 세상이라는 폭풍우 속에서도 우리가 서로의 지지대가 되어줄 수 있다는 사실이 나를 단단하게 붙잡아주었다.

"지금 이 시간이…폭풍우처럼 몰아치는 인생이라는 바다 위에서 버텨내는 시간 같아. 그 잔잔함이 올 때까지, 우리 함께 버텨보자."

내 말은 결심이라기보단 간절한 기도 같았다.

미소는 말없이 책상 서랍을 열었다. 연고를 꺼내 조심스럽게 내 얼굴에 발라주며, 속삭이듯 대답했다.

"그래. 버티고 또 버텨내면은…언젠가는, 끝이 보이겠지."

그 말에 마음이 먹먹해졌다. 단순한 위로가 아니라, 자신 역시 그 끝을 믿고 싶어 하는 간절한 고백임을 나는 느꼈다.

나는 미소의 품에 안긴 채 잠이 들었다. 그 품은 평온하고 아늑했으며 따뜻했다. 밤새 뒤척이지도 않고 깊이 잔 듯, 창문 너머로 쏟아지는 햇볕이 눈꺼풀 위로 내려앉아 나를 깨웠다. 눈을 떠보니, 여전히 나를 꼭 안고 잠든 미소가 있었다. 어젯밤의 모든 일이 거짓말처럼 느껴졌다.

시계를 보니 아침 7시 58분. 출근 시간이 다가오고 있었다. 나는 조심스럽게 유지를 흔들어 깨웠다.

"미소야, 나 출근해야 해서 먼저 가볼게."

하지만 미소는 깊은 잠에 빠져 있었다. 어젯밤의 무게가 몸과 마음을 짓누르고 있는 듯했다. 다시 한번 깨우자, 피곤이 가시지 않은 눈으로 나를 바라보며 말없이 내 발목을 붙잡았다.

"가지 마…오늘 하루만, 같이 있어 줘."

그 말에 나도 모르게 멈칫했다. 사실, 나 역시 하루쯤은 쉬고 싶었다.

몸도 마음도 지쳐 있었기에.

"알겠어, 오늘 하루는 같이 있자."

"하루쯤이야 괜찮아. 우리 집에 전화기 있으니까, 지배인님한테 전화해."

나는 거실로 나가 전화를 걸었다.

지배인님은 오늘 하루 쉬어도 된다며 흔쾌히 허락해 주셨다. 며칠 더 쉬어도 괜찮다고, 배고프면 들러서 밥도 먹고 가라고 챙겨주셨다. 그 따뜻한 말 한마디에, 이미 우리 집 사정을 다 알고 계셨음을 깨달았다. 감사하면서도, 한편으론 괜히 미안한 마음이 무거워졌다.

그다음, 어머니께 전화를 드렸다. 수화기 너머로 들려오는 목소리에는 걱정이 가득 배어 있었다.
"어디서 잤니? 밥은 먹었니? 무슨 일 있는 건 아니지?"

나는 거짓말을 했다. 친구 집에서 깜빡 잠들었다고 말씀을 드렸다. 어머니는 한숨을 내쉬며 안도하셨다. 하지만 나는 며칠 뒤에 들어가겠다고 말했다. 사실은, 얼굴에 난 상처가 덜 아물었기 때문이었다. 어머니가 내 얼굴을 보셨을 때, 얼마나 가슴 아파하실지 너무 잘 알았기에, 차라리 거짓말이 나을 거라 믿었다.

전화를 마친 뒤, 우리는 시리얼에 우유를 말아먹었다. 평범한 아침 풍경이 낯설 정도로, 어젯밤의 기억은 여전히 생생히 남아 있었다.

잠시 후, 미소는 방에서 작은 사진첩을 꺼내왔다. 몇 장 남지 않은, 그녀의 어린 시절이 담긴 사진들이었다. 사진 속의 미소는 맑고 순수한 웃음을 짓고 있었다. 세상의 어둠은 조금도 닿지 않은 듯한….

그중 한 장, 부모님과 함께 놀이동산에서 찍은 사진 속에서 어머니의 환한 얼굴이 눈에 들어왔다. 오똑한 코와 맑은 눈망울, 그리고 활짝 웃는 입매. 미소는 그 웃음을 꼭 닮아 있었다.

사진을 바라보던 미소의 눈빛에 점점 감정이 차올랐다. 나는 보고 싶지 않냐고 묻고 싶었지만 끝내 묻지 않았다. 괜히 꺼내는 말 한 마디가 마음을 흔들까 두려웠다.

잠시 후, 미소는 사진첩을 덮으며 낮게 말했다.
"보고 있으면 자꾸 미련이 남아. 그냥…슬퍼지기만 해서, 그만 보자."
나는 말없이 고개를 끄덕였다.

미소는 다시 연고를 꺼내 내 얼굴에 발라주었다. 따끔거렸지만 내색하지 않았다. 오히려 그 순간, 손길이 주는 따스함이 더 크게 다가왔다.

나는 미소를 바라보다가, 결국 그 손을 살며시 잡았다. 그리고 천천히 입술에 내 입술을 겹쳤다.

어젯밤의 입맞춤은 이별을 앞둔 두려움 속에서 떨림과 긴장으로 가득했다. 하지만 지금은 달랐다. 따뜻함과 평온이 가득한 공간에서, 잠시나마 무거운 삶의 짐을 내려놓고 마주한 입맞춤이었다.

그 순간, 우리에게 사랑이라는 감정의 싹이 움트고 있었다.

달콤함을 갈망하던 마음이 그 달콤함을 온전히 느낀 순간이었다. 우리는 천천히, 그러나 깊이 서로에게 빠져들었다. 시간이 멈췄으면 좋겠다고, 이 순간이 끝나지 않기를 바라는 마음으로….

우리는 온기를 나누었고, 눈을 감고 다시 눈을 떴을 때, 시계는 정오를 가리키고 있었다.

그날 하루, 우리는 모든 시간을 함께 쓰기로 했다. 밖으로 나가 웃고, 장난치고, 떠들었다.

언제 이렇게 자유롭고 행복하게 웃어본 적이 있었던가. 기억을 더듬어도 떠오르지 않을 만큼 오랜만이었다.

코를 훌쩍대며 붕어빵을 나눠 먹고, 뜨끈한 오뎅 국물을 서로에게 건네던 그날, 우리는 공원 한가운데에서 눈사람을 만들며 아무렇지 않게 웃었다. 차가운 바람 속에서도 서로의 손을 잡아 녹여가며 찍은 사진들은 그 순간이 영원할 것처럼 보였다.

하지만 이상하게도,
그때의 공기에는 설명할 수 없는 쓸쓸한 기척이 섞여 있었다.
아주 작은 귓속말처럼,
이 따뜻함이 오래가지 못할 거라는
희미한 예감이 마음 어딘가에서 조용히 울리고 있었다.

추운 겨울날,
우리의 마음이 더는 식지 않기를 바라며
사랑이라는 작은 온기를 서로에게 건네던 그 순간조차도
나는 어딘가 깊은 곳에서
이 온기가 곧 다시 차가워질지도 모른다는 두려움을 느끼고 있었다.
남들처럼 평범한 연인이 되어 데이트를 하고,
서로를 바라보며 마음속 사랑을 천천히 쌓아 올렸지만,
그 조각들은 쌓일수록 더 아릿하고 더 불안하게 울렸다.
이렇게 서투르게 쌓아 올린 따뜻함이 어떤 순간엔 손가락 사이로 스러질 것 같은 느낌.

그래도 우리는 그날의 모든 장면을
'추억'이라는 이름으로 조심스럽게 간직했다.
잊히지 않기를 바라는 마음보다는,
사라질 것을 알고 있어서 더 애틋하게 붙잡는 마음으로.

붕어빵의 온기, 서로의 손끝에 남아 있던 미세한 떨림, 눈사람 위에 떨어지던 하얀 숨결, 사진 속의 희미한 미소

그 모든 것들이, 이제 와 돌이켜보면 우리가 함께할 수 있었던 마지막 겨울의 빛이었다.

그리고 나는 그때 이미 알고 있었다.

그렇기에 더 슬프고, 더 아련하고, 더 아팠다.

사랑의 온기를 나누던 그 겨울날이

우리가 건널 수 있는 마지막 온도였다는 것을.

저녁이 되자, 하늘은 어둑해지고 바람은 매서워졌다. 눈이 흩날리며 이별의 시간을 데리고 왔다.

미소는 조용히 말했다.

"미안해. 하지만 앞으로도 계속 사랑할 거야."

나는 받아들이고 싶지 않았다. 하지만 이미 다가온 현실을 외면할 수는 없었다. 곧 멀리 떠나야 했고, 그 준비 속에는 나와의 이별도 포함되어 있었다.

우리는 서로를 꼭 안았다. 울음을 삼키려 했지만 눈물이 흘러내렸고, 미소 역시 떨리는 목소리로 속삭였다.

"가지 말라고 해줘서 고마워….나도 정말 가고 싶지 않아."

그러고는 내 입술에 조용히 입을 맞췄다. 너무 짧았고, 그래서 더 아팠다. 미소는 목도리를 풀어 나의 목에 감아주며 말했다.

"사랑해. 잊지 마. 3년 뒤, 첫눈 오는 날 다시 만나자."

나는 울음을 참지 못하고 말했다.

"제발 가지 마. 조금만 더 같이 있자."

미소는 눈시울을 붉히며 작게 말했다.

"잠시였지만 고마웠고, 사랑했어. 그리고 미안해. 이 말밖에 못 해서…3년 뒤에 우리 어른이 되면 그때는 꼭 행복하게 다시 사랑하자. 기다릴게. 건강히 잘 지내야 해."

미소는 마지막으로 나를 안아주고 돌아섰다. 눈물에 젖은 얼굴, 힘없는 발걸음, 떨리는 어깨. 하지만 끝까지 다정했던 모습.

떠난 자리에서 나는 한참을 울었다. 그날로부터 15년이 지났다.

지금도 나는 간절히 바란다. 미소가 모든 고통에서 벗어나 이제는 웃으며 행복하게 살고 있기를.

어린 날의 아픔이 그녀를 단단하게 만들었기를.

나의 첫사랑이여, 부디 이제는 꽃길만 걷기를. 더 이상 어떤 상처도 너를 아프게 하지 않기를.

잘 가, 친구야

군대를 제대한 날, 나는 고향 고속 버스터미널에 내려섰다. 동네로 들어가는 버스정류장 앞에 붙은 낡은 시간표를 확인했지만, 주머니 속에는 백 원짜리 동전 몇 개와 몇천 원이 전부였다. 버스비를 낼 수는 있었지만, 그 돈으로는 며칠을 버티기 힘들 터였다. 결국 나는 버스 대신 담배 한 갑을 택했다.

담배갑을 뜯어내고는 한 개비를 입에 물었다. 라이터의 부싯돌은 좀처럼 돌아가지 않았다. 몇 번이고 엄지손가락을 비벼대다, 살갗이 화끈거릴 즈음에야 겨우 불꽃이 튀었다. 입안 가득 연기를 들이마시자, 비로소 군대에서 풀려난 긴장이 조금 풀리는 듯했다. 하지만 곧 시골집까지 걸어가야 할 몇 시간의 길이 떠올라, 발걸음은 더 무겁게 가라앉았다.

눈 두렁길을 따라 걸을 때마다 흙먼지가 발끝에 일었다. 잡초 사이에선 메뚜기와 풀벌레들이 튀어 오르며, 이따금 이름 모를 새가 푸드득 날아올랐다. 비포장도로는 고르지 않아, 오래 신은 전투화 밑창이 돌부리에 걸릴 때마다 삐걱거렸다. 입안은 바짝 말랐고, 갈증은 점점 심해졌다.

길가에 무성히 자란 강아지풀 몇 개를 뜯어 입에 물었다. 씹을수록 쓴맛이 입안에 번졌지만, 그것조차 잠시 목을 달래주었다. 이어 길 한켠의 감나무를 발견하고는 망설임 없이 올라가 홍시 하나를 따냈다. 서리한 감은 햇살에 물러 있었고, 한입 베어 물자 달콤한 즙이 목구멍을 타고 내려갔다. 그 순간만큼은 갈증과 허기가 잠시 가셨다.

몇 시간을 그렇게 걸어 도착한 집. 낡고 조용한 마당에서 강아지가 꼬리를 힘차게 흔들며 달려왔다. 여전히 나를 잊지 않고 반겨주는 그 작은 존재가 고마워 손을 내밀어 쓰다듬었다. 따뜻한 체온이 손끝에 닿자 잠시 마음이 누그러졌다. 그러나 그 순간이 지나자마자, 집과 현실이 다시 무겁게 가슴을 짓눌렀다.

문을 열고 들어가자, 집 안은 군대에 가기 전과 달라진 것이 없었다. 아니, 오히려 더 낡고 퇴색해 있었다. 오랜 세월 쌓인 먼지 냄새와 곰팡이 냄새가 섞여 코끝을 찔렀다. 순간, 반가움 대신 거

부감이 먼저 밀려왔다. '여기서 벗어나고 싶다….' 군대 가기 전에도 품었던 그 마음이, 여전히 내 안에 고스란히 살아 있었다.

벽지는 이미 제 색을 잃은 지 오래였고, 군대 가기 전 점처럼 보이던 곰팡이 얼룩은 방 안 절반을 뒤덮고 있었다. 그 검은 얼룩은 마치 이 집과 나를 함께 병들게 만드는 독기 같았다.

군복을 벗고 옷을 갈아입으려 했지만, 손이 차마 옷더미로 가지 않았다. 구석에 쌓인 옷에는 먼지가 소복이 내려앉았고, 곰팡이 냄새가 깊이 배어 있었다. 손에 잡히는 대로 쓰레기봉투에 담았다. 군대에서 가져온 군복과 난닝구, 속옷, 패딩 점퍼, 전투화 두 켤레가 앞으로 내 삶을 버틸 전부였다. 새 전투화와 밑창이 닳아 없어지고 있는 전투화, 그 두 쌍의 신발이 내 발과 나의 내일을 지탱할 유일한 무기였다.

마루 한가운데 앉아 담배를 물었다. 햇살은 따뜻했고, 강아지는 내 품에 파고들어 몸을 말았다. 피곤이 몰려오자 눈꺼풀은 무겁게 내려앉았다. 강아지의 숨결이 내 품속에서 고르게 들려왔고, 나도 모르게 깊은 잠에 빠져들었다.

얼마나 잤을까.

군용 시계가 '삐-삐-' 경고음을 울렸다. 근무 투입 15분 전에 맞춰 두었던 알람이었다. 순간 짜증이 치밀어 시계를 거칠게 움켜쥐고 알람을 꺼버렸다. 이제는 더 이상 필요 없는, 버려야 할 습관이었다.

배고픔이 밀려왔다. 부엌으로 향해 냉장고 문을 열어보니 김치와 계란 몇 개뿐. 밥통은 텅 비어 있었다. 허기를 달래기 위해 부엌 구석을 뒤지다 붙박이장 속에서 오래된 라면 두 개를 발견했다.

냄비에 물을 붓고 가스레인지 스위치를 돌렸다. 불꽃은 좀처럼 오르지 않았다. 몇 번이나 손목을 비틀 듯 돌린 끝에야 겨우 작은 불꽃이 피어올랐다. 불은 한없이 약했고, 물은 느리게 끓어올랐다. 기다림조차 짜증스러워, 라면이 덜 익었는데도 젓가락으로 건져 김치와 함께 허겁지겁 삼켰다. 국물 한 방울 남기지 않고 그릇을 비웠다.

다시 마당으로 나가 담배를 물었다. 연기를 뿜으며 중얼거렸다.

"뭐부터 해야 할까…고졸도 못했는데, 일자리를 구할 수나 있으려나…."

앞날에 대한 불안이 머릿속을 꽉 채웠다. 꼬리를 무는 생각들 속에서 머리를 긁적이며 담뱃불을 털었다. 담배꽁초를 멀리 던지고는 작게 내뱉었다.

"아이 씨발…몰라."

안방 장롱에서 이불과 베개를 꺼내 그대로 몸을 눕혔다. 허기를 채운 뒤라 그런지 곧 깊은 잠에 빠져들었다. 눈을 떴을 때는 이미 저녁 무렵이었다.

끼익 문이 열리는 소리와 함께, 불편한 발소리가 방 안으로 스며들었다. 그 익숙한 인기척. 어머니였다.

나는 본능처럼 안방을 나와 불을 켰다. 깜빡거리던 전등이 겨우 불빛을 내며 켜졌다. 문 앞에 서 있는 어머니를 보는 순간, 반가움이 목 끝까지 차올랐다. 나는 주저 없이 어머니를 안았다.

어머니는 마치 세상을 다 얻은 듯 나를 끌어안으셨다. 그 품 안에서 나는 오랫동안 잊고 있던 그리움과 안도감에 휩싸였다. 집과 세상은 여전히 차갑고 버거웠지만, 그 순간만큼은 모든 것을 잊게 해주는 따뜻한 숨결이 있었다.

하지만 기쁨은 오래가지 않았다. 금세 먹먹함이 몰려왔다. 어머니의 얼굴에는 더 깊어진 주름이 파도처럼 겹겹이 내려앉아 있었고, 머리숱은 한참이나 줄어 있었다. 그 모습을 보는 순간, 가슴속이 쿡 하고 찔렸다. 울컥 치밀어 오르는 감정을 삼키려 애썼지만, 쉽게 가라앉지 않았다.

풍을 앓으셨던 어머니의 병세는 여전히 제자리였다. 꾸준한 치료와 충분한 휴식이 절실했지만, 지금의 살림살이는 그것조차 허락하지 않았다. 치료도, 안정도, 꿈조차도 이 집에서는 사치였다.

나 역시 제대 후 검정고시를 준비해 합격하고, 대학에 가겠다는 꿈을 품고 있었다. 하지만 세상은 내게 그조차도 허락하지 않았다. 책상 앞에 앉아 공부할 시간은커녕, 당장 오늘 하루를 버티는 일이 먼저였다. 내 계획은 시작조차 하지 못한 채 무너져 버렸다.

어머니는 저녁을 준비하시는 내내 개다리 소반에 앉아 있는 나를 향해 미소를 거두지 않으셨다. 오랜만에 마주한 아들의 얼굴만으로도 기쁨을 느끼시는 듯했다. 계란프라이 두 개를 지글지글 굽고, 된장찌개를 정성껏 끓여 내셨다. 밥그릇에는 머슴밥처럼 수북하게 퍼주시면서도 어머니는 "난 별 생각 없다." 하며 아주 조금만 담으셨다.

계란프라이 두 개를 내 밥 위에 올려주시고, 정작 본인은 젓가락조차 잘 들지 않았다. 그저 내가 밥을 먹는 모습을 바라보며 환하게 미소를 지으셨다. 나는 그 미소가 고마우면서도, 동시에 뼈아프게 마음을 짓눌렀다.

밥을 다 먹자 어머니는 곧장 설거지와 빨래를 시작하셨다. 나는 마당에 나가 담배를 한 대 피우며 연기를 내뿜었다. 차가운 공기 속에서 연기가 허공에 흩날리자, 스스로에게 다짐이 새어 나왔다. '내일 아침부터는 인력사무소에 나가야겠다.' 더는 미룰 수 없었다. 당장이라도 몸을 움직이지 않으면 안 될 것 같았다.

방에 들어와 "먼저 잘게요." 하고 말씀드린 뒤, 시계 알람을 새벽 4시에 맞춰 놓았다. 이불 속에 몸을 파묻자, 불안과 결심이 뒤섞여 가슴을 쿡쿡 찔렀다. 하지만 피곤이 밀려들자, 곧 눈꺼풀이 내려앉았다.

삐-삐—.

시계 알람이 새벽 공기를 가르며 울렸다. 몸은 천근만근 무거웠지만, 이를 악물고 억지로 정신을 붙잡았다. 군복과 전투화를 그대로 신고 집을 나서기 시작했다.

인력사무소 앞에는 어릴 적부터 함께 지내온 기초 생활 수급자 친구들이 모여 있었다. 담배를 피우며 농담을 주고받는 그 무리 속으로 나도 자연스럽게 섞였다. 모두 군대를 제대한 뒤 마땅한 일자리를 찾지 못해 이곳에 나온 얼굴들이었다. 반가움이 절반, 씁쓸함이 절반 섞인 표정으로 서로 인사를 나눴다.

그중 한 명은 처음 보는 친구였다. 몇 마디 안부를 주고받자, 그 역시 나와 다르지 않게 인생의 거센 파도를 맞으며 살아온 사람임을 금세 알 수 있었다. 잠시 웃음 섞인 이야기를 나누던 중, 인력사무소 사장이 우리를 불렀다.

"다들 아파트 공사 현장으로 가."

그 한마디에 공기 속에 묵직한 정적이 내려앉았다. 누구도 대답하지 않았지만, 모두가 알고 있었다. 아파트 공사 현장이 얼마나 힘들고, 또 얼마나 위험한 곳인지.

한 친구가 낮게 속삭였다.

"저번에도 거기서 일하다가 크게 다친 사람이 몇 달 동안 병원에 있었다더라."

그 말에 순간적으로 분위기가 굳었다. 각자의 얼굴에 스쳐간 긴장과 두려움이 눈빛 속에 고스란히 배어 있었다. 매캐한 담배 연기가 우리 사이에 가득 퍼졌고, 그 속에서 누군가 중얼거렸다.

"조심하자. 몸 좀 사리면서 하자. 반장 눈에 띄지 않게 잘 피해 다니자."

10분쯤 지났을까. 덜컥거리는 소리와 함께 녹이 슨 12인승 봉고차 한 대가 우리 앞에 섰다. 그러나 차 안으로는 18명이 몸을 구겨 넣듯 탔다. 어깨와 무릎이 부딪히며 숨조차 제대로 쉬기 어려웠다. 차 안 가득 깔린 표정은 불안과 걱정뿐이었다. 마치 인생이라는 거친 파도에 휩쓸려, 물속으로 가라앉지 않기 위해 발버둥 치는 사람들의 얼굴 같았다. 그리고 나 역시, 그들과 똑같이 발버둥치고 있었다.

현장에 가까워질수록 쇳소리, 시끄러운 기계음, 무겁게 움직이는 중장비의 굉음이 먼 곳에서부터 들려왔다. 봉고차에서 내리자마자 모두가 담배를 꺼내 물었다. 반장이 나눠주는 장갑을 하나씩 받아 꼈다.

그때, 일을 오래 해본 친구가 내 손에 장갑 한 켤레를 더 쥐여주었다.

"이거 두 겹 껴. 그래야 손 안 다치고, 겉 장갑이 찢어져도 안쪽 건 멀쩡해서 계속 일할 수 있어."

그 사소한 배려가 이상하게도 마음을 울렸다. 거칠고 차가운 현장 속에서도 누군가의 손길이 따뜻함을 건넬 때가 있었다. 나는 그 순간의 고마움을 오래 기억하게 될 것 같았다.

잠시 뒤, 현장 반장이 나타나 인원을 점검하며 인력 배치를 시작했다. 그 목소리를 듣는 순간, 군대에서 점호를 받던 기억이 겹쳐졌다. 괜히 가슴 한쪽이 서늘해졌다.

그때 내 친구가 반장에게 다가가 웃으며 몇 마디를 건넸다. 나는 조금 떨어져 그 모습을 지켜보았다. 잠시 후, 친구는 돌아와 안심시키듯 말했다.
"같이 붙어서 일할 수 있대. 걱정 마."

우리가 맡은 일은 자재를 옮기는 일이었다. 무거운 벽돌을 날랐고, 시멘트 포대를 짊어졌다. 숨 돌릴 틈도 없이 이어지는 작업, 때로는 아찔한 난간 위에서 무거운 자재를 옮기기도 했다. 발밑이 아득해도, 서로 팔을 붙잡으며 균형을 잡았다.

떨어질까, 다칠까 하는 불안은 늘 그림자처럼 따라다녔지만, 그럴수록 우리는 서로를 지켜주었다.

힘들어도 누구 하나 힘든 내색을 하지 않았다. 이를 악물며 버티는 와중에도,
"쉬엄쉬엄 해."
짧은 말 한마디로 서로를 챙겼다.

잠시 후 찾아온 쉬는 시간, 우리는 새참을 나눠 먹고 담배도 함께 나눴다. 공사장 앞 편의점에도 들렀다. 그러나 내 주머니는 뻔했다. 돈이 없어 담배조차 살 수 없었다.

그때, 처음 본 친구가 마치 내 사정을 꿰뚫은 듯, 담배 한 갑과 음료수를 내밀었다.

"됐어, 괜찮아."

나는 손사래를 쳤지만, 그는 고개를 저으며 억지로 내 손에 쥐어 주었다.

그건 태어나 처음 받아본, 아무런 대가 없는 은혜였다. 말없이 건네는 그 온기에 가슴이 뭉클해졌다. 그 순간, 이 낯선 현장 속에서도 나는 인간의 따뜻함을 느꼈다.

담배를 한 대 피우고 다시 일터로 돌아갔다. 하지만 고됨은 끝없이 이어졌다. 우리는 서로의 얼굴을 바라보며,

"괜찮아?" "다치지 않게, 조심하자."

몇 번이고 묻고 또 물었다. 그 짧은 말속에, 함께 버티겠다는 묵묵한 약속이 숨어 있었다.

점심시간이 되었다. 식당으로 향해 밥상 앞에 앉았지만, 기쁨보다는 피로가 먼저 밀려왔다. 모두의 얼굴에는 오전 내내 짊어진 무게가 그대로 묻어 있었다. 말없이 물만 들이켰고, 밥은 손에 잘 잡히지 않았다. 나 역시 겨우 몇 숟갈만 삼켰다.

그때, 일을 많이 해본 친구와 담배를 사준 친구가 내 앞에 앉았다.

"더 먹어야 돼. 그래야 버티지."

친구는 고등어의 가시를 하나하나 발라내 내 밥 위에 올려주었다. 그 정성에 억지로라도 몇 숟갈을 더 삼켰다.

식사를 마치고 나오는 길, 일을 많이 해본 친구가 식당에서 사탕을 한 움큼 쥐고 나왔다. 담배를 함께 나누던 그는 우리 손에 하나씩 쥐여주며 말했다.

"어지러울 땐 꼭 사탕 먹어야 돼. 그래야 쓰러지지 않아."

그리고는 웃으며 제안했다.

"오후엔 2명씩 화장실 가자. 우리 6명이니까, 두 번씩 다녀오면 일 끝날 때가 거의 될 거야."

화장실은 공사장 밖에 따로 있었고, 왕복에만 40분이 걸렸다. 그건 친구가 고안해 낸, 몸을 조금이라도 더 쉬게 하려는 작은 비밀이었다.

오후 일이 시작되자, 우리는 그 계획대로 화장실을 오가며 사탕을 입에 물었다. 달콤한 맛이 입안 가득 퍼질 때마다, 잠시나마 피로가 녹아내리고 마음도 풀리는 듯했다.

솔직히 말해, 그 방법이 아니었다면 나는 오후를 버티지 못했을 것이다. 중간에 쓰러졌거나, 도망칠 구실을 찾았을지도 모른다. 그날, 그 친구의 작은 배려는 내 하루를 버티게 해준 기둥이었다.

어느덧 퇴근 시간이 가까워졌다. 우리는 눈빛만으로 신호를 주고받았다.

'조금만 더 버티자. 천천히, 쉬엄쉬엄 하자.'

너무 지쳐 있던 우리를 위해, 일을 많이 해본 친구와 담배를 사 준 친구가 나섰다.

"너희는 빗자루로 청소해. 하는 척만 하면 돼."

그 한마디가 얼마나 고마웠는지 모른다. 적어도 무거운 짐을 옮길 필요는 없었으니까.

시계를 보니, 마침내 끝이 보였다. 친구는 빗자루를 청소 도구함에 넣으며 말했다.

"쓰레기봉투 버리러 가자. 아파트 밖으로 나가자."

그렇게 하루 종일 전쟁 같고 지옥 같았던 현장을, 우리는 마치 도망치듯 빠져나왔다. 봉고차에는 우리처럼 어딘가에 숨어 있다가 나타난 사람들이 하나둘씩 타올랐다. 차는 다시 인력사무소를 향해 달렸다.

도착하자, 서로의 옷과 신발에 묻은 흙먼지를 툭툭 털어주었다. 일당을 받자마자, 나는 은혜를 베풀어 준 친구에게 만 원을 내밀었다. 하지만 그는 말없이 웃으며 고개를 저었다.

"정말 괜찮아."

그 한마디가 가슴 깊이 남았다. 나는 속으로 다짐했다.
'언젠가 꼭 소주 한 잔 사줘야지.'

인력사무소 앞에서 우리는 하루의 고단함을 웃음으로 털어냈다.
"내일 또 보자!"
짧은 인사를 남기고 흩어졌다.
막차는 저녁 8시. 하지만 집에 들어갔다간 새벽 5시 전에 다시 나와야 했다. 차라리 인근 찜질방에서 하루를 보내는 게 나았다.

찜질방에 도착해 옷을 벗고 뜨거운 물에 몸을 담갔다. 온몸의 긴장이 녹아내리는 듯했다. 샤워를 마친 뒤, 양말과 팬티를 몰래 손빨래했다. 입구 팻말에는 '빨래 금지'라고 적혀 있었지만, 안 하면 쉰내가 진동할 게 뻔했다. 탈탈 털어 옷장에 걸어두고 찜질복으로 갈아입었다.

라면 한 그릇에 삶은 계란 몇 개를 허겁지겁 삼키고는 그대로 쓰러져 잠이 들었다. 눈을 감은 지 몇 분도 안 된 것 같았는데, 시계 알람이 다시 귀를 때렸다. 억지로 몸을 일으켜 탈의실로 향했다. 걸어둔 양말과 팬티는 여전히 눅눅했다. 입기 싫었지만 다른 선택이 없었다. 축축한 감촉이 피부에 스며들며 서늘했다. 맞이하기 싫은 아침이 다가오고 있었다.

찜질방을 나서자, 차가운 공기가 얼굴을 스쳤다. 담배에 불을 붙이고 한 모금 깊게 빨아들였다. 연기를 내뿜으며, 인력사무소까지 투벅투벅 걸었다.

하나둘 친구들이 모여들었다. 몸은 여전히 피곤했지만, 함께 농담을 주고받으며 웃자, 피로가 조금은 사라지는 듯했다.

잠시 뒤, 오늘의 일이 배정됐다. 비닐하우스를 철거하고 설치하는 작업이었다. 어제의 아파트 공사 현장에 비하면 훨씬 낫다는 소문이 돌았다. 일을 많이 해본 친구가 내 어깨를 툭 치며 말했다.

"오늘은 훨씬 쉬울 거야. 걱정 마."

담배를 사준 친구는 옆에 꼭 붙어 있으라며 나를 이끌었다. 그의 그 말과 행동이, 다시 하루를 견딜 수 있는 작은 버팀목이 되어주었다.

두 대의 포터 트럭이 도착했고, 우리는 나눠 타고 이동했다. 어제 봉고차에 비좁게 끼어 가던 답답함은 없었고, 친구들 얼굴에도 두려움 대신 조금은 여유가 묻어났다. 운전석의 아저씨는 우리를 돌아보며 말했다.

"젊은 사람들이 열심히 사는 모습이 참 보기 좋다."

그 한마디가 묘하게 마음을 풀어주었다. 단순한 말이었지만, 누군가의 시선 속에서 '괜찮다.'라는 안도감을 느낄 수 있었다. 가는 길에 아저씨는 슈퍼에 들러 음료수와 빵, 과자, 담배까지 사주셨다. 작은 배려였지만, 마치 길 위에서 만난 뜻밖의 은혜 같았다.

도착한 곳은 한적한 농촌 마을이었다. 전날의 공사 현장처럼 날 선 긴장감은 없었다. 함께 일하는 사람들의 얼굴에도 인심이 묻어났고, 일터에는 "쉬엄쉬엄 해."라는 말이 먼저 흘러나왔다. 정말, 이런 날은 일할 맛이 났다.

담배를 사준 친구와 나는 비닐하우스 바닥에 비닐을 까는 일을 맡았다. 그는 일머리가 좋았고, 덕분에 작업은 훨씬 수월해졌다. 우리는 쉬엄쉬엄 손을 놀리며 일을 이어갔고. 어느새 점심시간이 다가왔다.

아저씨들이 중국집에 전화를 걸며 물었다.

"뭐 먹을래?"

"짜장면, 탕수육, 짬뽕, 볶음밥이요."

우리 대답에 아저씨는 껄껄 웃으며 말했다.

"장정들이 곱빼기로 안 먹어?"

그렇게 주문이 들어갔고, 근처라 그런지 금세 음식이 도착했다. 짜장면 냄새가 공기를 가득 채웠고, 탕수육의 기름 냄새가 입맛을 자극했다. 우리는 얼굴 가득 웃음을 피우며 젓가락을 들었다. 서로 덜어주고 챙겨주며 먹었다. '이런 점심시간이라면 오래도록 기억에 남겠구나.' 그런 생각이 들었다.

오후에는 시원한 바람이 불어와 오전보다 훨씬 수월했다. 그러다 새참 시간이 되었다. 빵과 우유가 나왔지만, 점심을 든든히 먹어서인지 반갑지는 않았다. 그래도 아저씨는 "많이 먹어야 한다." 라며 건넸고, 우리는 빵을 주머니에 넣고 음료수를 마시며 담배를 나눠 피웠다.

새참이 끝나고 한 시간 남짓 지났을까. 아저씨가 담배를 피우며 말했다.

"오늘은 시마이!"

그 말에 우리 얼굴에 미소가 번졌다. 무사히 하루 일을 마쳤고 서로 담배를 입에 물려주며 피운 뒤, 차에 올라타 돌아가는 길에 아저씨가 물었다.

"며칠 더 해야 하는데, 내일도 8시에 데리러 갈게. 같이 할거지?"

우리는 힘차게 대답했다.

"네! 알겠습니다!"

인력사무소에 도착하니, 오늘 일당 9만 원이 내 손에 쥐어졌다. 어제와 달리 크게 힘들지 않아, 손에 쥔 돈이 더 소중하게 느껴졌다. 사무소 앞에서 친구들과 이야기를 나누다, 나는 담배를 사준 친구의 손을 꼭 잡았다.

"정말 고맙다, 친구야. 챙겨줘서…너 아니었으면 어제 도망갔을 거야."

그는 어깨를 툭 치며 웃었다.

"괜찮아. 힘들게 사는 인생, 다 같이 붙잡아줘야지."

"고맙고…은혜 꼭 갚을게."

"아이, 됐어. 은혜는 무슨. 앞으로 내 옆에만 붙어 있어."

"그래, 알겠다. 정말 고맙다."

진심을 담아 인사를 건네자 마음이 조금 가벼워졌다.

"내일 또 보자."라는 친구들의 말이 이상하게도 용기가 됐다.

집으로 향하는 버스에 올랐다. 버스에서 내려 무거운 발걸음으로 투벅투벅 걸어 집 마당에 들어서자, 강아지가 꼬리를 흔들며 달려왔다. 손을 뻗어 몇 번 쓰다듬고 집 문을 열었다. 안에서는 기침 소리가 들려왔다. 어머니는 약을 드시며 힘겹게 숨을 고르고 계셨다. 얼굴이 창백했다.

"어디 갔다 이제 들어와…?"

"인력사무소에서 어제, 오늘 일 좀 했어요. 내일도 일 잡혔어요."

"군대 제대한 지 얼마나 됐다고…엄마가 용돈 줄게. 대학 준비해야지."

나는 이틀 동안 받은 돈을 꺼내어 어머니 손에 쥐어드렸다.

"어머니, 내일 병원 한 번 가보세요."

"아들아 괜찮아, 그리고 일하지 마. 엄마가 용돈 줄게."

"어머니, 괜찮아요. 제가 알아서 벌게요. 내일 꼭 병원 가세요."

"일하다 힘들면 바로 그만둬. 알겠지?"

"네. 저 내일 일찍 나가야 해서 바로 잘게요. 주무세요."

방으로 들어왔지만, 쉽게 잠이 오지 않았다. 이불 속에서 시선은 천장에 고정된 채 꼼짝도 할 수 없었다. '어머니의 병원비와 내 공부…돈이 필요하다.' 인력사무소 일은 하루 벌어 하루를 사는 일. 안정적인 직장을 잡아야만 병원비도, 학비도 마련할 수 있다.

하지만 머릿속에는 또 다른 얼굴들이 떠올랐다. 함께 웃으며 일하고, 사탕을 쥐여주던 친구들. 그 따뜻한 마음 덕분에 버틸 수 있었는데 그만두는 건 고마움을 저버리는 일 같았다.

어머니를 위해 직장을 구해야 한다는 생각과 친구들과 끝까지 붙어 있고 싶다는 마음…두 갈래 길 앞에 선 기분이었다. 한쪽은 바다로, 다른 한쪽은 불길로 이끄는 길 같았다. 나는 끝없이 뒤척이며 긴 밤을 견뎌야 했다.

몇 번이나 마당을 나갔다 들어오며 쓰디쓴 담배만 피워댔다. 연기는 목을 타고 내려갔지만, 마음속 답답함은 풀리지 않았다. 밤은 그렇게 흘러갔고, 결국 한숨도 자지 못한 채 새벽 4시에 집을 나섰다. 차가운 공기가 뺨을 스쳤다. 나는 무거운 발걸음을 옮겨 인력사무소로 향했다.

마음속을 옥죄던 고민은 여전히 풀리지 않았다.

그런데도 이상하게 몸은 무겁지 않았다. 어쩌면 며칠째 이어진 긴장과 불안이 이제는 감각마저 무뎌지게 만든 건 아닐까.

인력사무소 앞에는 친구들이 하나둘 모여들었다. 자판기 커피를 건네주며 담배 한 개비를 나눠 물었다. 그 작은 의식처럼 반복되는 행위 속에서 서로의 존재를 확인했다. 농담이 오가고 웃음이 번지자, 잠시나마 하루의 고단함이 잊혔다.

어제와 똑같이 포터 차량을 타고 농촌 마을로 향했다. 창문을 내리자 설렁설렁 부는 아침 바람이 얼굴을 스쳤다. 햇살이 눈가를 간질이며 마음속 긴장을 조금씩 풀어주었다. 내 곁에서 함께하던 친구는 말없이 웃으며 내 어깨를 감싸주었다.

마치 앞으로 어떤 파도가 몰아쳐도, 그 속에서 나를 지켜주겠다는 무언의 다짐처럼.

농촌 마을에 도착하자, 어제와 다름없는 평온한 하루가 시작됐다.

그러나 내 얼굴에는 여전히 걱정이 내려앉아 있었다. 그걸 눈치챘는지 친구가 담배를 건네며 물었다.

"무슨 일 있냐?"

나는 담배를 받아 물었지만, 시선은 땅바닥에 떨어져 있었다.

"아냐, 그냥 조금 피곤해서."

"피곤하면 차에서 좀 자다가 일할래? 내가 아저씨한테 말해줄게."

"아냐, 괜찮아. 버틸 수 있어."

친구는 고개를 갸웃하며 내 얼굴을 똑바로 살폈다.

"괜찮긴…인마, 얼굴에 다 써져 있어. 뭔데, 말해봐."

목구멍까지 차오른 고민이 있었지만, 끝내 입은 다물어졌다. 괜히 말하면 친구에게 더 미안해질 것 같았다.

"정말 아무것도 아냐…괜찮아."

"힘들면 말해, 아저씨한테 얘기해 볼게."

"응, 알겠어."

대화를 끝내고 우리는 비닐을 바닥에 깔고 크기에 맞춰 가위로 잘랐다. 나는 여전히 엉거주춤 서툴렀지만, 최대한 성실하게 움직였다. 그 모습을 보던 친구는 대견하다는 듯 미소를 지었다.

점심시간이 되어 아저씨가 열무국수와 콩국수를 준비해 주셨다. 메뉴가 뭐든 상관없었다. 우리는 먹을 수 있는 것이라면 뭐든 환장하는 놈들이었다.

식사 후, 트럭 뒤에 스티로폼을 깔고 드러누웠다. 바람이 시원하게 불어 대나무 잎이 사각거렸다. 그 소리가 귀를 간질이며 마음을 풀어주었다. 잠은 점점 깊어졌고, 마치 구름 위를 걷는 듯한 평온함이 찾아왔다.

한 시간쯤 지났을까. 아저씨가 우리를 깨웠다.

"장정분들, 일어나셔요~!"

몸이 가뿐했다. 깊이 잔 덕인지 피로가 말끔히 사라졌다. 다시 일을 시작하자 오전보다 훨씬 힘이 났다.

"장정분들, 오늘 2시간 더 일할 수 있겠어요? 며칠 걸릴 줄 알았는데, 금방 끝내겠네."

아저씨의 말에 우리는 잠시도 망설이지 않았다.

"아, 그럼요. 하겠습니다!"

서로 호흡이 맞으니, 일은 빠르게 진행됐다. 해가 기울어 저녁노을이 물들 무렵, 마침내 모든 작업이 끝났다.

아저씨는 지갑에서 봉투 대신 현금을 꺼내 우리 손에 쥐어주었다. 한 사람당 18만 원. 원래는 2시간을 더 일하면 12만 원을 받기로 했는데, 무려 6만 원을 더 얹어주신 것이었다.

"일을 빨리 끝내줘서 고맙네."

아저씨의 손길이 어깨를 두드렸다. 우리는 동시에 고개를 깊숙이 숙이며 말했다.

"감사합니다."

늦은 저녁, 우리는 트럭에 올라 인력사무소로 향했다. 도착하고 트럭에서 내리며 한 번 더 감사 인사를 드렸다. 사무실에 들어가 사장님께 수수료 만 원을 건넨 뒤, 사무소 앞에 모여 하루를 마무리했다. 농담이 오가고, 웃음이 터졌다.

"내일 또 보자."

짧은 인사를 남기고 하나둘 집으로 발걸음을 옮기기 시작했다. 나는 그 친구의 뒷모습을 오래 바라보다가, 결국 달려가 불렀다.

"야, 친구야!"

친구가 돌아서며 내 얼굴을 한 번 훑었다.

"왜? 무슨 일 있어?"

"미안한데, 잠깐 얘기 좀 할 수 있을까?"

"그럼, 당연하지. 무슨 일인데 그렇게 심각해?"

우리는 근처 공원 벤치에 나란히 앉았다. 밤공기는 차갑게 내려앉았고, 가로등 불빛이 희미하게 두 사람의 그림자를 길게 늘였다. 나는 한동안 입술만 달싹이다가 결국 주머니에서 담배를 꺼냈다. 친구에게 한 개비를 건네고 불을 붙였다. 불꽃이 스치며 순간적인 빛을 남겼고, 곧 연기가 천천히 밤공기 속으로 퍼져 나갔다.

"사실…고민이 좀 있어."

"아까는 없다더니, 뭔데? 얘기해 봐."

나는 고개를 숙인 채 천천히 말을 꺼냈다.

"어머니가 아프셔서 병원비도 필요하고, 나도 검정고시 준비를 하려면 직장을 잡아야 하는데 이제 인력사무소는 못 나올 것 같아."

친구는 놀란 듯 나를 바라보다가 곧 웃으며 말했다.

"진짜? 야, 그럼 잘됐다. 솔직히 이 일 오래 할 건 못 돼."

나는 죄책감이 들어 입술을 깨물었다.

"미안하다. 일도 제대로 못 하고, 힘들어하는 모습만 보여서 너한테 짐이 된 것 같아."

"야, 그런 말 하는 거 아니다. 못할 수도 있지. 절대 그런 마음 가지지 마."

하지만 내 속은 쉽사리 풀리지 않았다.

"아니야. 돈 없어서 손가락만 빨던 놈한테 사주고, 이렇게 챙겨줘서…정말 고맙다."

친구는 단호히 잘라 말했다.

“괜찮아. 대신 직장 구해서 어머니 꼭 잘 모시고, 검정고시 합격해서 대학 가라. 너 대학 못 가면 나 너 안 볼 거다, 알겠지?”

나는 고개를 끄덕였다.

“알겠어. 꼭 갈게! 미안하다.”

친구는 다시 목소리를 낮췄다.

“친구끼리 미안하단 말 하는 거 아니다. 세상이 너를 무시하고, 괴롭히고, 망가지게 만들어도 난 널 끝까지 응원할 거야. 왜인지 알아?”

나는 조용히 대답을 기다렸다.

“음….”

“넌 다시 일어날 힘이 있어. 정말이야. 우리 모두 절벽 끝에 매달려 사는데, 너는 힘들어도 도전하잖아. 그래서 응원하는 거야. 나, 사람 잘 안 믿는데…너는 믿게 돼.”

“정말 진심이야?”

“응. 너가 의심해도 그래도 난 널 응원할 거야.”

“내가 어떻게 될지도 모르는데?”

“네가 어떻게 되든 상관없어. 다만 넌 다시 일어날 힘이 있는 놈이야. 그게 내가 널 응원하는 이유야.”

나는 잠시 말을 잇지 못했다.

“아직 한 것도 없는데, 고작 나 같은 놈을 응원해 줘서…고맙다.”

친구는 고개를 저었다.

“고마워하지 마. 너한테 그 말 들으려고 하는 얘기 아니니까. 검정고시 붙고 대학 가면, 이 거지 같은 데서 떠나라. 그리고 다시는 이쪽은 쳐다보지도 마. 더 넓은 세상으로 가서 너 꿈을 펼쳐라. 만약 포기하고 다시 돌아오면 그땐 말 안 하고 주먹부터 날린다, 알았어?"

나는 굳은 얼굴로 친구만 바라보았다. 친구는 마지막으로 내 눈을 똑바로 보며 말했다.

"가서 버텨, 그리고 꼭 행복하게 살아. 그게 네가 나한테 갚는 은혜야."

친구는 담담히 자리에서 일어나 떠났다. 그 뒷모습이 멀어져 갈수록, 내 가슴 속에서 묘한 울림이 커져갔다. 남겨진 벤치 위, 나는 담배를 깊게 빨아들였다. 연기가 목구멍을 타고 내려갔지만, 오히려 마음은 맑아지는 듯했다.

친구가 떠난 자리에서, 나는 다시 굳은 결심을 했다. 어머니를 위해 서, 그리고 나 자신을 위해서.

교차로 신문지의 구인 · 구직란을 훑어보며, 일자리 소개소를 전전했다. 며칠 동안 발이 부르트도록 돌아다녔다. 그러나 내 마음속에서는 여전히 친구의 목소리가 메아리처럼 맴돌았다.

'가서 버텨, 그리고 꼭 행복하게 살아.'

면접을 보기 위해 찾아간 회사들.

그러나 면접관들은 고등학교를 졸업 못한 나를 비웃었고, 대놓고 무시했다. 그들의 눈빛 속에는 이미 답이 적혀 있었다.

'넌 안 돼.'

한 번, 두 번 계속 거듭되는 거절과 비아냥에도 나는 입술을 깨물었다. 포기하는 순간, 나의 결심과 친구와의 약속이 무너진다는 걸 알고 있었기 때문이다.

이렇게 차가운 세상 한가운데서도, 나는 한 걸음이라도 더 나아가야 했다. 그것만이 살아남는 길이었고, 내가 택한 길이었으며, 어쩌면 세상의 이치였다.

면접을 보며 모욕을 당한 회사에서 나와, 다시 일자리를 찾아 거리를 헤맸다. 찬 바람이 얼굴을 스쳤고, 허기와 피로가 한꺼번에 밀려왔다. 발걸음은 점점 무거워졌다.

그때, 길 건너 형광색 조끼를 입은 환경미화원들이 눈에 들어왔다. 그들은 쓰레기차 옆에서 분주하게 움직이고 있었다. 거친 숨을 내쉬면서도 손에 쥔 빗자루와 집게를 놓지 않았다. 한 움큼씩 쓰레기를 치우고, 무겁게 부풀어 오른 마대 자루와 종량제 쓰레기 봉투를 차에 던졌다.

그들의 얼굴에는 불평도, 불만도 보이지 않았다. 오히려 깨끗해진 거리를 바라보는 표정 속에는 작은 뿌듯함이 스쳐 지나갔다. 그 순간 나는 깨달았다. 사람들이 잠든 새벽과 깊은 밤, 우리가 걷는 거리가 이렇게 깨끗한 이유가 바로 저분들의 손 덕분이라는 것을.

그 일은 힘들어 보였지만, 분명히 누군가의 발걸음을 편하게 하고 도시의 하루를 시작하게 만드는 존경받아야 할 일이었다. 무엇보다, 매일 필요한 일이기에 안정적인 직업이기도 했다.

나는 한참 동안 그 모습을 바라봤다.

'저 일이라면… 지금 나도 할 수 있지 않을까?'

마음속에서 작은 목소리가 속삭였다.

그날 집에 돌아와 곧바로 집 전화기로 시청 환경과에 전화를 걸었다. 공무원 아저씨가 전화를 받으셨고, 환경미화원 채용을 하는지 물었다. 하지만 시청에서는 인원 관리를 직접 하지 않고, 하청업체에서 사람을 고용한다는 답이 돌아왔다.

나는 지푸라기라도 잡는 심정으로 하청업체의 번호를 부탁했다. 공무원 아저씨는 친절하게 번호와 주소를 알려주었다. 수화기를 내려놓자마자 나는 망설임 없이 전화를 걸었다.

전화기 너머에서 들려온 목소리는 짧고 단호했다.

"내일 면접 보러 오세요."

수화기를 내려놓은 뒤, 허름한 책상 위에 이력서를 펼쳐놓았다. 빈칸을 채워 넣는 손길은 떨렸고, 경력란은 참담할 정도로 초라했다.

'제발, 일할 기회를 달라. 다시 일어서야 한다.'

이력서를 다 작성한 뒤, '아침 일찍 일어나야 한다.'라는 생각에 일부러 불을 일찍 끄고 잠을 청했다. 그러나 눈을 감아도 잠은 오지 않았다.

수많은 고민과 걱정이 몰려왔다.

'내일 면접에서 떨어지면 어떻게 하지?', '다시 돌아갈 곳은 있는 걸까?'

머릿속에서는 온갖 부정적인 상상들이 꼬리를 물었다. 방 안에만 있자니 답답해, 나는 마당을 몇 번이고 왔다 갔다 했다. 담배에 불을 붙이고, 한 모금씩 깊게 빨았다.

연기 너머로 보이는 달빛이 유난히도 밝았다. 나는 그 달을 향해 속으로 빌었다.

'제발, 붙게 해 달라. 일할 기회를 달라.'

그 마음은 간절했다. 목숨을 붙잡는 마지막 끈처럼.

결국 새벽이 올 때까지 잠들지 못했다. 온몸이 무거운데도, 나는 깨끗이 씻고 군복의 먼지를 탈탈 털어 입었다. 전투화를 신고, 차가운 새벽 공기를 마주했다. 그 바람마저도 오늘은 더 날카롭게 느껴졌다.

버스를 타고 하청업체 사무실 앞에 도착했다. 낯선 문 앞에서 잠시 숨을 고르고, 문을 열어 안으로 들어섰다. 책상에 앉아 있던, 사장으로 보이는 중년 남성에게 고개를 깊게 숙였다.

그는 사장이 아니라, 인원 관리를 맡은 반장이라고 자신을 소개했다.

내 이력서를 훑어본 그는 별다른 표정 변화 없이 물었다.

"군대는 갔다 왔나?"

"네, 만기 전역했습니다."

"아픈 곳은 어디 없어?"

"아, 군대에서부터 허리가 아파서 휴가 나올 때마다 치료를 받았고, 얼마 전에 노가다를 해서 물리치료를 받았습니다."

"으흠, 그래? 지금은 어때?"

"지금은 괜찮습니다."

"일은 할 수 있겠어?"

"네, 할 수 있습니다."

그는 고개를 끄덕이며 한참 나를 바라보더니, 목소리를 낮췄다.

"이 일, 절대 만만하게 보면 안 돼. 정말 힘들어도 할 수 있겠나?"

그 질문은 한 번으로 끝나지 않았다. 같은 말을 몇 번이고 반복했다. 마치 내 대답 속에서 진심을 끝까지 확인하려는 듯이.

나는 지금 어떤 일이든 붙잡아야 했다. 망설일 틈도, 조건을 따질 여유도 없었다.

"네, 할 수 있습니다."

그는 근로계약서를 꺼내놓으며 주의 사항을 읽어 내려갔다. 3달 동안은 수습 기간으로 기본급만 지급.

회사에서 일어난 모든 일은 외부에 절대 누설 금지.

퇴근 후라도 긴급 상황이 생기면 밤이든 새벽이든 즉시 출근.

그리고 이어진 말이 더 무겁게 내려앉았다.

"눈이 많이 오면 제설 작업, 비가 쏟아지면 침수 방지 작업. 이건 선택이 아니고, 의무야."

반장은 말을 이어가며 주간 조와 야간 조 근무 방식을 설명했다. 주간 조는 새벽 5시에 출근해 구역을 돌며 쓰레기를 집는다. 저녁 6시 30분 퇴근.

야간 조는 새벽 2시에 출근해 5톤 쓰레기 압축차 뒤에 매달려 쓰레기를 수거한다. 출근 2시간 전인 밤 11시부터는 쓰레기봉투를 한곳에 모아놓는 준비 작업이 있다. 아침 8시 퇴근 후, 낮 1시에 다시 출근해 저녁 6시 30분에야 일을 마친다.

그리고 3개월 수습 기간 동안은 주간 조로 출근해 일을 배우고, 어느 정도 숙달이 되면 야간 조와 교대로 돌아가며 일한다.

말만 들어도 숨이 막히는 노동 강도였다. TV 뉴스에서 보던 '환경미화원 과로사'라는 단어가 머릿속에 떠올랐다. 그게 더 이상 남의 이야기가 아니라, 바로 내 눈앞에 놓인 현실이었다.

나는 근로계약서를 내려다보며 깊은 숨을 들이마셨다. 펜을 잡은 손이 잠시 멈췄다. 반장에게 "잠시 담배 한 대 피고 오겠습니다."라고 말하고는 사무실 문을 열고 나섰다.

싸늘한 바람이 얼굴을 스쳤다. 나는 담배를 꺼내 입에 물고, 떨리는 손으로 불을 붙였다. 첫 모금의 연기가 폐 깊숙이 들어갔다가 천천히 빠져나갔다. 그 연기와 함께 머릿속을 짓누르던 복잡한 생각들도 잠시 흩어지는 것 같았다.

하늘은 잿빛으로 가라앉아 있었고, 먼 곳에서는 청소차의 엔진음이 낮게 울렸다. 길가에는 방금 치운 듯 가지런히 놓인 쓰레기봉투들이 줄지어 있었다. 곧 그 봉투들을 치우는 것이 내 일이 될 터였다.

머릿속은 여전히 무거웠다. 이 일은 단순한 '노동'이 아니었다. 내 몸과 시간을 송두리째 맡겨야 하는 일이었다. 하지만 물러설 수는 없었다. 어머니는 여전히 지병으로 병원을 오가셨고, 약값만 해도 매달 버거웠다. 내가 선택하지 않으면, 약을 끊어야 할지도 모른다는 두려움이 목을 조였다.

그리고 친구와의 약속, 나 자신과의 약속을 지키려면 버텨야 했다. 무너질 때마다 손을 내밀어 준 사람들, 그 빚을 갚으려면 몸이 부서져도 버텨야 했다.

나는 담배를 비벼 끄고, 다시 사무실로 들어와 책상 위 근로계약서를 바라보았다. 종이 위의 글자들이 더 이상 두렵게만 보이지 않았다. 오히려 이것이 나를 살릴 기회라는 생각이 들었다.

"해보자."

작게 중얼거리며, 근로계약서 종이를 한 장씩 넘기며 서명했다. 반장은 서명된 계약서를 받아 들고 말했다.

"내일 아침부터 바로 나와. 번호 여기 적어줄 테니까, 핸드폰 계통 하면 문자 한 통 남겨."

말투에는 존댓말이 없었다. 마치 오래전부터 알고 지낸 사람에게 대하듯 거침없이 반말을 내뱉었다.

사무실을 나오자, 제일 먼저 든 생각은 일을 하려면 휴대폰이 필요하다는 것이었다. 곧바로 선불폰을 개통했다. 충전 금액은 4만 원 작은 금액이었지만, 그날의 나에게는 앞으로의 생계를 지탱해 줄 유일한 도구 같았다.

버스를 타고 집으로 향했다. 집에 도착하자마자 반장에게 문자를 보냈다. 군대에서 쓰던 낡은 수첩을 꺼내 친구들 번호를 옮겨 적었다. 인력사무소에서 함께 일했던 꼬리표 친구들과 연락을 주고받았고, 나를 도왔던 친구의 연락처도 알게 됐다. 망설임 없이 문자를 보냈다.

'친구야! 내일부터 환경미화원 일을 하게 돼서 핸드폰 개통했어!'

잠시 후, 삐빅 소리와 함께 답장이 도착했다.

'반갑다, 오랜만이네. 내 번호는 어떻게 알았어?'

'아, 인력사무소 같이 일하는 친구한테 너 번호 알려달라 했어.'

'그래, 자주 연락해! 그리고 그 일, 많이 힘든 만큼 다칠 수 있으니까, 진짜 조심히 일해! 알겠지?'

'응, 조심히 일할게!'

'그래, 어머니는 어떠셔?'

'응, 병원 다니시는데 조금 나아지신 것 같아. 이제 일하니까 조금 더 좋은 병원으로 모셔볼까 해.'

'그래, 꼭 좋은 병원으로 모셔. 검정고시 시험은 언제니?'

'8월에 있어. 청소년 수련관에서 검정고시 책을 무료로 준다길

래, 일 끝나고 다녀보려고.'

'그래, 정말 잘됐다. 모든 일이 잘 풀리길 응원할게. 그리고 몸 건강히 잘 지내고 있어, 보고 싶다. 시간 나면 꼭 보자, 연락할게!'

'응, 그래 친구야. 걱정해 줘서 고맙다. 너도 모든 일이 잘 풀리고, 걱정되는 일 없도록 응원할게. 곧 연락 줄게!'

짧은 문자였지만, 그 몇 줄의 대화가 가슴 깊숙이 스며들었다. 차갑게 얼어 있던 마음 한쪽에 불빛이 켜지는 듯했다. 오랜만에, '내 곁에도 누군가 있다.'라는 안도감이 찾아왔다.

그날 밤, 알람을 맞춰 두고 이불을 덮었다.

눈을 감으려 했지만 머릿속은 좀처럼 조용해지지 않았다. 새로운 일, 낯선 사람들, 어머니의 얼굴이 차례로 떠올랐다.

'잘할 수 있을까? 버틸 수 있을까?' 스스로 다그치다가도, '내가 아니면 누가 하겠나.'라는 결심이 곧 마음을 단단하게 조였다.

새벽 3시 50분, 알람 소리에 눈을 떴다.

온몸이 납덩이처럼 무거웠지만 억지로 몸을 일으켰다.

찬물로 머리를 박박 감았다. 차가운 물줄기가 두피를 때리자 정신이 번쩍 들었다.

군복을 꺼내 입고, 전투화 끈을 두 번, 세 번 더 조여 묶었다. 오늘은 느슨함이 단 한 줄이라도 허락되지 않는 날이었다.

시계를 보니 4시 5분.

마당 창고로 나가 조금 녹슨 자전거를 꺼냈다.

먼지를 털고, 바퀴에 공기를 가득 채우고, 체인에 윤활유를 뿌리자, 쇳소리가 조금 부드러워졌다.

페달을 밟자 미세하게 기름 냄새가 풍기며 기계가 깨어나는 듯했다.

새벽길로 나서자, 공기가 얼굴을 차갑게 베며 스쳤다. 늦을까 봐 힘껏 페달을 밟았다. 이마에 구슬땀이 맺혔다.

차가 드문 새벽길은 한없이 고요했고, 그 덕에 사무실까지 더 빨리 갈 수 있었다.

사무실이 가까워질수록, 회사 골목 모퉁이에서 담배 연기와 웃음소리가 흘러나왔다.

젊은 청년부터 머리가 희끗한 아저씨들까지, 무리를 지어 서 있었다.

그들의 웃음에는 피곤과 체념이 뒤섞여 있었고, 담배 연기가 희미한 안개처럼 흩어졌다.

나는 자전거를 세우고, 두세 번 고개를 숙이며 인사했다.

낯선 얼굴에 시선이 스쳤지만, 금세 그들은 다시 대화로 돌아갔다.

이제, 진짜 새로운 하루가 시작되는 순간이었다.

반장은 나를 힐끗 보더니 팀장이라 불리는 사람에게 턱짓을 했다.

"신입이야. 일 좀 가르쳐."

말투에는 환영의 기색이 전혀 없었다. 오히려 '얼마나 버티나 보자.'라는 무심한 냉기가 묻어 있었다.

곧 "사장님 온다."라는 말이 흘러나오자, 주변의 공기가 순식간에 얼어붙었다. 잡담을 나누던 사람들은 말을 삼키고 몸을 곧게 세웠다. 누군가는 담배를 황급히 끄며 발을 모았다.

"맨 뒤로 가서 서 있어."

팀장의 목소리는 짧고 차가웠다. 나는 말 없이 맨 끝자리로 물러섰다. 멀리서 두 줄기 자동차 라이트가 새벽 안개를 가르며 다가왔다. 순간, 모든 사람의 자세가 굳어졌다.

고급 외제 승용차에서 내리자, 서 있던 직원들 모두가 일제히 허리를 꺾어 인사를 했다. 그 모습은 군대에서 상관을 맞이하듯 규율이 박힌 듯했다. 나도 눈치를 보며 똑같이 허리를 숙였다.

그의 모습은 첫눈에 위압적이었다.

불룩하게 튀어나온 배, 두툼한 살집, 경계조차 흐려진 목과 어깨.

얼굴은 번들거렸고, 웃는 것도 아닌데 입꼬리가 올라가 있었다. 눈은 가늘게 찢어져 있었는데, 그 시선이 스치자, 몸이 본능적으로 경직됐다.

'아, 저 사람…' 첫인상만으로도 어떤 부류인지 짐작이 갔다. 권위, 오만, 잔혹함이 뒤엉킨 표정.

마치 이 구역 전체가 자기 손바닥 안에 있다는 듯한 기운을 풍겼다.

그는 턱을 치켜들며 손을 휘저었다.
"그래, 일들 하러 가."
짧은 한마디였지만, 그 소리에 사람들은 일제히 흩어졌다. 공기는 복종과 긴장의 냄새로 가득 찼다.

나도 팀장을 따라 발걸음을 옮겼다.
사무실을 스치던 순간, 안에서 쩌렁쩌렁한 고함이 터져 나왔다.
"야! 이 새끼야!!! 이런 미친새끼가 정신나갔어?!!"
사장이 누군가에게 퍼붓는 욕설이었다. 쇳덩이를 긁는 듯한 거친 소리에 공터의 공기가 싸늘해졌다. 주변 사람들은 고개를 숙이고 발걸음을 서둘렀다. 팀장의 걸음 역시 평소보다 빨라진 듯한 걸음이었다.

차를 타고 도착한 곳은 시장이었다.

팀장은 형광색 안전조끼, 안전모, 장갑, 쓰레기봉투, 집게를 건네주며 말했다.

"시장을 돌면서 쓰레기 집어서 수거하면 돼."

나는 짧게 고개를 끄덕이며 "네."라고 대답을 했다.

마침내 '이제 진짜 일을 시작하는구나.'라는 실감이 몰려왔다. 아침 공기는 차갑고, 내 심장은 뜨겁게 뛰었다.

그동안 일자리를 찾아 헤매며 버텼던 날들이 주마등처럼 스쳤다. 몸이 힘든 건 두렵지 않았다. 오히려 이 순간이, 나를 살리는 시작처럼 느껴졌다.

시장을 돌다 보니, 지나가던 사람들이 짧게 인사를 건넸다.

"수고하십니다.", "고맙습니다."

그 한마디가 내 마음을 깊이 울렸다. 누군가가 내 일을 알아주고, 고마움을 표현한다는 것이 이렇게 뿌듯한 줄은 몰랐다. 그동안 나의 노동은 늘 땀과 고통만 남았지, 인정이나 위로와는 거리가 멀었다. 그런데 그 짧은 인사 속에서, 나는 내가 이 세상에 꼭 필요한 사람이라는 작은 증거를 얻은 듯했다.

며칠 동안 나는 매일 새벽같이 일어나 저녁까지 일했다. 집에 돌아오면 씻자마자 그대로 쓰러졌다. 눈을 감는 순간까지 온몸이 욱신거렸지만, 이상하게도 싫지 않았다. 힘든 만큼 내가 존재하고 있다는, 살아있다는 감각이 오히려 선명해졌기 때문이었다.

어느 날, 평소처럼 퇴근해 씻고 이불 속에 몸을 묻었다. 막 잠이 들려는 순간, 나를 도와줬던 그 친구에게서 전화가 걸려왔다.

수화기 너머로 들려온 목소리는 힘이 빠져 있었고, 술에 절은 듯 묵직했다.

"보고 싶다."

짧지만 묘하게 걸리는 그 한마디. 이유를 묻기도 전에 나는 곧장 자전거를 타고 그에게로 향했다.

겨울밤 공기는 차가웠다. 골목길 가로등 불빛이 기울어져 내 그림자를 길게 늘였다. 모퉁이를 돌아선 순간, 그는 한 손을 주머니에 찔러 넣은 채 다른 한 손은 담뱃불이 거의 다 타들어 가고 있는 담배를 들고 서 있었다. 낯빛은 창백했고, 어깨는 무겁게 내려앉아 있었다.

나는 자판기에서 뽑은 따뜻한 캔 커피를 그의 손에 쥐어주었다.

캔에서 피어오르는 희미한 김이 겨울 공기 속으로 가볍게 사라졌다. 우리는 담배 한 대에 불을 붙였다. 불씨가 빨갛게 살아나는 순간, 그의 얼굴이 잠시 환해졌다. 하지만 그 웃음은 오래 가지 않았다. 미소는 옅었고, 눈빛은 깊은 물속처럼 고요하면서도 어딘가 공허했다.

“친구야, 무슨 일인데? 말해봐.”

내 물음에 그는 고개를 저었다. 대신, 불현듯 나를 끌어안았다. 그 품에서 느껴진 온기는 이상하게도 따뜻하면서도 쓸쓸했다. 그의 목소리가 낮게, 그러나 단단하게 울렸다.

“항상 응원한다.”

“넌 할 수 있을 거야…멋진 놈…”

짧고 단단한 그 말들이, 겨울밤의 매서운 찬기를 누그러뜨렸다. 친구는 마지막으로 “얼굴 보여줘서 고맙다.”라는 말 한마디를 남긴 채 골목 어귀로 천천히 걸어가, 어둠 속에 몸을 숨겼다.

나는 그 뒷모습을 오래도록 바라봤다. 발걸음은 느렸지만 어쩐지 멀리 가버릴 것만 같았다. 그때 왜 더 붙잡지 못했을까, 왜 그의 어깨에 더 오래 손을 얹지 못했을까. 마음속에서는 알 수 없는 불안이 가시처럼 돋았다.

그리고, 정확히 일주일 후….

전화벨 소리가 울렸다. 그가 스스로 생을 마감했다는 소식이었다.

그 순간, 숨이 턱 막히며 온몸이 얼어붙었다. 분노와 슬픔, 그리고 믿을 수 없는 허망함이 한꺼번에 몰려왔다.

며칠이고, 아니 며칠 밤이고 나는 잠을 이루지 못했다. 그가 짊어지고 있던 삶의 무게, 그 무게를 견디지 못했을 때의 고통을 떠올리면, 가슴이 무너져 내렸다.

원망스러웠다. 그 친구를 삼켜버린 건, 사람이 아니라 세상이었다. 무엇이 그를 이렇게까지 몰아붙였는지 생각할수록 분하고 또 슬펐다.

그리고 후회가 파도처럼 밀려왔다. 그날, 내가 조금 더 붙잡았더라면.

그날, 밤을 새워서라도 그의 이야기를 들어줬더라면. 혹시 그는 아직 살아 있었을까….

사랑한다, 나의 친구여.

너의 웃음과 눈빛은 지금도 내 가슴 한 켠에 선명하다. 다시는 볼 수 없다는 이 괴로움 속에서도, 나는 네가 건넨 그 한마디를 잊지 못한다.

"넌 할 수 있을 거야…멋진 놈"

그 말은 지금도 내 안에서 불씨처럼 살아 있다.

내가 흔들릴 때마다, 포기하고 싶을 때마다, 그 목소리가 귓가에서 살아난다.

다음 생에는 부디, 따뜻한 세상에서 태어나 웃음만 꽃피는 삶을 살길 바란다.

거기서는 상처보다 웃음이 먼저 피어나고, 눈물보다 빛이 먼저 스미는 삶이길. 그때는 네가 바라던 모든 날들이 온전히 너의 것이었으면 한다.

악을 마주하다
- 하반신 마비와 버려진 나

친구를 떠나보낸 뒤, 나는 힘든 하루하루를 담배에 의지해 버텼다. 담배 연기 속에서 한숨을 내뱉으며 하루를 버티는 것, 그것이 내가 할 수 있는 유일한 방식이었다. 매일이 지겹고, 매일이 힘듦의 연속이었다.

3개월의 수습 기간이 끝나고 야간 조로 배정받은 지도 어느덧 3개월째. 그동안 사장의 눈에 띄지 않으려고 온갖 모진 일을 묵묵히 버텨냈다. 일한 지 어느덧 6개월, 하지만 시간이 쌓일수록 숨이 트이는 게 아니라 오히려 더 짓눌려 갔다.

사장의 눈에 찍힌 사람들은 매일같이 고함과 욕설을 들어야 했다. 사장의 얼굴에는 성격이 그대로 묻어 있었고, 그의 목소리는 환경미화원들의 희망과 자존심을 갉아먹었다. 그는 사람들을 감정 쓰레기통으로 만들어 버렸다.

대부분 찍히는 사람들은 나이가 많은 분들이었다. 다른 회사에서 정년퇴직을 한 뒤, 나이 탓에 다른 직장에 들어가지 못하고, 결국 환경미화원 하청업체에서 4대 보험도 없이 일당직으로 버티는 분들이었다. 잘못이 있어서가 아니었다. 그저 사장의 기분이 껄끄럽다는 이유만으로 매일 사무실로 불려 들어가 반말과 고함, 욕설을 견뎌야 했다. 하루라도 고성이 들리지 않는 날이 없었다.

그렇게 자존심을 쓰레기처럼 짓밟히면서도 그들이 버티는 이유는 단 하나였다. 부양해야 할 가족. 가족이 있기에 참아내야 했고, 살아야 했고, 일해야 했다.

회사 사무실은 숨조차 크게 쉴 수 없는 공간이었다. 웃음은 사라진 지 오래였고, 사람들은 발자국 소리마저 죽이며 걸었다.

야간 조로 배정받은 지 어느덧 3주째. 내 일이란 5톤짜리 쓰레기 압축차 뒤에 매달려 도로, 아파트, 주택, 원룸을 돌며 쓰레기를 수거하는 일이었다. 출근은 새벽 2시. 차량이 출발하는 곳으로 모여야 했고, 일은 그보다 훨씬 먼저 시작됐다. 일을 조금이라도 수월하게 하려면 새벽 11시쯤부터 구역을 돌며 쓰레기봉투와 박스를 한곳에 모아놔야 했다.

깜깜한 새벽, 후레쉬 하나에 의지해 무거운 봉투와 박스를 옮기는 일은 결코 쉽지 않았다. 쓰레기 더미 속을 오가며 몸을 숙였다 폈다 반복할 때마다 숨이 턱까지 차올랐다. 새벽 2시까지 차량이 출발하는 장소까지 모아야 했기에 늘 시간에 쫓겼다.

눈보라가 몰아치는 새벽, 길바닥은 얼어붙어 있었다. 나는 몇 번이나 미끄러져 넘어졌고, 목장갑을 낀 손끝까지 시린 고통이 파고들었다. 얼어붙은 손가락을 몇 차례 벗겨 입김을 불어 녹이고 다시 장갑을 끼워야 했다. 하지만 손끝은 금세 다시 차갑게 굳어갔다.

2시까지 가야 했기에 몇몇 장소는 그냥 지나쳐야 했다. 사실, 너무 힘들고 추워서 일부러 지나친 것도 있었다. 발걸음을 재촉하며 시계를 보니 1시 47분. 멀리서 차량의 라이트가 번쩍였다. 만약 쓰레기를 빠짐없이 다 모았다면 늦었을 것이고, 그랬다면 운전기사와 동료에게 꾸중을 들었을 것이다. 그 순간만큼은 그냥 지나치길 잘했다고 스스로 위안했다.

차량이 출발하면 담배를 피울 틈조차 없었다. 잠시 멈춘 틈을 타 급하게 담배를 입에 물고 불을 붙였다. 연기를 깊게 빨아들이자, 머리가 띵 하면서도 정신이 번쩍 들었다. 고된 노동 끝에 피우는 담배는 꿀맛이었다.

담배를 급히 피우고 다시 발걸음을 재촉했다. 차량이 가까워지자 함께 일하는 아저씨에게 고개를 숙여 인사했고, 운전기사는 핸들 크락션을 짧게 울려 답했다. 곧바로 나는 차 뒤에 매달렸다. 차량이 출발하자, 온몸에 긴장이 퍼졌다. 조금이라도 방심하면 크게 다칠 수 있기에 주변을 끊임없이 살펴야 했다.

원룸 구역에 들어섰다. 차에서 뛰어내리자마자 길모퉁이와 전봇대에 놓인 쓰레기봉투를 재빠르게 주워 압축차 뒤에 던졌다. 하지만 눈보라가 시야를 가려 속도를 내기 어려웠다. 그때, 운전기사가 백미러로 나를 보더니 신경질적으로 소리쳤다.

"야 이새끼야!! 빨리빨리 안 해?! 왜 이렇게 느려터졌어?!"

숨이 목까지 차올라 대답조차 나오지 않았다. 같이 일하는 아저씨는 오랜 세월 이 일을 해온 덕분에 속도를 잃지 않았지만, 나는 허덕였다.

땅바닥에 얼어붙은 쓰레기봉투는 몸무게처럼 무거웠다. 안간힘을 다해 들어 올려 압축기에 던졌다. 분리수거가 안 된 봉투, 젖어 무거워진 박스, 음식물 쓰레기까지…팔과 다리가 동시에 비명을 질렀다. 온몸이 쑤셨고, 숨이 터져 나왔다.

도망치고 싶었다. 그만두고 싶었다. 하지만 그럴 수 없었다. 참아야 했다. 버텨야 했다. 그게 내가 가진 유일한 선택이었으니까.

조금이라도 쉴 틈은 허락되지 않았다. 나는 숨이 목 끝까지 차오른 상태로 뛰어다니며 쓰레기를 수거했다. 방심해 넘어지거나 어딘가에 부딪히기라도 하면 크게 다칠 수 있기에, 긴장을 놓을 수 없었다. 온몸은 이미 땀에 젖어 있었지만, 마음과 정신은 날카롭게 곤두서 있었다.

원룸촌의 수거를 끝내고 차 뒤에 다시 매달린 채 아파트 단지로 들어섰다. 그곳 쓰레기의 양은 상상을 초월했다. 아파트 생활을 해본 사람이라면 한 번쯤 본 적 있을 풍경. 내 키보다 더 큰 쓰레기 봉투들이 수백 개씩 산처럼 쌓여 있었다. 그 더미 앞에서 나는 허리를 펼 겨를도 없이 몸을 숙여 봉투를 집어 올렸다. 손은 쉴 새 없이 움직였고, 폐는 터져 나올 듯 숨을 몰아쉬었다. 허리에는 이미 뜨겁게 쑤시는 고통이 내려앉았다.

일이 더뎌지자 운전기사 아저씨가 차 창문을 열고 담배를 문 채 고개를 내밀었다. 그의 눈빛은 이미 성가심으로 가득 차 있었다. 그리고 고함이 날아왔다.

"야 인마! 똑바로 안 해! 이렇게 느려터지면 제시간에 일 못 끝나!"

그 순간, 가슴 깊숙이 화가 치밀었다. 그러나 나는 고개를 들지 않았다. 땅바닥만 응시한 채 다시 봉투를 들었다. 입술을 깨물며, 그저 일만 했다.

곁에 있던 동료 아저씨는 차가운 눈빛으로 나를 훑어보고는 압축기의 버튼만 무심히 눌렀다. 그는 고개를 흔들며 불만을 삼키지 않았다.

"어휴 씨발… 답답하다, 답답해 이거 하나 못 해서 이 지랄을 하고 있냐."

그의 말은 내 가슴을 더 깊게 파고들었다. 단순한 욕설이 아니라, 나라는 사람 전체를 부정하는 조롱 같았다. 나는 속으로 뜨겁게 끓어올랐지만, 그 감정을 밖으로 드러낼 수 없었다. 이를 악물고, 숨이 터져 나오는 고통을 억눌러가며 봉투를 던지고 또 던졌다. 결국 아파트 단지의 쓰레기들은 정리되었고, 나는 다시 압축차 뒤에 매달렸다.

차가 출발하자, 동료 아저씨는 혀를 차며 고개를 흔들었다.

"어휴, 쯧쯧…."

그 조롱 섞인 혓바닥소리가 귓가에 맴돌았다. 나는 고개를 숙이고 한숨을 길게 내쉬었다. 차가운 겨울바람이 땀 젖은 옷 사이로 파고들었고, 오한처럼 추위가 퍼져갔다.

"아…. 정말 힘들다. 그래도 이번엔 잘해보자."

나는 혼잣말로 중얼거리며 스스로를 다잡았다.

차량은 대학교 인근 원룸촌으로 향했다. 마음을 고쳐먹은 나는 더 빠르게 몸을 움직였다. 하지만 동료 아저씨의 눈빛은 여전히 차가웠다. 눈살을 찌푸린 채 나를 아니꼽다는 듯 쳐다볼 뿐이었다.

원룸촌 앞에는 술병, 치킨 박스, 피자 상자, 음식물 쓰레기가 산더미처럼 쌓여 있었다. 악취는 금세 코를 찔렀고, 그 냄새가 옷과 신발에 스며들었다. 헛구역질이 치밀어 올랐지만 억지로 삼켰다. 그 순간만큼은 구역질조차 사치였다.

다시 차에 매달린 채 이동하던 중, 차량이 갑자기 핸들을 급하게 꺾었다. 그 순간 나는 몸이 휘청이더니, 밖으로 떨어져 나가 그대로 전봇대에 부딪혔다. 날카로운 충격이 몸을 뚫고 들어왔고, 다음 순간 차가운 바닥으로 쓰러졌다.

순식간에 숨이 막혔다. 온몸에 이상이 생겼음을 직감했다. 설명할 수 없는 통증이 몰려왔다. 나는 소리를 지르며 그 고통을 꾹꾹 참아내려 했지만, 비명이 저절로 터져 나왔다.

동료 아저씨가 다가왔다.

"야, 괜찮냐?"

그의 목소리는 놀란 기색이 섞여 있었지만, 그는 나를 일으켜 세우려 하지 않았다. 그저 말을 걸며 거리를 두고 서 있었다.

운전기사가 달려왔다. 얼굴은 굳어 있었고, 목소리에는 긴장과 두려움이 묻어났다.

"어디 부딪힌 거야? 괜찮아?"

나는 고통에 사로잡혀 입을 열 수조차 없었다. 숨이 끊어질 듯 가빠졌고, 시야가 흔들렸다.

"야, 일으켜 보자!"

동료 아저씨가 말했다. 그러나 곧 머뭇거리며 덧붙였다.

"형님, 그냥 일으켰다가 더 잘못되면 큰일 나요."

운전기사는 욕설을 삼키듯 잠시 중얼거리다가 뭔가 일이 잘못되었다는 걸 알고 긴장이 된 채 말을 했다.

"야, 이거 어떡하냐…119 부르면 안 돼. 사장님 알면 우리 다 짤리고 월급도 못 받아!"

"아, 진짜 미치겠네….”

나는 차가운 바닥 위에 버려졌다. 몸은 점점 얼어붙어 갔고, 통증은 파도처럼 몰려왔다. 숨을 몰아쉴수록 의식은 점점 멀어져 갔다.

"형님, 일단 조심히 일으켜서 응급실로 가보죠!"

"야, 괜히 건드리다 잘못되면 우리 책임이잖아!"

"그럼 지금 뭐 어떡합니까? 구급차도 못 부르는데!"

"아이, 씨발…진짜 미쳐 버리겠네!"

대화는 혼란스러웠고, 나는 그 사이에 차갑게 굳어져 갔다. 바닥은 얼음처럼 차가웠고, 온몸은 젖어 있었다. 몸이 점점 식어가며 떨림이 시작됐다.

"한번 천천히 일으켜 보죠. 얼른."

결국 그 들은 나를 조심스레 일으켰다. 그러나 순간 고통은 배가 되었다. 정신이 나가버릴 만큼 극심한 통증에 나는 미친 듯이 비명을 질렀다.

나를 보조석에 태운 뒤 차량은 다시 출발했다. 몸은 떨림을 멈추지 못했고, 나는 고통 속에서 신음했다. 운전기사는 거듭 말을 걸어왔다.

"야, 너 혼자 일하다가 넘어졌다고 할 거야? 응?"

그의 말은 내 귀에 거의 닿지 않았다. 나는 고통 속에서 몸부림쳤고, 세상 모든 소리가 멀어졌다. 그러나 그는 멈추지 않았다.

"사장님이 물어보면, 쓰레기 들다가 빙판길에 미끄러졌다고 해야지? 맞지? 응?"

나는 그 순간 모든 것이 잘못되어 가고 있음을 직감했다. 대답은 나오지 않았다. 그저 고통과 두려움 속에, 나는 차갑게 떨리고 있을 뿐이었다.

병원 응급실 앞에 도착하자, 운전기사가 급히 운전석에서 내려와 보조석 문을 열었다. 그는 떨리는 손으로 나를 부축하며 천천히 끌어내렸다. 그러나 몸을 움직이는 순간, 억누를 수 없는 고통이 온몸을 찢고 들어왔다. 나는 비명을 억누르려 했으나 결국 고통이 섞인 고함이 터져 나왔다.

그 소리에 놀란 듯, 응급실 안에서 남자 간호사와 여자 간호사가 휠체어를 밀며 달려 나왔다. 나는 휠체어에 태워져 곧장 응급실 안으로 들어갔고, 침대에 눕혀졌다. 상처 부위를 확인한 의사가 달려와 얼굴을 찡그리며 곧바로 말했다.

"MRI와 CT를 찍어야 합니다."

간호사들에게 지시가 떨어졌고, 그 사이 혈압과 심장 박동을 재며 상태를 점검했다. 내 몸은 점점 식어갔고, 통증은 파도처럼 몰려왔다.

상태가 나빠지자 간호사는 진통제와 여러 약물이 들어 있는 주사를 놓았다. 주사액이 몸속으로 흘러 들어가면서도 통증은 쉽게 사라지지 않았다. 간호사는 나의 의식이 끊어지지 않도록 내 손을 세게 움켜쥐었다. 차갑고 무력해져 가는 나를 붙잡으려는 듯, 그의 손길은 간절했다.

의사의 지시에 따라 간호사들은 곧장 나를 MRI실과 CT실로 옮졌다. 침대 바퀴가 바닥을 긁는 소리와 함께, 나는 병동의 복도를 빠르게 지나갔다. 촬영대 위로 옮겨질 때마다 몸은 무겁게 내려앉았고, 고통은 견딜 수 없는 신음을 터뜨리게 했다.

"조금만 참으시면 돼요. 걱정 마세요."

간호사는 내 옆에서 끊임없이 말을 걸며 나를 진정시키려 애썼다. 모든 촬영이 끝나고 다시 응급실로 돌아오는 길, 나는 눈을 감은 채 눈물을 흘렸다.

커튼으로 가려진 작은 공간에 침대가 놓였고, 그제야 숨을 고를 수 있었다.

곧 의사가 다가와 촬영 결과를 확인한 뒤 말했다.

"다행히 뼈에는 이상이 없습니다. 하지만 골반 근육이 파열됐고, 골반이 틀어졌습니다. 최소 4주간 입원 치료가 필요합니다. 재활치료와 약물치료를 꾸준히 해야 하고, 퇴원 후에도 4개월 이상 안정과 재활이 필요합니다. 그리고 치료를 잘못 받으면 골반 신경계가 척추 4번, 5번 신경을 눌러 하반신 마비가 올 수도 있으니, 정말 치료를 잘 받아야 합니다."

의사의 목소리는 침착했지만, 그 안에 담긴 경고는 나를 단숨에 얼어붙게 만들었다. 하반신 마비…그 단어가 귓가에 울려 퍼지며 심장을 내려앉게 했다. 순간 숨이 막혔다. 내가 걷지 못하게 될 수도 있다는 두려움이 머릿속을 휘저었다.

그 순간, 운전기사의 연락을 받고 온 반장님과 팀장님이 병실로 들어왔다. 상처를 본 그들은 놀란 표정으로 물었다.

"아니, 이게 어쩌다 다친 거야?"

나는 힘겹게 대답했다.

"압축차 뒤에 매달려 가다가, 차가 핸들을 꺾는 순간 전봇대에 부딪혀 바닥으로 떨어졌습니다."

그러자 반장님이 말을 이었다.

"운전기사가 그러는데…혼자 일하다 넘어졌다고 하던데?"

나는 눈이 휘둥그레졌다. 그 순간, 머릿속에서 뭔가 무너져 내렸다. '이게 무슨 말이지? 혼자 넘어진 거라고?' 배신감과 분노가 뒤섞였다. 말을 꺼내려는 순간, 의사가 차갑게 끼어들었다.

"저기요, 혼자 넘어진다고 이렇게 다칠 수 없습니다."

반장님과 팀장은 어리둥절한 얼굴로 물었다.

"아니, 혼자 넘어져서 다쳤다고 들었는데, 그럼 무슨 소리입니까?"

의사는 단호히 고개를 저었다.

"상처 부위를 보세요. 골반 근육 파열에 골반 틀어짐, 전치 4주. 게다가 최소 3개월 이상 재활치료가 필요한 상태입니다. 이게 혼자 넘어져서 될 일이라고 생각하십니까?"

반장님은 억지를 부리듯 다시 물었다.

"혼자 넘어져서 심하게 다칠 수도 있는 거 아네요?"

의사의 목소리는 점점 날카로워졌다.

"정말 답답하시네요. 혼자 넘어졌다 해도, 국가대표 선수들도 훈련하다 이 정도는 절대 못 다칩니다. 환자 안정을 위해 다 나가 주세요."

그 단호한 말에 반장님과 팀장님은 더 말하지 못한 채 밖으로 나갔다.

곧 간호사의 도움으로 나는 입원 절차를 밟았다. 침대는 병실로 옮겨졌고, 간호사는 오른쪽 골반에 약을 바르고 거즈를 붙여주며 말했다.

"왼쪽으로 누워 계세요. 오후에 치료가 있으니 지금은 푹 주무시는 게 좋아요. 링거를 맞고 계시니 식욕이 없어도 밥은 꼭 드셔야 합니다. 약도같이 드셔야 하니까요."

움직일 때마다 고통은 날카롭게 반복되었다. 그러나 몰려드는 피곤함이 결국 눈을 붙이게 했다.

30분마다 간호사는 병실을 들렀다. 혈압을 재고, 링거와 주사를 확인했다. 아침과 점심 식사를 챙겨주었고, 약도 잊지 않고 건넸다. 밥을 억지로 삼킨 뒤 약을 먹자마자, 나는 곧 깊은 잠에 빠져들었다.

오후 3시쯤, 간호사와 의사가 함께 나를 깨웠다. 치료가 시작되었다. 오른쪽 골반에서 등까지 굳어 있었고, 상처 부위는 차마 보기 힘들 정도였다. 간호사는 나의 눈을 가려주며 말했다.

"보지 마세요. 조금 힘드실 거예요."

나는 고통 속에 몸부림쳤고, 간호사는 내 손을 꼭 잡아주었다. 눈가에는 눈물이 흘러내렸고, 의사는 다정하게 말을 건넸다.

"조금만 참으세요. 다 끝나갑니다."

치료가 끝난 뒤, 지쳐버린 나는 꼬리표 친구에게 전화를 걸었다.

"여보세요? 친구야, 나…심하게 다쳐서 지금 병원이야."

"뭐? 다쳤다고? 어쩌다가 다친 거야? 어디 병원인데??"

"차 뒤에 매달려 가다가…전봇대에 부딪혀서…."

"야, 괜찮아?? 조심 좀 하라니까 진짜."

"나 일 끝나고 바로 갈게. 어디 병원인지 문자로 남겨놔. 필요한 것도 있으면 같이 적어."

전화를 끊고 곧장 친구에게 병원의 위치를 문자로 보냈다. 하지만 그 직후, 휴대폰에 찍힌 발신자는 사장이었다. 순간, 심장이 철렁 내려앉았다. 두려움이 몰려왔다. 전화를 받기조차 싫었다. 어떤 말이 날아올지, 이미 어렴풋이 짐작할 수 있었기 때문이다.

"네, 사장님…"

"야 인마, 다쳤다며? 어쩌다가?"

"일하다가…다쳤습니다."

"그러니까, 어쩌다가 다쳤냐고?"

"압축차 뒤에 매달려 가다가 차가 핸들을 꺾는 순간 전봇대에 부딪혀 바닥으로 떨어졌습니다."

"그게 무슨 말이야?! 야 인마, 다른 사람들은 전봇대에 안 부딪히고 잘만 일하는데, 이게 무슨 소린지 참 희한하다? 응? 너, 혼자 일하다가 넘어진 거 아녀?!"

"아닙니다, 사장님. 제가 매달려 있던 자리가 전봇대에 걸려서 다친 겁니다."

"아니, 참말로 다른 사람들은 다치지도 않고 잘만 일하는데 왜 너만 다치냐고? 너만? 응? 네가 주변을 잘 못 보고 실수한 거 아냐? 맞잖아?!"

"사장님…정말입니다. 뒤에 매달려 가다가 차가 핸들을 꺾는 순간 전봇대에 부딪힌 거예요."

"운전기사 놈하고 같이 일하는 놈이, 네가 혼자 넘어졌다고 그러던데? 너 지금 거짓말하는 거냐? 응? 그리고 너 원래 허리 병 있었지? 그거 숨기고 회사 들어온 거지?"

순간 머리가 멍해졌다. 군시절 허리가 아파 군 병원에 다녔던 기억이 떠올랐다. 휴가를 나와서도 병원에 들렀고, 노가다 일을 할 때도 허리가 아파 치료를 받으러 간 적이 있었다. 하지만 그건, 누구나 겪는 잔병처럼 그냥 지나가는 줄 알았던 거였다.

"사장님 숨긴 게 아니에요. 누군들 허리 아픈 적 없나요…다른 일 하다가 아파서 병원에 다녀온 것뿐이에요."

"이놈 새끼!! 어디서 어린 것이 꼬박꼬박 말대꾸야?! 사장한테 감히 대들어? 너 일 그만둬! 나오지 마! 허리 병 숨기고 들어와서 무슨 말이 많아, 이놈 새끼!!"

사장은 고래고래 소리를 지른 뒤, 전화를 일방적으로 끊어버렸다.

순간, 머릿속이 하얗게 비워졌다. 이어 곧, 복잡한 생각들이 한꺼번에 몰려오기 시작했다. 병원비는 어떻게 해야 하는지, 산재 처리는 가능할지, 망가진 내 몸은 어떻게 회복해야 하는지, 앞으로의 삶은 또 어떻게 이어가야 하는지, 그리고 무엇보다 어머니…

생각들이 꼬리에 꼬리를 물며 몰려들자, 가슴이 답답해지고 머리가 터질 듯 아파왔다.

나는 병실 침대 위에서 천장만 바라보며 손으로 머리를 감쌌다. 머리칼을 쥐어뜯으며 속으로 물었다.

'도대체 어디서부터 잘못된 걸까? 왜 나는 늘 이런 고통 속으로 밀려 들어가는 걸까?'

아무리 원인을 찾으려 해도, 답은 나오지 않았다. 오직 끝없는 고민만이 머릿속을 맴돌았다.

친구에게서 전화가 왔다.

"선환아, 나 거의 다 왔다. 필요한 거 문자로 남기라니까? 1층 편의점에서 뭐 좀 사갈 테니까 얼른 말해."

"아냐, 괜찮아."

"너 말 안 하면 나 안 올라간다. 빨리 말해."

"담배 한 갑하고 음료수."

"그것밖에 없어? 휴지, 샴푸 같은 건 내가 알아서 챙겨갈게. 금방 올라갈 테니까 끊는다."

"응…정말 고맙다. 미안해."

잠시 후, 친구는 봉지 가득 음료수와 휴지, 샴푸, 면도기, 과자까지 사 들고 병실로 들어왔다. 내 골반에 감긴 붕대를 보자 그의 얼굴은 금세 굳어졌다.

"야 괜찮아?? 아니…이게 뭐야?!"

"골반을 다쳤어. 뼈에는 이상 없는데 근육이 파열됐대. 골반도 조금 틀어졌고."

"얼마나 입원해야 된대? 수술해야 된대??"

"4주 동안은 입원해야 한대. 퇴원 후에도 최소 3개월 이상 재활치료 받아야 한다더라. 잘 치료받아야 한 대. 하반신 마비 올 수도 있다고…."

"뭐?! 하반신 마비? 하 씨…아니… 도대체 어쩌다 다친 건데."

"운전기사랑 같이 일하는 아저씨가 하도 뭐라 해서, 열심히 하려다 그만….”

“제대로 좀 말해봐. 어쩌다 다친 거냐고?”

“압축차 뒤에 매달려 가다가…그냥 너무 힘들다, 친구야.”

더는 말을 잇지 못했다. 분하고 억울한 마음이 치밀어 오르며 눈물이 터졌다. 나는 고개를 숙였고, 친구는 말없이 커튼을 치더니 내 어깨를 툭툭 두드렸다. 눈물이 멈추지 않자, 손수건으로 조심스레 닦아주었다. 한동안 나는 눈을 감은 채 울 수밖에 없었다.

친구는 깊은 한숨을 내쉬며 나를 바라보다가, 모자를 벗어 내 머리에 씌워주었다. 그리고 휠체어를 가져와 밖에 나가자며 권했다.

그는 내 몸을 조심스레 안아 천천히 휠체어에 옮겼다. 링거 줄도 휠체어에 고정해 주고, 입고 있던 점퍼를 벗어 내 어깨에 덮어주었다. 함께 병실 문을 나서 복도로 나오자, 마침 지나가던 간호사가 다급히 말했다.

“절대 담배 피우면 안 됩니다. 안정 꼭 취하셔야 해요.”

친구는 고개를 끄덕이며 신신당부를 들은 뒤, 나를 밀고 밖으로 나갔다.

밖은 차가운 겨울바람이 불었지만, 햇살만큼은 따뜻했다. 친구는 담배 두 개를 꺼내 물고 불을 붙였다. 그리고 하나를 내 입에 물려주었다.

오랜만에 친구와 나란히 피운 담배는 잠시나마 걱정과 고통을 잊게 해주었다. 우리는 말없이 하늘만 바라본 채 담배 연기를 내뿜었다. 담배가 다 꺼져갈 무렵, 친구가 말했다.

"이제 무슨 일인지 다 말해봐."

나는 결국 입을 열었다.

"압축차 뒤에 매달려 가다가 차가 핸들을 트는 순간, 내가 매달린 부분이 전봇대에 그대로 부딪혔어. 결국 나도 부딪혀서 바닥으로 떨어진 거야."

친구는 씁쓸하게 고개를 저었다.

"참…어휴 씨발 그 사장, 나도 들었어. 성격파탄자라고 소문나 있더라."

"담배 하나 더 피고 싶다…."

친구는 새 담배를 건네며 불을 붙여주었다.

"그래, 안에 들어가면 못 피우잖아. 나 있을 때라도 피워둬."

나는 담배를 깊게 빨았다가, 고개를 숙이며 말했다.

"사장한테 아까 전화 왔는데 말이 안 통해. 나, 일 짤렸어."

친구는 고개를 끄덕였다.

"왠지 그럴 것 같더라."

나는 고개를 떨군 채 말을 이었다.

"이거 산재 처리도 못 받을 것 같아. 허리 병 숨기고 들어왔다면서, 실업급여도 못 받게 할 거야…앞으로 일도 못하고 어머니한테 뭐라고 말해야 하지…머리가 미친 듯이 복잡하다."

친구는 담배 연기를 길게 내뱉으며 담담히 말했다.

"우선 어머니한테는 우리 집에서 지낸다고 해. 나 자취하니까 같이 지내면서 일한다고. 걱정하시지 말라고 해. 그리고 사장은 행동하는 짓 보니까, 산재 처리 절대 안 할 거야. 병원비 현금으로 줄 거다. 저런 하청업체는 산재 접수 자체를 피하거든. 실업급여도 못 타게 만들거야. …하, 우리 같이 빽 없고 배운 것도 없는 사람, 무슨 힘이 있겠냐. 받아들일 수밖에 없지. 친구야."

나는 머리를 싸쥐며 중얼거렸다.

"재활치료는 어떻게 하냐…돈도 없는데…그냥 죽고 싶다. 왜 사는 거냐, 도대체."

친구가 내 어깨를 툭 치며 소리쳤다.

"야, 인마! 그런 소리 하지 마! 어떻게든 방법은 찾아내면 돼. 걱정하지 마."

"그냥 뭘 해도 다 망가지고 더 안 되고 진짜 미치겠다."

"그런 소리 하지 말라니까! 괜찮아. 힘내자, 인마. 친구야."

그는 내 눈을 똑바로 보며 말했다.

"지금은 아무 생각도 하지 말고, 치료부터 잘 받아. 그게 우선이야. 몸 망가지면 진짜 끝장이다. 지금 못 고치면 평생 고생해."

나는 고개를 숙이며 중얼거렸다.

"미안하고 그냥 고맙다. 그냥 지금은 아무 말도 귀에 안 들어와. 미치겠다."

"들어가자. 춥다."

친구는 나를 병실로 다시 데려다주었다. 주머니에서 몇만 원과 라이터, 그리고 담배 한 갑이 채 안 남은 각을 꺼내 건네주며 말했다.

"뭐 필요하면 바로 전화해. 바로 올게."

"응, 고맙다."

"꼭 전화해라. 알았지? 안 하지 말고."

"알겠어. 꼭 전화할게."

친구가 떠난 뒤, 나는 어머니께 전화를 걸었다.

"어머니, 저 친구 집에서 지내면서 일하려고 해요."

"왜…? 집에 안 들어오고?"

"네, 친구가 자취하거든요. 같이 지내면서 일하기로 했어요. 걱정 마세요. 어머니."

어머니는 한숨 섞인 목소리로 말씀하셨다.

"엄마가 김치랑 반찬 좀 만들어 줄게. 어디 있니?"

"아니에요, 어머니. 저 잘 먹고 다녀요. 괜찮아요. 정말 괜찮아요."

"엄마가 반찬 해놓을 테니까 시간 나면 가져가. 쌀도 필요하면 말하고."

"네, 알겠습니다. 아, 그리고 어머니 병원은 잘 다니셔야 해요."

"다니고 있어. 의사 선생님이 많이 좋아졌다고 하더라."

"더 좋아지셔야 해요. 무슨 일 있으면 꼭 전화 주세요."

"그래, 알았다. 너는 어디 아픈 데는 없니?"

"네, 없어요. 건강해요."

"밥 잘 챙겨 먹고, 용돈 필요하면 얘기하고."

"아니에요. 제가 벌어서 쓸게요."

잠시 침묵이 흘렀다. 어머니는 조심스레 말씀하셨다.

"혹시…집에 들어오고 싶으면 들어와."

"네, 알겠습니다. 어머니도 병원 꼭 다니셔야 해요. 밥 잘 드시고요. 또 전화드릴게요."

"아들아, 무슨 일 있는 거 아니지?"

나는 순간 목이 메었지만 꾹 참으며 대답했다.

"아무 일도 없어요. 또 전화드릴게요."

전화를 끊은 뒤, 눈물이 치밀었지만 꾹꾹 눌러 삼켰다. 어머니 앞에서만큼은 절대 울고 싶지 않았다.

침대에 몸을 기댄 채 눈을 감았다. 다시금 머리는 무겁게 복잡해졌고, 친구가 해주었던 말만 되뇌었다.

'지금은 치료부터 잘 받아라, 몸 망가지면 끝이다.'

나는 그 말을 붙잡으며, 억눌린 한숨을 토해냈다.

며칠 동안 간호사의 정성 어린 보살핌과 의사의 집중적인 치료 덕분에 내 몸은 조금씩 호전되었다. 친구는 매일 병원을 찾아와, 물리치료 중 고통에 몸부림치는 나를 옆에서 붙잡아주었고, 내 끝없는 고민도 묵묵히 들어주었다.

일주일이 지나던 어느 날, 간호사가 병원비 지급 명세서를 내밀었다.

금액은 738,850원. 나는 종이를 한참 동안 내려다보았다. 숨이 막혔다. 결국, 사장에게 전화를 걸었다.

"사장님… 저 병원비가 나왔습니다."

"뭐?!! 야 이 새꺄!! 너 원래 허리 병 있어서, 그거 때문에 더 크게 다쳐서 병원비 나온 거 아냐?!"

"사장님, 말씀드렸잖아요. 그게 허리 병이 아니라, 예전에 다른 일 하다가 잠깐 아파서 치료받은 거라고요."

"이놈 새끼가! 어디서 사장한테 꼬박꼬박 말대꾸야?!"

"아니, 제 말은…."

"너 당장 퇴원해!! 퇴원 안 하면 병원비 한 푼도 안 줄 줄 알아!!"

차갑고 단호한 목소리에, 손끝이 떨렸다. 퇴원이라니, 아직 몸은 겨우 버티고 있는데.

나는 간호사를 불러 퇴원 절차를 밟으려 했다. 간호사는 놀란 얼굴로 의사를 불러왔다. 의사는 황급히 달려와 내 앞을 가로막았다.

"환자분, 지금 상태 좋아지고 있는데 퇴원하면 안 됩니다. 정말 큰일 납니다!"

"선생님, 죄송해요. 회사에서 퇴원하라고 해서."

"지금 퇴원하면 회복이 아니라, 평생 큰일 납니다. 제발 그러지 마세요."

"하지만, 회사에서 퇴원해야 병원비를 준다고 합니다. 제가 병원비가 없어요."

의사는 목소리를 낮췄지만 단호했다.

"병원비는 나중에 주셔도 됩니다. 회사에 전화해서 의사가 퇴원하면 안 된다고 꼭 말씀하세요. 지금 무리하면 정말로 마비가 올 수도 있어요."

나는 눈을 감으며 고개를 숙였다.

"선생님, 정말 죄송합니다. 하지만 어쩔 수가 없네요."

"하…참. 이렇게 퇴원하시면 정말 큰일 납니다. 지금 제대로 걷지도 못하시잖아요."

나는 떨리는 목소리로 간절히 부탁했다.

"한 번만, 꼭 부탁드리겠습니다."

의사는 깊은 한숨을 내쉬었다.

"그럼, 약 처방해 드리고 목발 드리겠습니다. 하지만 며칠 뒤에라도 꼭 다시 입원하세요. 병원비는 나중에 내셔도 되니까요. 꼭, 알겠죠?"

"네, 정말 감사합니다."

나는 결국 퇴원 절차를 밟았다. 병실로 돌아와 간호사의 도움으로 옷을 갈아입는 동안, 의사는 안쓰러운 눈빛으로 끝까지 나를 바라봤다. 그는 치료실에서 내 몸에 약을 바르고, 붕대를 더 단단히 감아주었다. 마치 마지막으로 붙잡고 싶다는 듯, 손길이 무거웠다.

나는 목발을 짚고, 친구가 건넸던 몇 만원을 꺼내 택시를 잡아탔다. 택시는 병원 앞을 천천히 벗어났다. 차창 밖으로 스치는 풍경이 낯설게 보였다. 내가 지금 퇴원하는 게 맞는 걸까…? 앞으로 어떻게 버티라는 걸까.

회사 근처에 도착했을 때, 나는 굳이 조금 떨어진 곳에서 내렸다. 택시 기사는 내가 힘겹게 몸을 일으키자 황급히 문을 열어 붙잡아 주었다. 그 따뜻한 손길이 오히려 서글펐다.

택시에서 내려 나는 줄담배를 피웠다. 연기는 허공으로 흩어졌지만, 얼굴에는 걱정이 내려앉아 지워지지 않았다. 앞으로 무슨 말을 듣게 될까. 무슨 일이 벌어질까.

목발에 의지해 회사 사무실로 향했다. 사무실 문 앞에 도착하기 전, 들고 온 봉지를 구석에 조심스레 내려놓았다. 문을 열자마자, 안쪽 사장실에서 들려오는 통화 소리가 귓가를 때렸다. 순간 등골이 서늘해졌다. 두려움이 파고들었다.

"사장님, 저 왔습니다."

"누구여?! 일로 들어와!!"

사장실 문을 열자, 사장은 담배를 입에 문 채 나를 매섭게 노려보았다. 그의 시선은 이미 분노로 타올라 있었다.

"야 인마!! 너 원래 허리 병 있어서, 그거 때문에 더 심하게 다친 거 아녀?!!"

"정말 아니에요, 사장님…정말 아니에요. 예전에 다른 일 하다가 잠깐 아파서 병원 다닌 것뿐이에요."

"원래 허리 병 있었는데 그거 숨기고 들어왔으니, 넌 날 속인거여!!"

"어떻게…그게 속인 거라니요. 정말 아닙니다…."

"너! 인정할 때까지 병원비고 뭐고, 네가 일했던 돈도 못 줘!!"

"사장님, 그게 무슨 말씀이세요. 이건…아니잖아요."

"이놈 새끼가!!! 또 말대꾸하네!! 인정할 때까지 돈 못 준다고!! 그리고 너, 다른 회사에도 취직 못 하게 만들 줄 알아! 여기 지역사회 좁아. 내 한마디면 넌 앞으로 일 못 해!!"

나는 다급히 고개를 숙이며 애원했다.

"사장님…제발, 저희 어머니 병원비도 있고 저도 모아야 할 돈이 있습니다."

"이 새끼야! 다른 회사에서도 일 못 하게 할 줄만 알아!! 사장 속인 놈, 허리 병 숨긴 놈은 어디 가서도 일 못 해!!"

나는 목이 메인 채, 필사적으로 손을 내밀 듯 말했다.

"사장님 저 몸 고쳐서 꼭 다시 일해야 합니다. 죄송합니다. 제발, 한 번만 봐주십시오. 사장님…"

"그럼, 네가 인정하면 내가 돈 줄게. 그리고 내가 적으라는 대로 적어."

사장은 종이와 볼펜을 내 얼굴 앞으로 던졌다. 그는 차갑게 말했다.

"내가 하는 말 그대로 적어."

나는 손끝이 떨린 채, 천천히 종이를 집어 들었다. 볼펜이 종이에 닿는 순간, 마치 내 존재가 부서지는 듯한 감각이 밀려왔다. 글자를 한 자 한 자 적어 내려갈 때마다, 분노와 울분이 목구멍 끝까지 치밀었다. 그러나 선택의 여지는 없었다.

나는 원래 다쳤던 허리 병을 숨기고 회사에 들어올 때 말을 하지 않았다. 그로 인해 산재 처리와 실업자 급여, 야간수당을 받지 않는 것을 인정하고, 급여 삭감을 인정한다. 모든 사건의 원인은 허리 병을 숨기고 들어와 원인 제공을 함으로써 발생한 것이며, 모든 사실을 인정한다.

그 굴욕적인 문장을 내 손으로 직접 적어야 했다. 볼펜 끝이 종이를 긁을 때마다, 내 마음도 함께 찢겨나갔다.

사장은 봉투 하나를 책상 위에 던졌다.

안에는 60만 원. 나는 봉투를 열어보고 중얼거렸다.

"병원비도 안 되는 돈인데요."

그러자 사장은 의자를 박차듯 일어나 소리쳤다.

"조용히 해!! 이놈 새끼가!! 쓸데없는 소리 말고, 적은 거 여기 놓고 당장 나가!!"

나는 목발에 몸을 의지한 채, 겨우 발걸음을 옮겨 회사 문을 나섰다.

한 걸음, 또 한 걸음. 아픈 몸은 버거웠고, 목발은 금세 무겁게 느껴졌다.

친구의 자취방으로 향하는 길은 그날따라 유난히 멀고 험했다. 천천히, 정말 아주 천천히, 몇 시간 동안 몸을 이끌며 걸어야 했다. 발걸음마다 고통이 뼛속을 파고들었고, 그 고통은 내 남아 있던 의지마저 갉아먹었다.

나는 몇 번이나 바닥에 쓰러졌다. 차가운 아스팔트 위에서 숨을 몰아쉬며, 스스로 일어설 힘조차 잃을 때마다, 지나가던 사람들의 손길이 나를 다시 세워주었다. 낯선 이들의 짧은 도움조차, 그 순간에는 간신히 숨을 이어가게 하는 버팀목이었다.

길가에 걸터앉아 잠시 숨을 고르며, 다시 목발을 짚었다. 그 과정이 수십 번은 반복된 것 같았다. 그러나 끝내 멈출 수는 없었다. 거의 다 왔을 무렵, 나는 친구에게 전화를 걸었다. 말도 채 끝내기 전에, 친구는 곧장 달려와 나를 끌어안았다.

그날 밤, 우리는 함께 울었다. 아무 말도 필요 없었다. 눈물 속에 쌓인 고통과 분노, 억울함과 서러움이 함께 섞여 흘러내렸다. 친구의 품은 따뜻했고, 그 온기 속에서 나는 비로소 한없이 무너져 울 수 있었다.

그 후로 친구가 아침마다 일을 하러 나가면, 나는 방 안에 불을 꺼놓고 멍하니 앉아 있었다. 방 안은 적막했지만, 그 고요는 오히려 더 큰 파도처럼 나를 덮쳤다. 현실은 숨 쉴 틈조차 주지 않았다. 정신은 서서히 부서져 갔고, 좌절은 깊이를 알 수 없을 만큼 가라앉았다.

앞으로의 희망도, 계획도 모두 산산조각이 나 있었다. 남은 건 절망뿐이었다.

차라리 이 생을 마감하고, 다음 생에는 좋은 부모 밑에서 태어나 평범하게라도 행복하게 살고 싶다… 그 허망한 바람만이 내 안에서 미약하게 살아남아 있었다.

움직이지도 못하는 몸으로 몇 번이나 자살을 시도했다. 그중 두 번은 죽음 직전까지 갔다. 하지만 그때마다 친구가 나를 붙잡았다. 그는 나를 말리지 않았다. 대신 말없이 안아주었다. 울부짖는 나를 품에 안고, 부서진 나를 온몸으로 감싸며, 내가 무너지지 않도록 끝까지 버텨주었다. 그 침묵의 품은, 세상 어디에도 없는 위로였다.

나는 결국 모든 것을 잃었다. 건강도, 일자리도, 꿈도, 미래도… 그리고 나 자신마저 무너졌다.

망가져 버린 삶 앞에서, 나는 더 이상 어디로 가야 할지 알 수 없었다.

나는 길을 잃어버린 아니, 길이 부서져 어디로 가지도 못하는 신세가 되었다.

무너짐의 기록

- 다시 일어서다

친구는 예전에, 어릴 적 나와 꼬리표 친구들이 폐지와 고물을 팔러 자주 드나들던 고물상에서 낡은 휠체어를 발견했다고 했다. 그는 고물상 사장님과 함께 이것저것 고치고 기름칠을 하며 손을 보았고, 결국 휠체어를 가져올 수 있었다. 사장님이 "이걸 어디에 쓰려고 그러냐." 묻자, 친구는 주저하지 않고 말했다.

"친구가 일을 하다가, 크게 다쳐서 휠체어가 필요해서요."

그러자 사장님은 아무 말 없이 고쳐놓은 휠체어를 내주며 "그냥 가져가라."라고 하셨다고 하였다.

친구와 함께 지내는 동안, 밥을 챙겨 먹는 일조차 만만치 않게 돈이 들었다. 그런데 어느 날, 친구가 편의점 도시락과 음료수, 과자와 빵을 몇 개씩이나 들고 들어왔다. 나는 눈이 휘둥그레져 물었다.

"이게 다 뭐야? 어디서 난 거야?"

친구는 씩 웃으며 대답했다.

"밑에 편의점에서 야간 알바하는 친구가 있는데, 우리 친구야."

"진짜? 누군데?"

"동한이 말이야."

"정말? 그 애가 준 거야?"

"응. 주간 알바랑 교대할 때마다 폐기되는 도시락이랑 음료, 빵, 과자가 이렇게 많이 나온대. 먹어도 된다고 해서 챙겨온 거야."

나는 말문이 막혔다.

"이야…진짜 고맙네. 덕분에 이제 식비 걱정은 좀 덜겠네. 일할 때 꼭 들러서 고맙다고 말해야겠다."

친구도 미소를 지으며 말했다.

"그러게. 초등학교 때 같이 고물 주워다 팔던 기억 난다. 이렇게 또 도움을 받게 되네."

순간, 지난날의 추억이 스쳐갔다. 어린 시절, 힘겹게 고물 더미를 뒤지며 하루하루를 버티던 날들. 그때의 고단했던 순간이 지금 이 순간에는 따뜻한 인연으로 다가왔다.

"그래서 그 친구 잘 지내?"

"응, 네 얘기도 하더라. 네가 많이 아프다고 했더니, 더 신경 쓰더라고."

"하루빨리 건강한 모습으로 다시 나타나야지…다들 미안하네."

"그러니까 잘 먹어야 돼. 빨리 나아서 은혜도 갚고. 주 6일 야간 알바 하니까, 자기 근무 때마다 나온 폐기 도시락은 다 챙겨준다더라."

"꼭 잘 먹을게. 나중에라도 꼭 전해줘."

다음 날 아침, 친구는 고쳐온 휠체어를 내게 보여주었다. 마른 수건으로 반질반질 닦아낸 휠체어는 생각보다 튼튼했고, 곳곳에 용접 자국이 보였다. 바퀴는 자전거 바퀴가 달려 있어 울퉁불퉁한 길도 큰 충격 없이 지나갈 수 있었다. 나는 그 위에 몸을 싣고, 바람을 쐬며 하늘을 올려다보았다. 나무와 학교 앞을 오가는 아이들이 눈에 들어왔다. 친구의 우정 덕분에 마음속 깊은 곳에 쌓여 있던 무거운 돌덩이가 조금씩, 아주 조금씩 녹아내리는 듯했다.

우리는 곧장 병원으로 향했다. 병원비 문제도 어느 정도 해결이 되어, 의사 선생님을 다시 만날 수 있었다. 선생님은 내 얼굴을 보며 "다시 와줘서 다행이다."라고 말씀하시고는, 꼼꼼히 몸 상태를 살펴주셨다. 내가 돈이 없어 검사를 다 못 받을까 걱정된다고 하자, 선생님은 고개를 저으며 말했다.

"이 정도는 내가 해드릴 수 있어요. 걱정 말아요."

몇 시간에 걸쳐 신경 검사와 피 검사, CT 촬영, 재활치료까지 이어졌다. 차가운 기계 소리와 하얀 형광등 불빛 아래, 나는 긴장된 숨을 고르며 결과를 기다렸다.

검사 결과는 생각보다 무거웠다. 골반이 약간 틀어져 척추 4번과 5번 신경을 압박하고 있었고, 그로 인해 하반신 마비 초기 증상이 나타나고 있다는 소견이었다. 순간, 머릿속이 텅 비어버리는 듯했다. '정말로 내가 다시는 걷지 못하는 건 아닐까?' 두려움이 파도처럼 밀려왔고, 차갑게 얼어붙은 손끝이 떨렸다.

그러나 그 순간, 의사 선생님의 목소리가 단호하게 울려왔다.

"꾸준히 치료만 받으면 다시 걸을 수 있습니다. 지금은 하반신 마비 초기 증상이니, 못 걷는 게 당연합니다. 억지로 걸으려 하지 마세요. 오히려 더 크게 다칠 수 있어요. 재활치료를 꾸준히 받으면 점점 나아질 겁니다. 아직 늦지 않았습니다."

그 말은 어둠 속에서 켜진 작은 등불처럼 내 마음을 비췄다. 절망으로 가라앉으려던 심장이 다시 두근거리기 시작했고, 나도 모르게 깊은 숨을 내쉬었다. '다시 걸을 수 있다.' 그 한 문장이, 무너져 내리던 나를 붙잡아 세워주고 있었다.

"꾸준히 치료만 받으면 다시 걸을 수 있습니다. 다행이에요."

진단서를 끊어주며 선생님은 덧붙였다.

"보건소로 가면 치료비가 훨씬 저렴해집니다. 재활치료도 무료로 받을 수 있고, 바로 옆 국민 체육 센터에 수영장이 있는데 그곳에서 수영으로 재활을 꼭 하세요."

나는 선생님의 말 한마디 한마디가 마치 희미하게 꺼져가던 불씨를 다시 살려주는 것처럼 느껴졌다.

의사 선생님의 말씀을 듣자 눈시울이 붉어졌다. 나는 수없이 "감사합니다."라는 말만 되뇌며 고개를 숙였다. 진료실을 나설 때까지 선생님은 내 어깨를 토닥이며 말했다.

"절대 포기하지 마세요. 예전처럼 걸을 수 있고, 뛰어다닐 수도 있습니다."

그 따뜻한 손길이 등 뒤까지 오래 남아, 발걸음을 옮길 때마다 위로가 따라오는 듯했다. 병원을 나서자, 봄 햇살이 부드럽게 살결을 간질였다. 길가의 나무들이 바람에 흔들리며 환한 빛을 반사했고, 내 옆의 친구는 콧노래를 흥얼거렸다. 그 멜로디를 따라 나도 어느새 웃음을 터뜨렸다. 가는 길에 호떡을 사 먹고, 아이스크림을 손에 쥐었다. 따뜻한 단맛이 혀끝에 맴도는 순간, 오랜만에 가슴속에서도 꽃이 피어나는 듯했다.

보건소에 도착하자 진단서를 내밀었고, 곧바로 치료가 시작되었다. 소독약이 상처 부위에 닿자 얼굴이 찡그려졌다. 숨을 깊게 몰아쉬고 이를 악물며 고통을 버텼다. 순간, 곁에 있던 친구가 귓가에 속삭였다.

"거의 다 끝났어. 조금만 더 참아."

그 목소리가 힘이 되어, 나는 다시 눈을 감고 고통을 견뎌냈다.

치료가 끝나자 보건소 선생님은 상처가 잘 아물고 있다며 안도 섞인 미소를 지었다.

"다행이에요. 다음 주쯤 상처가 다 아물면, 매주 네 번씩 재활치료를 진행합시다."

그때 친구가 손을 번쩍 들더니, 수영 재활치료 방법을 물었다. 선생님은 차분히 설명해 주었고, 친구는 한 글자도 놓치지 않으려는 듯 종이에 받아 적었다. 이어서 친구는 조심스럽게 부탁했다.

"저기, 선생님! 제가 일이 보통 5시에서 6시쯤 끝납니다. 혹시 7시까지 치료를 해주실 수 있을까요?"

의사 선생님은 잠시 고민하더니 이내 고개를 끄덕였다.

"좋습니다. 그렇게 하죠."

그 순간, 나와 친구는 동시에 고개를 깊이 숙였다.

"정말 감사합니다. 시간 내주셔서 감사합니다."

목소리가 저도 모르게 커졌다. 몇 번이나 고개를 숙이며 감사를 전했지만, 그 마음을 다 표현하기에는 여전히 부족했다. 가슴속에서는 뜨거운 울림이 차올랐고, 나는 속으로 되뇌었다.

며칠 동안 친구와 선생님의 도움 덕분에 치료를 성실히 받은 덕에 상처는 눈에 띄게 아물어 갔고, 여러 재활치료가 이어지면서 몸 상태도 조금씩 회복되고 있었다. 마치 어둠 속에서 서서히 빛이 번져 들어오는 듯했다.

그날, 친구와 함께 재활치료를 받으러 수영장에 가기 전 은행에 들렀다. 일을 하며 통장에 차곡차곡 모아두었던 300만 원을, 내 명의로 되어 있는 어머니 통장에 송금했다. 순간 손끝이 떨렸다.

'내가 할 수 있는 게 아직 있다. 이 돈이 어머니에게 조금이라도 힘이 되겠지.'

휴대폰은 이미 정지된 상태라 직접 연락을 드릴 수 없었다. 대신 친구의 핸드폰을 빌려 짧은 문자를 남겼다.

'어머니, 방금 돈 넣었어요. 이 번호는 친구 핸드폰이라 전화는 안 됩니다. 병원 가시고 생활비 쓰세요. 제가 곧 전화드릴게요.'

보내기 버튼을 누르는 순간, 가슴이 뭉클해졌다. 그 작은 글자들이 어머니의 눈앞에 닿을 때, 얼마나 마음이 놓이실까.

그때 옆에 있던 친구가 내 모습을 지켜보다가 조용히 말했다.

"잘했다. 진짜 잘했어."

그는 내 어깨를 토닥여 주었고, 곧 두 팔로 나를 안아주었다. 그 따뜻한 온기 속에서, 나는 말없이 눈을 감았다. 고단했던 마음이 조금은 풀리는 듯했다.

친구와 함께 매일 수영장에서 재활치료를 이어갔다. 차가운 물 속에 들어서는 순간, 온몸의 신경이 터져나가는 듯한 고통이 밀려왔다. 발끝에서부터 척추를 타고 올라오는 전율은 마치 수천 개의 바늘이 살을 파고드는 듯했고, 그때마다 온몸이 떨려왔다.

나는 숨을 깊게 몰아쉬며 물속에 몸을 맡겼다.

'오늘도 버텨야 한다.' 그렇게 스스로 속삭였다. 한 발자국, 두 발자국. 발바닥이 물살을 가르며 나아갈 때마다 친구는 내 손을 꼭 잡아주었다. 그의 손이 아니었다면 이미 쓰러져 포기했을지도 모른다. 물결에 흔들리며 앞으로 내딛는 그 몇 걸음이, 나에겐 세상을 거슬러 올라가는 싸움 같았다.

그동안 내 몸속을 짓누르던 고통은 여전히 나를 짓밟고 있었지만, 나는 그 고통을 한 걸음마다 짓밟아 되돌려주고 있었다. 고통이 나를 삼키려 할수록, 나는 더 이를 악물고 앞으로 나아갔다.

재활치료를 시작한 지 어느덧 한 달이 지났다. 물 밖에서도 비틀거리며 천천히 걸음을 옮길 수 있게 되었다. 두 다리가 다시 나를 붙들어 세워주던 그 순간, 가슴이 벅차올라 눈물이 터졌다.

'나는 아직 끝나지 않았다.'

하지만 수영장을 향하는 길은 늘 두려움으로 가득했다. 오늘도 그 뼛속까지 파고드는 고통을 어떻게 견뎌낼까. 그 길 위에서 나는 수 없이 주저앉고 싶었고, 도망가고 싶었다. 그러나 곁에 있는 친구의 눈빛이 나를 붙잡았다. 살아남으려면 해야 한다. 이 고통을 견뎌내야 한다. 나를 지켜보는 이들이 있기에, 나는 무너질 수 없다.

때때로 고통이 내 정신을 산산이 부수려 했다. 눈앞이 아득해지고, 현실과 꿈이 뒤섞여 정신이 나가버린 순간도 많았다. 하지만 그럴 때마다 나는 나 자신을 벼랑 끝으로 몰아붙였다.

'그래, 마음껏 나를 괴롭히고, 찢겨놔라. 나는 죽을 준비가 되어 있고 버텨낼 자신이 있다. 나를 못 죽이거늘 내가 너를 밟고 올라갈 테니.'

수천, 수만 번의 고통이 파도처럼 몰려왔다. 숨조차 쉴 수 없게 덮쳐오는 고통 앞에서 나는 무너질 수밖에 없을 것 같았다. 하지만 그 끝없는 파도 속에서 나는 서서히 깨달았다. 떠밀리지 않는 법을. 쓰러지지 않고 버티는 법을. 그렇게 몇 개월의 시간을 한 치씩 견뎌냈다.

그 시간은 끝없는 싸움이었다. 몸속 깊은 곳에서 뼛속까지 파고드는 지옥 같은 통증이 나를 부수려 했다. 때로는 정신이 아득해지고, 때로는 차라리 쓰러져 버리고 싶다는 유혹이 귓가에 속삭였다. 그러나 그럴 때마다 내 옆에서 손을 잡아주던 이들이 있었다.

'끝까지 버텨내자. 나를 무너뜨릴 수 없다. 반드시 다시 일어설 것이다.'

그 다짐은 고통보다 더 강했다.

결국 나는 버텨냈다. 다시 걸을 수 있었다. 비록 느리고 어설픈 걸음이었지만, 그 순간만큼은 세상을 다 얻은 듯 눈물이 차올랐다. 내 두 다리로 다시 일어서는 그 감각은, 나를 짓누르던 고통을 거꾸로 짓밟아 버리는 듯했다.

그리고 다시 걷게 되어, 나는 산으로 향했다.

발밑에 흙이 밟히는 그 순간, 그동안 붙잡고만 있던 숨이 터져 나왔다. 돌계단을 하나하나 오르며, 오래 쌓여 있던 응어리 같은 한숨이 가슴 깊은 곳에서부터 끓어올라 천천히 흩어졌다.

등산길은 쉽지 않았다. 다리는 아직도 낯선 무게에 떨렸고, 숨은 몇 걸음마다 거칠게 가빴다. 그러나 그 고통조차도 살아 있음을 증명해 주는 듯했다. 바람에 흔들리는 바람이, 마치 세상이 나에게 '다시 일어나라.'라고 속삭이는 것 같았다. 나뭇잎 소리, 땀에 젖은 내 숨소리, 먼 하늘을 가르는 새들의 울음이.

정상에 다다라 아래를 내려다보았을 때, 나는 마침내 그동안 가슴에 돌덩이처럼 얹혀 있던 한숨을 길게 토해냈다. 응어리진 것들이 허공으로 흩어지며, 오랫동안 막혀 있던 가슴이 서서히 트여왔다. 그날, 나는 처음으로 깨달았다. 숨을 쉰다는 단순한 사실이 얼마나 큰 기적인지, 그리고 다시 걸어 여기까지 왔다는 것이 얼마나 눈부신 삶의 증거인지를.

재활실을 벗어나 산 초입에 서서 숨을 고를 때, 신발을 벗었다. 발바닥이 흙을 다시 기억해 냈다. 흙냄새, 젖은 이끼, 바람에 흔들리는 얇은 나뭇가지 소리. 첫 오르막에서 종아리가 타는 듯 아파오면 잠시 서서 숨을 들이마셨다. 다시 한 발. 또 한 발. 발끝이 흙을 누를 때마다 '살고 있다.'라는 감각이 몸을 통과했다. 정상에 올랐을 때, 나는 오래 붙들고 있던 숨을 길게 토해냈다. 가슴 깊은 곳에 쌓인 어둠이 함께 빠져나가는 느낌이었다.

이제는 내가 손을 먼저 건네어 친구의 손을 이끌어 주게 되었다. 예전엔 그 손에 매달리듯 기대 올라왔지만, 어느 날은 내가 먼저 손을 내밀어 돌길을 건너게 했다. 친구가 웃었다. 아무 말이 없어도 서로가 아는 것. 우리는 같은 길을, 다시 인간답게 걷고 있다는 사실을.

다시 일어서며, 건강을 되찾았고 그리고 매일 뛰었다. 비오는 날에도, 태풍이 부는 날에도. 눈보라가 치는 날에도. 심장이 터질 때까지, 뛰었다. 나는 비로소 다시 일어났다.

비가 오면 젖은 운동화가 무겁게 달라붙었지만, 더욱더 세게 다리에 힘을 주었다. 태풍이 스치던 날엔 맞바람이 가슴을 꿰뚫었다. 눈이 오면 발목까지 푹푹 빠져 리듬이 무너졌다. 그래도 멈추지 않았다. 호흡이 거칠어져 가슴이 타들어갈 때, 나는 마음속으로 한 문장을 반복했다. '나는 여기 있다. 나는 다시 간다.' 달리기가 끝나고 숨이 가라앉으면, 세상이 조금은 덜 무서워졌다.

내 나이 25살이 되었고, 나는 인생을 조금씩 치유하고 있었다. 친구와 함께 청소년 수련관을 찾아가 검정고시를 준비하였다.

나의 꿈에 하나의 계단을 만들기 위해. 수련관 복도에는 형광등 불빛이 길게 늘어져 있었고, 벽면엔 합격자 명단과 강의 안내가 빼곡했다. 처음 문을 열고 들어가 앉은 날, 문구점에 들러 사놓은 연필과 공책이 어색했다. 그러나 그 어색함이 이상하게 좋았다.

'여기서부터 다시.'

수련관 선생님들 중 나와 나이 차이가 얼마 안 나는 선생님도 계셨고, 많은 분들도 계셨다. 그리고 나와 나이 차이가 5살 이상 차이 나는 어린 친구들도 있었다. 친구들도 나와 비슷한 인생을 살아온 것 같았다. 각자의 파도 속에서 살아남으려, 꿈과 희망을 버리지 않고 앞으로 나아가기 위해서.

청소년 수련관에서는 무료로 검정고시 책과 공책, 연필, 지우개 등등 무료로 주셨고 수업도 무료로 해주셨다.

받아 든 교재 첫 페이지는 빈 들판 같았다. 초등학교 기초도 몰랐던 나는 다시 하나씩 하나씩 공부해 갔다. 받아쓰기부터 더하기, 뺄셈을 하루 종일 노트에 적어가며 공부를 하고 익혔다.

처음엔 숫자들이 머릿속에서 자꾸 흩어졌다. 자릿수 올림을 놓쳐 답이 틀리면 심장이 툭 내려앉았다. 그래도 반복했다. 연필심이 닳아가고 손가락 옆이 굳은살로 단단해질 때까지.

쉬는 시간, 종이컵 커피를 들고 창가에 서면 아이들 웃음소리 사이로 작은 한숨들이 섞여 들렸다. 누구도 쉽지 않은 얼굴이었다. 하지만 모두가 자리로 돌아와 다시 펜을 잡았다. 나도 고개를 숙이고 줄을 그었다.

수련관 선생님들 중 어머니와 나이가 비슷한 여자 선생님이 계셨고, 유독 나를 많이 이끌어 주셨다. 나에게 항상 미소를 잃지 않으시고, 수업을 들은 학생들 중 나이가 제일 많은 나를 매일 다독여 주셨다.

그분은 내 노트를 살피며 "천천히, 대신 정확하게."라고 말했다. 틀린 문제를 지울 때면 지우개 가루가 하얗게 쌓였다.

"늦게 시작한 건 잘못이 아니다. 멈추는 게 잘못이다."

그 말이 가슴에 오래 남았다.

그리고 군 시절에 친하게 지내던 군대 동기에게 연락을 했다.

"오랜만에 연락해서 미안하다, 공부 좀 가르쳐 줄 수 있겠냐?"

내 질문에 그 친구는 단 한순간의 망설임도 없었다. 오히려 반가움이 묻어나는 목소리로 대답했다.

"그럼! 당연하지. 네가 이런 결정을 했다는 게 얼마나 대단한 일인지 알아? 나는 끝까지 네 옆에서 최선을 다해 도울 거야."

그는 곧바로 나를 찾아와 응원해 주었고, 흔들림 없는 확신으로 "너라면 반드시 해낼 수 있다."라며 격려했다. 그리고 마지막에는 웃으며 말했다.

"넌 진짜 최고로 멋진 놈이야. 네가 나의 친구라는 게 자랑스럽고 정말 멋진 놈이다. 고맙다, 먼저 연락해 줘서."

그 순간, 내 마음 깊은 곳에서 오래 굳어 있던 얼음 같은 두려움이 조금씩 녹아내렸다. 나를 향한 그의 신뢰가, 마치 등 뒤에서 단단히 밀어주는 힘처럼 느껴졌다.

그 친구는 지금 초등학교 교사로 일하고 있었다. 늘 아이들을 돌보고 약한 이들을 챙기는 삶을 살아가는 사람이었다. 사실 그는 군 시절부터 그런 사람이었다. 힘들고 외로웠던 훈련소 시절, 내가 쓰러질 것 같을 때마다 먼저 다가와 손을 내밀어 주던 이가 바로 그였다. 군복의 먼지를 털어내 주고, 무심하게 건네던 "괜찮아, 네 옆에 내가 있잖아."라는 말 한마디가 그때 내게는 세상의 전부였다.

그렇게 군 시절 내내 나를 지켜주고 챙겨주던 친구가, 세월이 흘러 다시 내 곁에 서 있었다. 그리고 이번에도 그는 여전히 같은 모습이었다. 조금도 변하지 않은 따뜻한 마음으로, 검정고시 공부라는 새로운 싸움터에서 나를 이끌어 주려 했다.

나는 그때 알았다. 누군가가 나를 믿어준다는 사실 하나만으로도 사람은 다시 일어설 수 있다는 것을.

그날 이후 우리는 거의 매일 만났다. 수련관 수업이 끝나면 근처 분식집에서 값싼 저녁을 먹고, 도서관 자리에 등을 붙였다. 그는 화이트보드에 큰 글씨로 개념을 적고, 나는 노트에 따라 썼다. 모르는 문제는 끝까지 물었다. "이해될 때까지 하자." 그 말은 약속처럼 반복되었다.

공부를 매일 밤늦게까지 가르쳐 주었고. 아무것도 모르는 나를 기초부터 다시 가르쳐 주었고 시험접수를 도와주고는 시험 당일 시험장에 나에게 응원을 해주며 같이 가 주었다.

시험장 복도엔 검정고시에 도전하는 나이가 다양한 사람들이 많이 있었다. 연필 깎는 냄새와 시험종이 냄새가 섞여 있었고. 수험표를 가슴 주머니에 넣고 자꾸만 확인했다. "배치표 3층, 5반." 자리에 앉아 초시계를 바라보는 동안, 손바닥에 땀이 맺혔다. 시작종이 울리고, 빈칸이 파도처럼 밀려왔다. 모르는 문제를 만나면 심호흡을 했다. 넘겼다가, 돌아왔다. 끝까지 채워 넣었다.

4년이라는 긴 시간, 여덟 번의 도전 끝에 합격증을 손에 쥘 수 있었다. 그동안 단 한 번도 시험에 통과하지 못했지만, 그 친구는 결코 나를 포기하지 않았다. '다음엔 할 수 있다.'라는 믿음을 잃지 않고, 시험에 통과할 때까지 끝없이 이끌어 주고 응원해 주었다.

불합격 통지서를 처음 받던 날이 아직도 선명하다. 수련관 계단에 앉아, 종이 한 장을 손에 쥔 채 오랫동안 바닥만 내려다봤다. 땀으로 젖은 손바닥에 종이가 구겨졌고, 눈앞의 글자가 뿌옇게 번졌다.

"나는 역시 안 되는 걸까…."

속에서 무너져 내리는 목소리가 들려왔다.

두 번째, 세 번째 도전에서도 결과는 같았다. 시험장 문을 나서던 발걸음이 유난히 무거웠다. 다른 이들의 웃음소리가 멀리서 들려오면, 그 속에서 나 혼자만 바닥에 주저앉은 것 같았다. 그렇게 일곱 번째까지 고배를 마셨을 때는, 차라리 다시 도전하는 게 고통일지 모른다는 생각까지 스쳤다.

그러나 여덟 번째 시험 날, 달라졌다. 시험지를 받아 드는 순간, 그 동안의 좌절이 뒤엉켜 눈앞에 아른거렸지만, 이번엔 절대로 무너지지 않겠다고 이를 악물었다. 문제를 풀며 손끝이 떨렸고, 머릿속은 텅 비어버릴 것 같았지만, 끝까지 답안지를 채워 넣었다.

결과 발표 날, 컴퓨터 화면에 떠오른 두 글자를 보고 나는 얼어붙었다. '합격.' 순간, 화면이 번져 보였고 눈물이 시야를 가렸다. 핸드폰을 쥔 손은 너무 떨려 번호를 제대로 누르지 못했다.

그때 친구가 달려왔다. 아무 말도 하지 않고 내 어깨를 감싸 안았다. 그 따뜻한 온기가 뼛속까지 스며들었다. 오랜 시간 쌓여 있던 무거운 돌덩이가 와르르 무너져 내리는 듯, 숨이 터져 나왔다. 우리는 한참 동안 말없이 앉아 있었다. 말이 필요 없었다. 함께 버텨온 시간, 함께 흘린 땀과 눈물이 그 침묵 속에 다 들어 있었기 때문이다.

나는 고개를 숙여 울었다. 등산길에서 내쉬던 그 길고 깊은숨처럼, 마음속에서도 숨이 고르게 쉬어졌다.

그 친구 덕분에, 나와 내 친구는 4년 동안 무려 여덟 번의 검정고시 시험을 치렀다. 매번 불합격의 벽에 부딪히며 쓰러질 뻔했지만, 끝내 우리는 포기하지 않았다. 스물여덟 나이의 합격. 그 두 글자가 내 눈앞에 떠올랐을 때, 세상이 멈춘 듯 조용해졌다가 이내 폭발하듯 울려 퍼졌다.

합격 통보를 확인한 순간, 나는 며칠 동안 미친 사람처럼 거리를 헤매며 뛰어다녔다. 사람들은 고개를 돌리며 수군거렸을 것이다. 그러나 그들의 시선은 내겐 아무 의미가 없었다. 나는 밤새 정신이 나간 듯 웃으며 거리를 달렸고, 신호등 불빛 아래에서 소리쳤다.

"나 해냈다!"

그 기쁨은 몸을 통제할 수 없을 만큼 컸다. 씻는 것도 잊었고, 밥조차 삼킬 수 없었다. 온몸의 세포가 흥분으로 들끓었고, 심장은 내 안에서 북처럼 요란하게 울려댔다. 밤이면 도로 위를 거닐며 웃다가, 벤치에 주저앉아 울다가, 다시 벌떡 일어나 뛰었다. 내 손끝은 떨렸고, 땀에 젖은 옷은 차갑게 달라붙었지만, 그마저도 살아 있다는 증거 같았다.

길 위에 비가 내리면 나는 비를 맞으며 달렸다. 차창 너머 사람들이 이상하게 쳐다봤지만 개의치 않았다. 나는 미친 사람처럼 보였을지 모르지만, 사실은 미친 듯 살아 있었다. 4년 동안 단 한 번도 가질 수 없었던 그 두 글자, '합격'이 내 몸 안에서 불꽃처럼 터져 나오고 있었다.

아무것도 없었던 내가, 그 통보 하나로 모든 것을 가진 사람이 되었다. 돈도, 명예도, 세상의 인정도 필요하지 않았다. 그 순간 내겐 합격이라는 증거만으로 충분했다. 그 두 글자가 나를 세상 앞에 다시 세웠고, 무너져 있던 내 존재를 되살려냈다.

합격은 단순히 한 장의 증명서가 아니었다. 그것은 내 지난 삶의 모든 눈물과 고통, 수없이 무너졌다가 다시 일어섰던 시간들이 증명된 순간이었다.

나는 그날, 거리를 뛰며 깨달았다. 이제 나는 더 이상 아무것도 없는 사람이 아니라는 것을.

검정고시에 합격한 뒤, 나는 또다시 갈림길에 섰다. '이 나이에 대학에 가는 게 맞을까?' 수없이 되뇌며 고민했다. 등록금, 교통비, 식비…등등 눈앞에 현실적인 계산이 머릿속을 무겁게 짓눌렀다. 몇 날 며칠을 밤새워 꼬리에 꼬리를 무는 생각에 시달렸다.

그러다 문득 지난 삶이 떠올랐다. 하루도 평탄했던 적이 없었다. 늘 고통 속에서 버텨왔고, 매 순간 무너질 듯하다가도 다시 일어났다.

"이미 지옥 같은 나날들을 견뎌냈는데, 더 이상 두려울 게 있을까?" 그 순간 마음이 단단해졌다.

"그래, 일단 부딪혀 보자. 두려움 따위는 이미 수없이 지나온 길이다."

나는 대학입시 원서를 냈고, 예비 번호 8번을 받았다. 대학 면접일은 10월 12일. 날짜를 확인한 순간, 심장이 뛰었다.

며칠 후, 혼자 버스를 세 번이나 갈아타고 학교에 도착했다. 캠퍼스 정문 앞에 서자, 눈앞에는 웅장한 건물들이 늘어서 있었고, 강의실 앞에서 웃으며 모여 있는 학생들의 모습은 햇살처럼 반짝였다. 도서관의 거대한 유리창은 마치 지식의 바다로 나를 초대하는 문 같았다. 교정 안에는 웃음소리와 발걸음이 가득했고, 그 속에서 나는 한동안 숨을 고르며 주변을 둘러보기만 했다.

'여기가 내가 서고 싶은 자리구나.'

대학교는 내게 천국처럼 느껴졌다. 젊음이 웃음으로 번지고, 대화가 바람처럼 흘러가는 곳. 그 안에서 나는 세상의 고단함을 잠시 잊을 수 있었다.

그날 이후, 나는 친구와 함께 다녀온 뒤에도 혼자서 매일 같이 학교를 찾았다. 낯설었던 대학교는 점점 익숙해졌고, 갈 때마다 내 마음은 한결 평화롭고 안정되었다. 그곳은 나를 불안에서 구해주는 피난처 같았다.

대학교를 거닐다 모르는 길을 마주할 때면, 학생들에게 조심스레 물었다. 그들은 마치 약속이라도 한 듯 친절했다. 어떤 학생은 직접 발걸음을 함께하며 강의동을 안내했고, 또 다른 학생은 숨겨진 장소들까지 보여주었다.

"혹시 신입생 준비생이세요?"

낯선 학생들이 환하게 웃으며 물었을 때, 나는 쑥스럽게 고개를 끄덕였다. 순간 그들의 얼굴이 환해졌고, 마치 오래전부터 알던 사이처럼 반갑게 다가왔다. 그들은 반짝이는 눈빛으로 면접 준비에 필요한 팁을 하나하나 알려주었다. 예상 질문은 어떤 식으로 나오는 지, 복장은 어떻게 단정하게 갖추어야 하는지, 면접관 앞에서는 어떤 태도를 보여야 하는지, 사소한 부분까지도 놓치지 않았다.

"면접 때는 정답보다 진심이 더 중요해요. 긴장되면 숨을 크게 들이마시고 천천히 말하면 돼요."

그들의 목소리는 단순한 조언이 아니라, 진심 어린 격려였다.

잠시 후, 그들은 학교 앞 식당으로 나를 데려갔다.

"여기 돈가스가 맛있어요, 신입생들끼리도 자주 와요."

따끈한 돈가스 접시가 내 앞에 놓였을 때, 낯설기만 했던 이곳이 어느새 익숙한 온기로 변해 있었다. 나는 오랜만에 제대로 된 음식을 씹으며, 마치 이미 그 학교의 학생이 된 듯한 기분이 들었다.

식사 후, 우리는 캠퍼스 안 공원의 벤치에 앉았다. 바람이 잔잔히 불어와 나뭇잎을 흔들었고, 노을빛이 교정 건물 사이로 스며들었다. 학생들 중 한 명이 조심스럽게 물었다.

"혹시…고민 같은 건 없으세요?"

나는 잠시 머뭇거렸다. 말하지 않으면 아무도 모를 내 속사정. 그러나 이상하게도 그들의 눈빛을 마주하는 순간, 마음이 풀렸다. 결국 나는 모든 것을 털어놓았다. 등록금, 생활비, 그리고 앞으로 마주해야 할 현실적인 벽들. 내 목소리는 떨렸고, 고개는 점점 숙여졌다.

그런데도 학생들은 끝까지 내 말을 끊지 않았다. 고개를 끄덕이며 진지하게 들어주었고, 때때로 "그럴 수 있겠다."라며 공감해 주었다. 그들의 눈빛은 따뜻했고, 낯선 이들이라는 사실이 믿기지 않을 만큼 편안했다.

그 순간 나는 깨달았다.

'이곳은 단순히 대학이라는 공간이 아니라, 새로운 삶으로 들어서는 문일지도 몰라.' 그리고 지금 내 앞에 있는 이들은, 그 문을 열어주는 천사 같은 존재들 같았다.

그분들은 내 말을 끝까지 들어주더니, 잠시 서로 눈빛을 나누곤 조심스럽게 입을 열었다.

"사실 학교에 들어오시면 근로 장학생으로 일하면서 생활비를 마련할 수 있어요. 그리고…"

그는 곧장 가방을 열어 노트북을 꺼내 무릎 위에 올렸다. 익숙한 손길로 전원을 켜고, 화면이 밝아지자 자연스럽게 인터넷 창을 열어 한국 장학 재단 사이트를 보여주었다.

"보세요. 기초 생활 수급자시면 학비 전액을 지원받을 수 있습니다. 등록금 걱정은 안 하셔도 되요."

나는 숨을 삼켰다. 화면 속 글자들이 눈에 들어왔지만, 믿기지 않았다. 머릿속이 순간 하얘졌다. '정말 이런 게 있었단 말인가? 왜 나는 지금까지 이 사실을 몰랐을까? 그동안 혼자서 괴로워하

며 고민하던 시간이 전부 허무하게 느껴질 만큼… 단순하면서도 확실한 길이 내 앞에 있었구나.'

가슴이 요동쳤다. 그동안 등록금, 차비, 식비까지 한 푼 한 푼 계산 하느라 머리가 터질 듯 복잡했던 날들이 주마등처럼 스쳐갔다. 기초 생활 수급이라는 이름은 내게 늘 낙인 같았지만, 그날 처음으로 그것이 '살아갈 수 있는 기회'로 다가왔다.

그분들은 차분하게 하나하나 알려주었다. 장학금 신청 절차, 필요한 서류, 근로 장학생으로 어떤 일을 하게 되는지, 심지어 기숙사 생활에서 주의해야 할 점까지. 그들의 말은 단순한 정보 전달이 아니라, 낯선 길을 두려움 없이 걸을 수 있도록 등을 떠밀어 주는 손길 같았다.

나는 그 자리에 앉아 있는 내내 묘한 감정을 느꼈다.

'이들은 나보다 한참 어린데 어떻게 이렇게 따뜻할 수 있을까? 어떻게 이렇게 자연스럽게 나를 받아주고, 도와주려 하는 걸까? 나는 지금…천국 같은 공간에서, 처음으로 사람 대우를 받고 있다.'

그 말은 내 가슴속에서 메아리쳤다. 너무 오래 혼자가 되어 버려진 듯 살아왔기에, 누군가의 친절이 믿기지 않을 정도로 낯설었다. 하지만 동시에 눈물이 날 만큼 고마웠다. 그들의 미소와 진지

한 눈빛은 내 마음의 얼어붙은 부분을 천천히 녹여내고 있었다.

며칠이 흘러, 드디어 면접 날이 다가왔다. 버스를 몇 번이나 갈아타며 도착한 캠퍼스는 여전히 넓고 빛났다. 강의실 창문에 비친 햇살, 교정에 울려 퍼지는 학생들의 웃음소리, 도서관 앞을 오가는 학생들의 빠른 걸음. 모든 것이 내게는 낯설고 눈부신 풍경이었다.

심장은 쿵쾅거렸고, 손바닥에는 땀이 흥건히 차올랐다. 하지만 이번엔 두려움이 전부가 아니었다. 그날 만난 학생들의 말과 미소가 떠올랐다. '괜찮아. 네가 준비한 만큼 보여주면 돼. 등록금은 해결할 수 있어. 길은 열려 있어.' 스스로 되뇌며 한 발 한 발 면접장으로 향했다.

면접장에 들어서자, 지원자들을 안내하던 학생들이 눈에 들어왔다. 그들은 긴장으로 굳어 있는 내 얼굴을 보곤, "괜찮아요, 너무 떨지 마세요. 합격 할 수 있어요."라고 하며 따뜻한 미소를 건넸다. 한 학생은 작은 사탕을 손에 쥐어주며 "입에 넣고 긴장을 푸세요." 라고 말했다. 그 사소한 배려가 내겐 기적 같았다. 심장이 미친 듯 뛰는 와중에도 입안에 번지는 단맛이 긴장을 조금씩 녹여 내렸다.

곧 내 번호가 불렸다.

"예비 번호 8번."

순간, 숨이 멎는 듯했다. 발걸음을 떼는 순간 다리가 내 것이 아닌 듯 휘청거렸다. 문을 열고 들어가자, 눈앞에는 세 분의 교수님이 앉아 계셨다. 말 그대로 빛이 번지는 듯한 아우라가 그들 뒤에서 흘러나오는 것 같았다. 나는 숨을 고르며 겨우 자리에 앉았다. 하지만 손끝은 떨렸고, 심장은 폭발 직전처럼 두근거렸다.

첫 번째 질문이 날아왔다.

"어쩌다 학교에 오게 되었는지 말씀해 보세요."

나는 숨을 크게 들이마셨다.

"검정고시를 여덟 번 만에 합격했습니다. 그 과정에서 힘든 순간이 많았지만, 결국 대학에 가고 싶은 꿈 하나로 버텼습니다. 그래서 이곳에 왔습니다."

교수님들의 눈빛이 잠시 흔들린 듯 보였다. 나의 떨리는 목소리 속에 진심이 묻어 있었기 때문일까.

이어지는 질문들은 내 내면을 하나하나 꺼내는 것 같았다.

"나이가 많은데, 학교생활에 잘 적응할 수 있겠습니까?"

"네. 저는 살아오면서 어떤 환경에서도 버텨왔습니다. 혹여 적응하지 못한다 해도, 될 때까지 수천 번이라도 노력할 것입니다."

"통학은 어떻게 할 건가요?"

"버스를 타고 오거나, 기숙사 생활을 생각하고 있습니다. 어떤 상황이든 수업 시간에 절대 지각하지 않겠습니다."

"졸업 후의 꿈은 무엇입니까?"

"저의 꿈은 사람이 살아온 이야기를 작품의 언어로 새겨 넣는 창작자가 되고 싶습니다. 인생에서 스쳐가는 감정, 상처와 회복, 사랑과 고단함 같은 것들을 작품 속에 깊이 담아 누구의 삶 속에서도 오래 향이 남는 이야기를 만들고 싶습니다."

질문은 계속 이어졌다. 나이는 어린 동기들과 어울릴 수 있는지, 선배가 나보다 어려도 존중할 수 있는지. 나는 하나하나 숨을 고르며 대답했다.

"비록 제가 나이는 많지만, 학년이 위라면 그것은 분명 선배입니다. 선배로 존중하고 배우겠습니다."

대답을 하면서도 내 안에서는 또 다른 목소리가 속삭였다. '제발 받아만 주십시오. 저에겐 이 길밖에 없습니다. 다시 물러설 곳도, 돌아갈 자리도 없습니다. 문이 열리지 않는다면 나는 어디에도 서 있을 수 없습니다.'

나는 그날, 떨리는 목소리로 답을 이어가면서도 마음속으로 다짐했다.

'이 자리에서 내 모든 것을 쏟아내자. 거절당하더라도, 최소한 내가 할 수 있는 최선은 보여주고 가자.'

면접실의 공기는 팽팽했다. 교수들의 시선, 형광등 불빛, 긴장된 정적이 한순간 내 호흡까지 삼켜버리는 듯했다. 그러나 동시에 그 순간은 내가 평생을 기다려 온 무대 같았다.

교수님들은 표정이 굳어지시며 나의 사진이 붙어 있는 자기소개서와 여러 종이를 보시며 볼펜으로 적으시고는 합격 여부는 문자로 알려준다고 하시고는 "이제 나가보셔도 됩니다."라고 말해주셨다.

나는 면접실을 나와 나에게 도움을 주었던 학생분들에게 꾸벅 인사를 하며 친구네 집으로 향하였다.

합격 여부를 기다리던 시간은 끝이 보이지 않는 긴 터널 같았다. 긴장과 불안은 날마다 내 어깨 위에 돌덩이처럼 올라앉았고, 그 무게를 견디지 못한 나는 군대 동기 친구를 만나 소주잔을 기울였다.

작은 술상 위에 올려진 초라한 안주는 단출했지만, 우리는 그보다 더 무거운 이야기를 안주 삼아 나누었다. 여덟 번의 낙방, 그때마다 무너져 내리던 자존심, 그럼에도 다시 책상 앞에 앉아야 했던 고통. 그리고 가난, 외면, 버림받았던 순간들까지…술이 목구멍을 타고 들어갈 때마다, 눌러왔던 기억들이 쏟아져 나왔다.

"야, 진짜 너 대단하다. 나였으면 벌써 포기했을 거야."

친구가 그렇게 말했을 때, 나는 웃으며 고개를 저었지만 속으로는 목이 메어왔다. 사실 대단한 게 아니었다. 돌아갈 길이 없어서, 도망칠 곳이 없어서, 그래서 버텼을 뿐이었다.

밤새도록 잔은 비워지고 다시 채워졌다. 그 술은 쓰디썼지만, 그 쓴맛조차도 우리의 삶을 닮아 있었다. 새벽녘, 술기운에 흐릿해진 눈으로 하늘을 올려다봤다. 어둠이 걷히고 여명이 번져오고 있었다. 그 순간, 나는 속으로 되뇌었다.

'이번엔 제발 제발, 받아달라.'

며칠이 지나도록 소식은 없었다, 마당에서 담배 한 대를 피우고 있었는데 핸드폰 진동이 울렸다. 낯선 번호가 아닌, 익숙한 문구 알림. 나는 가슴이 쿵쾅거려 차마 손끝이 말을 듣지 않았다. 화면을 겨우 열었을 때, 눈앞에 선명히 떠오른 두 글자.

합격.

순간 세상이 멈춘 것 같았다. 손이 떨리고, 눈앞이 흐려졌다. 몇 번이고 문자를 다시 확인했지만, 분명히 '합격'이었다. 나는 바닥에 털썩 주저앉아, 어린아이처럼 어깨를 흔들며 울었다. 그동안 눌러왔던 절망과 분노와 두려움이 한순간에 무너져 내리고, 그 위에 뜨겁고 낯선 기쁨이 차올랐다.

가장 먼저 어머니께 전화를 걸었다. 전화를 받으신 어머니의 목소리는 쉰 듯 떨려 있었고, 내가 말을 꺼내자마자 흐느낌으로 바뀌었다.

"어머니…저 대학 합격했습니다."

"아들아…."

어머니는 아픈 몸도 잊은 채 나를 안아 올리려 하셨다. 그 품은 오래전 내가 아이였을 때와 다르지 않았다. 어머니는 밤새도록 울며 내 이름을 부르셨다. 그리고 이웃에게, 일터의 면사무소 동료들에게까지 이 소식을 전하셨다. "내 아들이 드디어 해냈다."라고, "그 고생 끝에 대학에 간다."라고, 마치 자신의 일처럼 가슴 벅차게 자랑하셨다.

며칠 후, 입학 준비를 하던 중 어머니는 내게 조심스럽게 말을 꺼내셨다.

"우리 아들, 대학 가는데 옷이랑 신발은 좋은 걸로 사자. 엄마가 꼭 해주고 싶다."

나는 손사래를 치며 말했다.

"어머니, 비싸요. 그냥 싼 걸로 하면 돼요."

하지만 어머니는 내 손을 꼭 잡으며 고개를 저었다.

"오랜만에 엄마 노릇 좀 하자. 엄마는 이거 못 해주면 평생 한이 될 것 같아. 아들아, 이게 엄마 소원이었어."

그 말을 듣는 순간, 나는 아무 말도 할 수 없었다. 목구멍이 막혀 눈물이 고였고, 오직 고개만 끄덕일 수 있었다.

어머니와 나는 손을 맞잡고 시장을 돌았다. 겨울바람이 매섭게 불었지만, 그날따라 시장 골목은 이상하게 따뜻하게 느껴졌다. 순대 국밥집에 들러 따끈한 국물을 나눠 먹고, 길거리 포장마차에서 어묵 국물을 후후 불며 마셨다. 어머니는 오래 알던 상인들에게 연신 내 자랑을 하셨다.

"우리 아들이 이번에 대학 붙었어요."

그 말이 나올 때마다 나는 얼굴이 화끈거렸지만, 그 속에는 설명할 수 없는 뿌듯함과 울컥함이 차올랐다.

마침내 큰 길가에 있는 메이커 매장 앞에 섰다. 눈부신 조명 아래 반짝이는 신발과 옷들. 나는 가격표를 보고 혀를 내둘렀다.

"엄마, 그냥 가자. 이건 너무 비싸."

그러나 어머니는 미소를 지으며 단호하게 말했다.

"괜찮다. 오늘은 꼭 해주고 싶어."

계산대 앞에서 어머니는 낡은 지갑을 꺼내셨다. 세월의 주름이 묻은 지갑 속에서 구겨지고 닳은 지폐들이 하나하나 나왔다. 그 돈에는 땀과 눈물, 희생이 켜켜이 스며 있었다. 순간 나는 눈물이 왈칵 쏟아질 뻔해 고개를 숙였다.

내 손에 쥐어진 신발과 옷은 단순한 물건이 아니었다. 그것은 어머니가 내게 건네는 평생의 위로이자, 끝없는 고생 끝에 찾아온 작지만 소중한 축복이었다.

집으로 돌아오는 길, 어머니는 쇼핑백을 내려다보며 환하게 웃으셨다. 그 미소 속에서 나는 오래 묻혀 있던 슬픔과 상처가 조금씩 녹아내리는 것을 느꼈다. 그리고 속으로 다짐했다.

'이제부터는 내가 어머니의 자랑이 아닌, 어머니의 기쁨이 되어야 한다. 이 옷과 신발이 부끄럽지 않게, 반드시 해내겠다.'

어머니께.

긴 시간의 기록을 마치며, 저는 다시 처음으로 돌아갑니다.
모든 고난과 파도를 견딜 수 있었던 이유,
쓰러져도 다시 일어설 수 있었던 힘,
그 근원에는 언제나 어머니가 계셨습니다.

겨울의 눈바람 속에서 저를 감싸 안으시던 순간, 가난과 절망을 이겨내며 제 곁을 지켜주시던 나날들.
그 모든 시간이 저의 뿌리가 되었고, 살아갈 힘이 되었습니다.

어머니, 저는 결국 여기까지 살아왔습니다. 어머니의 희생과 사랑이 아니었다면,
저는 이 이야기를 세상에 남길 수도 없었을 것입니다.

부족한 아들이지만, 이제 제 삶을 통해 답하고 싶습니다.
"어머니, 저는 버텼습니다. 그리고 앞으로도 살아내겠습니다."

이 책은 저의 기록이자, 동시에 어머니께 드리는 고백이며,
평생 다 갚지 못할 사랑에 바치는 작은 헌정입니다.

어머니 항상 건강하세요. 사랑합니다.
당신은 언제나 제 삶의 빛이자, 영원한 기적입니다.

세상 속의 나

-사람 냄새, 버려야 할 것과 지켜야 할 것

세상은 언제나 나에게 먼저 말을 걸었다.

말이라고 부르기에도 미안한, 차갑고 무뚝뚝한 기척이었다.

"너는 별것 아니다."

그 말은 문장보다 먼저 피부에 와닿았다. 바람처럼 스며들어 뼛속에 자리 잡았다.

그러나 나는 그 말에 대꾸하는 법을 알지 못했다. 아니, 대꾸할 힘이 없었다.

세상은 커다란 성벽처럼 앞을 가로막았고, 나는 그 앞에서 자꾸만 작아졌다.

발을 떼면 모래밭, 손을 뻗으면 허공, 목을 들면 끝없는 벽. 그래도 살아야 했다. 숨을 쉬고, 내일을 맞아야 했다.

그렇다고 해서 나는 체념으로만 버틴 것이 아니다. 세상에 밀릴 때마다, 나는 나에게 물었다.

'나는 누구인가. 나는 무엇으로 이 자리를 버텨왔는가. 그리고 무엇을 버리고, 무엇을 끝까지 지켜야 하는가.'

질문은 때로 칼이었고, 때로 등불이었다.

칼로는 스스로 거짓을 도려냈고, 등불로는 캄캄한 길 위에서 방향을 찾았다.

살아남는다는 건 단지 심장이 뛰는 일이 아니었다. 밥을 먹고 잠을 자는 것만으로 충분하지 않았다. 진짜 생존은, 사람다움을 잃지 않는 일이었다.

세상은 수시로 나를 덜어내라고, 무디게 만들라고, 더 차가워지라고 요구했다.

그 요구에 따르는 순간 생존은 쉬워졌다. 하지만 그 쉬움은 곧바로 나를 텅 비게 했다.

모난 돌을 깎아 둥글게 만들면, 굴러가기는 편하겠지만, 돌의 결과 온기, 시간의 흔적까지 지워진다.

나는 그렇게 굴러가고 싶지 않았다.

들쑥날쑥한 모서리와 흠집을, 내 몸으로 끌어안고 싶었다.

나는 번번이 무너졌다.

무릎을 꿇고, 손을 대고, 바닥을 확인하는 법을 배웠다. 고개를 들면 멀리 파도가 보였다.

그 파도는 이름이 없었다. 가난, 상실, 모멸, 병, 외로움 그 모든 것이 한 몸처럼 몰려왔다.

처음엔 도망쳤다. 숨고, 웅크리고, 무릎으로 걸었다.

나중엔 견뎠다. 이를 물고, 숨을 모으고, 눈을 감아 바람을 통과시켰다.

마지막에는 서서, 그 파도와 마주 섰다.

밀려오면 한 걸음 뒤로, 파도가 빠지면 한 걸음 앞으로. 밀물과 썰물 사이에서 나는 버티는 법을 배웠다.

그때마다 나를 붙잡아 준 것은 거대한 신념이 아니었다. 세상이 들려주는 영광의 약속도 아니었다.

내게 남은 것은 사람 냄새였다.

말없이 건네진 한마디, 어깨에 올려진 가벼운 손, 눈을 마주치며 웃어준 짧은 순간,

입술을 떼지 않았지만 온 마음으로 전해지는 '너는 혼자가 아니야.'

사람 냄새는 향수가 아니었다.

땀과 비누, 먼지와 국물, 겨울 외투 속에 묻어 있던 생활의 냄새였다.

그 냄새를 맡는 순간, 나는 나에게로 돌아왔다. '아, 나는 아직 사람이다.'

그 당연한 사실이 당연하지 않았던 날들 속에서, 사람 냄새는 내 생존의 증거였다.

나는 오래전부터 버려야 할 것과 지켜야 할 것을 나눠 적어왔다. 버려야 할 것은 많았다.

끝없는 분노 한 번 불붙으면 세상을 다 태워버릴 듯 뜨거웠지만, 실상은 나만 사위고 남은 검댕뿐이었다.

비교 다른 삶의 높이를 올려다보면 내 목이 먼저 꺾였다.

수치 남의 눈동자 속에서만 나를 찾아 헤매다 보면, 정작 내 눈은 멀어 갔다.

이 세 가지는 언제나 손에 잡히기 쉬웠다. 불씨처럼, 칼처럼, 쇠사슬처럼.

잡는 순간 힘이 생긴 것 같았지만, 조금만 지나면 내 손부터 다쳤다. 그래서 나는 놓았다.

놓는다는 건 잊는 것이 아니라,

그것들로 살아갈 힘을 만들지 않겠다는 결심이었다. 지켜야 할 것은 작았다.

작아서 금방 놓칠 것들이었다.

식은 국 한 숟갈을 나누며 마주 앉은 눈빛, 장마 끝에 개는 하늘의 창백한 푸름,

밤늦게 울먹이며 걸려 온 전화에서 들리던 숨소리, 아침의 빵 냄새처럼 순하고 소박한 마음.

이 작은 것들은 늘 변두리에 있었고,

세상은 그것들을 하찮다며 발로 차기 일쑤였다. 하지만 나는 알았다.

인생의 중심은 언제나 변두리에 있다고. 바닥에서, 사이에서, 틈에서

사람과 사람이 연결되는 곳에서, 삶은 다시 시작된다고.

세상은 내게 강해지라고 말했다.

"단단해져라, 더 거칠어져라, 잊어라."

그러나 나는 다른 길을 택했다.

단단함 대신 견고함을, 거침 대신 온기를, 망각 대신 기억을. 단단함은 부러진다.

견고함은 휘면서도 끊어지지 않는다. 거침은 상처를 남긴다.

온기는 상처를 어루만진다. 망각은 나를 비게 한다. 기억은 나를 채운다.

나는 아프다는 사실을 감추지 않기로 했다. 슬픔을 부끄러워하지 않기로 했다.

눈물은 약함이 아니라 내가 아직 사람이라는 증거였다. 숨을 크게 들이쉬고 내쉴 때 비로소 내 몸이 다시 여기에 존재한다는 걸 느꼈다.

그 단순한 호흡처럼,

살아가는 일도 한 번에 끝나지 않았다.

오늘 한 번 버티고, 내일 한 번 더 버티는 것. 스무 번 흔들렸다면 스물한 번째에 다시 서는 것. 작은 결심을 매일 이어 붙이는 것이,

내가 아는 유일한 승리였다.

세상은 이름을 부르는 방식으로 권력을 행사한다. 누군가의 이름은 바람처럼 가볍게 불리고,

어떤 이름은 흙처럼 무겁게 밟힌다. 내 이름은 자주 빠졌다.

명단에서, 약속에서, 기회에서.

처음엔 그 부재가 나를 갈가리 찢었다. 하지만 오래 버티다 보니 깨달았다. 이름이 불리지 않을 때,

나는 스스로 내 이름을 불러야 한다는 것을.

"여기 있다."

낮은 목소리라도 좋다.

자가발전처럼 내 안에서 나를 켜두는 법을 배웠다. 그렇게 켜둔 작은 불빛이, 다른 누군가의 어둠 속에서 길 찾는 표시가 되어준다면, 그걸로 충분했다.

나는 내가 겪은 무수한 파도들을 '경력'이라고 부르지 않는다. 경력은 계단이지만, 파도는 흔적이다.

계단은 밟고 올라가면 사라진다. 흔적은 남는다.

남아 나를 말해준다.

파도가 지나간 자리의 모래톱처럼,

내 삶의 문장들에도 물결 자국이 있다. 그 자국을 지우고 싶지 않다.

물결은 부끄러움이 아니라 증언이다.

내가 어디에서 쓰러졌고, 어디에서 다시 일어섰는지 알려주는 증언. 나는 자주 묻는다.

'세상 속의 나란 무엇인가.' 답은 날마다 달라졌다.

어떤 날은 원망, 어떤 날은 감사, 어떤 날은 무감. 하지만 변하지 않는 중심이 있었다.

사람 냄새, 그리고 작은 온기. 그것을 잃지 않는 한,

나는 누구든 될 수 있었다. 노동자, 학생, 환자, 아들, 친구

호칭이 바뀌어도 사람 냄새를 잃지 않으면, 나는 내 안의 나로 남을 수 있었다.

한때 나는 강해지는 법을 오해했다.

더 큰 소리로 화내고, 더 빠르게 포기하고, 더 멀리 도망치는 것을 강함으로 착각했다.

이제는 안다.

강함은 속도가 아니라 지속이다. 빨리 달리는 것보다 오래 걷는 것, 크게 외치는 것보다 끝까지 듣는 것, 멈춰 서는 용기를 잃지 않는 것.

이 모든 느리고 보잘것없는 지속이 결국 나를 살아남게 했다.

나는 나를 구원한 말들을 적어 모아두었다.

"괜찮다." "여기 있다." "함께 가자."

짧은 말들은 멀리 간다.

길고 화려한 문장은 금세 사라지지만.

짧은 말은 일상의 가장 좁은 틈에 스며들어 오래 버틴다.

사람 냄새도 그러하다. 크지 않다.

하지만 멀리 간다.

그 먼 길을 돌아, 언젠가 내게로 돌아와

다시 한번 등을 떠밀어 준다.

세상은 지금도 차갑다.

나는 그 사실을 부정하지 않는다.

그러나 동시에, 세상은 지금도 따뜻하다. 그 사실 또한 부정하지 않는다.

나는 두 세계의 경계에서 산다. 경계에 산다는 건 아슬아슬하지만,

가장 많은 것을 볼 수 있다는 뜻이기도 하다. 바람이 어디서 불어오는지, 빛이 어디서 시작되는지, 어둠이 어디로 흘러가는지. 경계는 위험이면서 길잡이다. 나는 그 위에 서서,

버릴 것과 지킬 것을 구분하는 눈을 잃지 않으려 한다.

버릴 것, 나를 갉아먹는 분노, 남의 시선에 메인 수치, 나조차 믿지 못하게 하는 의심.

지킬 것, 사람 냄새, 작은 온기, 느려도 꺼지지 않는 지속. 이 간단한 분류가 내 인생의 나침반이 되었다.

나침반은 목적지가 아니라 방향을 알려준다. 방향을 잃지 않으면,

목적지는 미뤄져도 좋다.

어쩌면 안 와도 좋다.

길 위의 나로 남는 것이,

내가 택한 삶의 방식이기 때문이다. 어떤 날은 스스로에게 말한다.

"오늘도 조금만 더 버티자."

조금은 하루가 되고, 하루는 한 철이 된다. 버텨낸 시간은 나를

단단하게 만들지 않았다. 대신 나를 유연하게 만들었다.

휘어진 나무가 폭풍을 이기듯, 유연함은 끝내 부러지지 않는다. 사람의 마음도 그러하다.

부서지지 않는 것은 딱딱함이 아니라 휨이다. 나는 부서지지 않기 위해 기꺼이 휘어졌다.

나를 살린 것은 기술이 아니라 태도였다.

지식을 쌓는 것보다 마음을 닦는 일이 먼저였다. 배운다는 건 내 안의 빈자리를 채우는 것이 아니라, 내 안의 막힌 길을 뚫는 일이었다.

길이 트이면 바람이 드나들고,

바람이 드나들면 불씨는 다시 살아난다.

그 불씨로 나는 나를 덥혔고, 가까스로 곁을 비췄다.

누군가는 그 불빛을 보고 "너 덕분에 견뎠다."라고 말했다. 그 말은 너무 커서 내게 과분했지만,

작은 불빛도 누군가의 밤에는 큰 달이 될 수 있다는 사실을 나는 그때 배웠다.

나는 이제 끝없이 큰 사람이 되고 싶지 않다. 멀리서 눈에 띄는 등대보다,

가까이서 손을 데울 수 있는 난로가 되고 싶다. 등대는 길을 보

여주지만,

난로는 오늘 밤을 건너게 해준다. 내가 할 수 있는 일은 늘 그뿐이었다.

누군가의 오늘 밤을, 내가 견딘 밤의 온기로, 함께 건너는 일.

세상은 내내 나에게 말했다.

"너는 별것 아니다."

이제 나는 대답할 수 있다.

"그래서 산다."

별것 아닌 것으로 사는 법을 배웠기에, 나는 오래 산다.

큰 것만을 좇았다면 나는 일찍 지쳐버렸을 것이다.

작은 것의 세계, 사람 냄새, 작은 온기, 느린 지속. 그 세계가 나를 매일 조금씩 구했다.

살아남는다는 건 거대한 이기는 법을 배우는 일이 아니라, 작은 지지 않는 법을 배우는 일이었다.

나는 더 이상 내 이야기가 특별하다고 믿지 않는다. 특별하지 않기에 가치 있다.

평범한 고통과 평범한 회복이 세상을 이루는 가장 넓은 면적이기 때문이다.

내가 적어 내려간 문장들이 누군가의 평범한 하루에 작은 쉼표

가 된다면,

그 쉼표만으로도 이야기는 완성된다. 쉼표가 있어야 문장이 숨을 쉬듯, 여백이 있어야 삶은 이어진다.

나는 내 여백을 당신에게 건넨다. 여백에서 쉬고,

쉬다가 다시 수선해 가자.

우리의 문장은 아직 끝나지 않았다.

마지막으로, 나는 나에게 쓴다. 넘어질 권리를 포기하지 말자.

울 권리를 부끄러워하지 말자. 다시 일어설 권리를 잊지 말자.

권리는 허락받는 것이 아니라 기억해 내는 것이다. 기억해 내는 순간, 권리는 힘이 된다.

그 힘으로 오늘을 건너고, 오늘을 건너 내일을 맞자.

세상 속의 나는 거대한 영웅이 아니다.

그러나 나는 끝내, 사람 냄새를 잃지 않으려는 사람이다. 버릴 것을 버리고, 지킬 것을 지키며,

휘어지되 부러지지 않으려는 사람이다. 그렇게 나는 오늘도 한 걸음,

파도가 빠져나간 자리의 젖은 모래 위에, 조심스레 발자국 하나를 남긴다.

물이 다시 차오르면 지워질 그 흔적을, 나는 안다.

지워져도 남는 것이 있다고

나를 거쳐 간 바람, 나를 지나간 사람, 그리고 내가 끝내 놓지 않은 온기.

그 온기가 나를 살렸다. 그리고 언젠가,

그 온기가 당신을 살리기를.

우리가 서로의 밤에 난로가 되어, 서로의 파도에 부표가 되어,

서로의 이름을 잊지 않게 해주기를. 세상은 여전히 매섭다.

그러나 나는 여전히 여기 있다. 작지만 꺼지지 않는 불빛으로, 한 사람의 냄새로,

오늘을 견디는 자세로.

그리고 이렇게 적어 둔다.

나는 쓰러져도 다시 일어서는 사람으로, 세상 속의 나로, 끝까지 살아내겠다.

한 송이의 꽃처럼

흙 속에서 피어난 씨앗.

꽃은 언제나 흙 속에서 시작된다. 사람들은 꽃을 바라보며 아름답다고 말하지만, 그 꽃이 어디에서 피어났는지를 깊이 생각하지는 않는다. 아무도 밟히고 짓눌린 흙, 쓰레기와 먼지와 눈물로 얼룩진 땅을 떠올리지 않는다. 그러나 꽃은 바로 그 흙에서 뿌리를 내린다. 인간의 삶 또한 그러하다. 고통과 결핍, 좌절과 눈물 속에서 피어난다. 내가 살아온 길 역시 그랬다. 흙냄새와 어둠 속에서, 누군가의 발걸음에 밟히며 살아남아야 했던 씨앗처럼 시작되었다.

어린 시절의 나는 늘 추위와 배고픔에 시달렸다. 집안에 들어서면 반겨야 할 따뜻한 불빛 대신, 싸늘한 공기와 어두운 방이 기다리고 있었다. 전기세를 내지 못해 전기가 끊겼던 날, 나는 세상이 우리를 버린 것 같다고 생각했다. 방 안에 퍼지는 냉기가 어린 내 몸을 할퀴고 들어왔다. 이불 속으로 파고들어도 떨림은 멈추지 않았고, 손발은 돌덩이처럼 차가웠다. 그러나 그 순간마다 어머니는 나를 품에 안아주었다. 그녀의 체온은 얼어붙은 내 작은 심장을 녹이는 유일한 온기였다.

어머니는 매일 새벽까지 불안 속에 잠을 이루지 못했다. 빚쟁이들이 문을 두드릴 때마다 나는 숨을 죽이고 그녀의 손을 꼭 붙잡았다. 달빛조차 우리 집을 외면한 것 같은 밤, 어머니는 조용히 내 귓가에 속삭였다.

"괜찮다, 이 겨울이 지나면 봄이 온단다."

그 말이 그때는 이해되지 않았다. 어떻게 이 겨울이 끝날 수 있단 말인가. 하지만 지금 돌이켜 보면, 그 말은 꽃의 언어였다. 겨울의 차가운 땅속에서도 언젠가 다시 싹을 틔우듯, 인간도 결국 다시 일어나 살아간다는 진리를 그녀는 알고 있었다.

나는 어머니의 손을 잡으며 처음으로 '꽃'이라는 존재를 생각했다. 꽃은 왜 피는가. 왜 추위와 더위를 견디며, 짧은 순간을 위해 그렇게 애쓰는가. 어린 나는 그저 꽃이 예쁘기 때문에 피어난다고 믿었다. 그러나 세월이 흐르면서 깨달았다. 꽃은 예쁘기 위해 피는 것이 아니라, 살아있음을 증명하기 위해 피는 것이다. 어머니의 삶이 그랬다.

그녀는 화려하진 않았지만, 자신의 생을 내던져 나를 살려냈다. 그 모습이야말로 가장 위대한 꽃이었다.

초등학교에 들어갔을 때 나는 이미 '가난한 아이'라는 꼬리표를 달고 있었다. 친구들이 몰래 속삭이며 나를 바라볼 때, 나는 땅속에서 고개를 내밀다 밟혀버린 작은 새싹 같았다. 하지만 그 시절에도 작은 위로가 있었다. 선생님이 건네준 짧은 미소, 급식소 아주머니가 내 밥그릇에 몰래 더 올려주던 국물 한 숟갈. 그것들은 작은 햇살이 되어 내 안에 희망을 남겼다. 꽃은 한 번의 햇살로도 살아남는다. 나는 그것을 몸으로 배웠다.

세상은 쉽게 나를 무너뜨렸다. 나를 가난으로 규정했고, 능력 없다고 비웃었으며, 실패할 때마다 조롱했다. 그럴 때마다 나는 꽃잎이 바람에 흩날리듯 쓰러졌다. 그러나 쓰러져도 완전히 꺾이지는 않았다. 다시 일어날 수 있었던 것은 내 안에 남아 있던 뿌리 때문이다. 뿌리는 흙을 움켜쥐며 살아남는다. 그것은 어머니의 손길에서 비롯되었고, 몇몇 인연에서 얻은 따뜻함으로 자랐다.

꽃은 결코 혼자 피어나는 법이 없다. 바람, 햇살, 비, 흙. 수많은 요소가 어울려야 꽃이 된다. 인간도 그러하다. 나는 스스로 강한 줄 알았지만, 사실은 누군가의 손길과 시선, 작은 배려들이 있었기에 살아남을 수 있었다.

나는 때때로 길가의 꽃을 바라본다. 버스정류장 옆, 누구의 눈길도 닿지 않는 콘크리트 틈에서 피어난 민들레. 누구도 돌보지 않았지만, 그 작은 꽃은 세상에 존재를 알리듯 노랗게 빛난다. 그 모습 속에서 나는 내 삶을 본다. 아무도 기대하지 않았던 삶, 그러나 어떻게든 버텨내며 살아남아야 했던 날들. 그럼에도 불구하고 다시 피어나려는 힘. 그것이 바로 인간의 존엄이자 희망이다.

어린 시절의 나는 몰랐다. 꽃은 언젠가 져도, 반드시 다시 피어난다는 것을. 삶도 그렇다는 것을. 그래서 나는 절망이 영원히 이어질 거라 믿었고, 끝없는 추위 속에서 길을 잃은 듯 방황했다. 그러나 시간이 흘러 깨달았다. 꽃이 지는 순간은 끝이 아니라, 다시 피어나기 위한 준비라는 사실을. 나의 삶 역시 그러했다. 수많은 실패와 상처는 다시 피어날 날을 위한 거름이었다.

꽃은 나를 닮았다. 아니, 내가 꽃을 닮았다. 약해 보이지만 꺾이지 않는 힘, 지고도 다시 살아나는 힘. 나는 그 힘으로 여기까지 살아왔다. 그리고 지금도, 여전히 피어나고 있다.

관계라는 꽃밭.

꽃은 홀로 피어도 아름답다. 하지만 꽃 한 송이의 빛남은 짧고 덧없다. 진정한 힘은, 여러 꽃이 모여 꽃밭을 이룰 때 드러난다. 제각기 다른 색과 향을 지닌 꽃들이 어우러져 하나의 풍경을 만들

듯, 인간도 관계 속에서 비로소 존재의 의미를 가진다.

나의 삶을 돌아보면, 그 어떤 꽃밭보다도 선명하게 떠오르는 존재는 어머니였다. 어린 날의 나는 늘 그녀의 그림자 안에서 살았다.

그녀는 늘 앞서 걸으며 바람을 막아주었고, 빚쟁이들의 발소리에 떨던 내 손을 꼭 잡아주었다. 세상이 등을 돌려도, 어머니의 두 손만은 내 곁을 지켰다. 마치 황량한 들판 한가운데서 홀로 피어 있는 꽃처럼, 그녀는 고요히, 그러나 단단히 존재했다. 나는 그 꽃에 기대어 살아남았다.

그러나 인간은 한 사람의 힘만으로는 버틸 수 없다. 나에게는 작은 연대의 순간들이 있었다. 초등학교 시절, 나는 늘 가난을 드러내지 않으려 애썼지만 아이들의 눈은 날카로웠다. 낡은 가방, 해진 교복, 준비물이 비어 있는 필통은 나를 늘 구별 지었다. 놀림과 따돌림은 일상이었지만, 그 안에도 내 곁을 지켜준 친구들이 있었다. 같은 처지의 아이들, 눈빛만 보아도 서로의 상황을 알아볼 수 있던 아이들. 우리는 서로를 감싸며 버텼다. 꽃과 꽃이 모여 작은 꽃밭을 이룬 순간이었다. 세상의 차가운 시선이 아무리 거세도, 그 속에서는 잠시 안도할 수 있었다.

나는 그때 배웠다. 한 송이 꽃이 아무리 강해도, 함께 모인 꽃밭의 위로에는 미치지 못한다는 것을. 인간이 관계 속에서 살아야 하는 이유도 그와 같다. 꽃은 함께 있어야 봄을 만든다.

시간이 흘러, 내 삶에 또 다른 꽃이 피었다. 17살의 겨울이었다. 그녀는 내 또래였지만, 눈빛에는 나이를 뛰어넘는 아픔이 담겨 있었다. 폭력과 가난 속에서 살아가던 그녀의 삶은, 마치 매서운 바람에 흔들리는 꽃 같았다. 그러나 그 안에서 빛나던 생명력은 누구보다 강했다. 우리는 서로의 상처를 숨기지 않았다. 오히려 그 상처 덕분에 가까워졌다.

우리는 가난했지만, 그 시절만큼은 풍요로웠다. 버려진 벤치 위에서 나눈 대화, 도서관 창가에서 함께 바라보던 햇살, 서로의 손을 꼭 잡으며 느낀 체온. 그것들은 우리만의 꽃밭이었다. 짧았지만, 그 계절은 내 인생의 가장 아름다운 풍경으로 남았다.

그러나 꽃은 늘 지기 마련이다. 우리의 사랑도 그랬다. 세상의 장벽은 너무 높고 단단했다. 결국 우리는 서로를 지켜내지 못한 채 이별해야 했다. 이별은 잔인했고, 나는 한동안 숨 쉬는 것조차 힘들었다. 하지만 시간이 지나 알게 되었다. 꽃이 져도 향기는 남는다는 것을. 그녀와 함께한 기억은 내 안에 깊은 뿌리로 남아, 앞으로의 삶을 버틸 수 있는 힘이 되었다.

내 삶의 또 다른 꽃은 친구였다. 군 제대 후, 나는 노가다판에서 다시 삶을 이어갔다. 그곳에서 만난 한 친구는 낯선 나에게 담배 한 개비와 음료수 한 병을 건네주었다. “힘내라.”는 말 한마디와 함께. 그 작은 배려는 메마른 내 삶 속에서 갑자기 피어난 들꽃 같았다. 노동의 고단함 속에서도 우리는 서로에게 의지했다. 그와 함께 웃던 시간들은 황량한 삶 속에서 잠시 피어난 꽃밭이었다.

그러나 그는 끝내 세상의 무게를 견디지 못했다. 그가 세상을 떠났다는 소식을 들었을 때, 나는 무너져 내렸다. 꽃은 이렇게도 쉽게 꺾이고 마는 것인가. 삶은 왜 이토록 허무한가. 하지만 동시에 깨달았다. 꽃은 꺾여도 향기를 남긴다는 것을. 그의 따뜻함은 내 안에 살아남아 있었다. 힘들 때마다 떠오르는 그 따스한 순간들이 나를 다시 일으켜 세웠다.

관계란 결국 그런 것이다. 사랑이든 우정이든, 길 위에서의 짧은 스침이든. 모두가 내 삶의 꽃밭을 이루었다. 꽃은 서로를 닮지 않아도, 다르게 피어도 함께 있을 때 더욱 빛난다. 나를 지켜주었던 모든 이들, 스쳐 지나갔지만 내 마음에 향기를 남긴 이들, 그들은 모두 내 꽃밭의 일부였다.

나는 이제 안다. 인간은 혼자 살아갈 수 없다. 한 송이 꽃은 금세 시들지만, 꽃밭은 계절을 버티고 다시 살아난다. 관계는 나를 살아가게 했고, 나는 그 관계 속에서 비로소 '나'로 존재할 수 있었다. 내가 누군가의 삶 속에 작은 꽃으로 남을 수 있다면, 그것만으로도 충분히 의미 있는 존재다.

꽃과 꽃이 모여야 꽃밭이 되고, 사람과 사람이 모여야 삶이 된다. 나는 그 꽃밭 속에서 울고 웃으며 살아왔다. 때로는 시들고, 때로는 피어나며, 그러나 결코 사라지지 않는 향기 속에서.

꽃이 져도 다시 피어나는 날.

꽃은 반드시 진다. 아무리 화려하고 향기롭던 꽃도, 계절이 바뀌면 시들어 땅으로 떨어진다. 인간의 삶도 마찬가지다. 누구도 지지 않는 꽃은 없고, 누구도 실패와 상실 없이 살아가진 않는다. 나는 수 없이 져야 했고, 매번 바닥으로 떨어져야 했다. 그러나 지금 돌아보면 그 순간들은 끝이 아니었다. 지는 것은 사라짐이 아니라 다시 피어나기 위한 준비였다.

나는 여덟 번 무너졌다. 검정고시 시험장에서 떨어져 나올 때마다 세상이 무너지는 것 같았다. 시험지를 바라보며 머리가 하얘지고, 결과 발표에서 내 이름이 없는 것을 확인 할 때마다 가슴이 비어버렸다. 주변 사람들은 "이번에도 안 됐냐."라는 말을 아무렇지 않게 던졌고, 나는 그 말 한마디에 더 깊이 주저앉았다. 여덟 번의 실패는 내 자신을 부정하게 만들었고, 나는 꽃잎이 떨어져 흙 속에 파묻힌 기분이었다.

그러나 희한하게도, 아홉 번째에는 달랐다. 수없이 꺾이고 부서진 끝에 남은 것은 '포기하지 않겠다.'라는 뿌리 같은 의지였다. 꽃잎은 이미 다 떨어졌지만, 뿌리는 여전히 살아 있었다. 그 뿌리가 나를 다시 일으켜 세웠다. 결국 합격 통지서를 손에 쥐었을 때, 나는 알았다. 져야 다시 피어난다는 것을. 실패는 끝이 아니라 거름이었다는 것을.

노동의 현장에서도 마찬가지였다. 한여름의 땡볕 아래, 무거운 자재를 나르며 온몸이 땀과 먼지에 젖어갈 때마다 나는 왜 살아야 하는지 묻곤 했다. 허리가 끊어질 듯 아파도, 손바닥이 찢어져 피가 나도, 멈출 수 없었다. 살아남기 위해서는 버텨야 했다. 그러나 버티는 것만으로는 충분하지 않았다. 나는 목발을 짚고 친구 집으로 향했던 날을 기억한다. 쓰레기차 사고로 다친 뒤, 몸은 산산조각 난 듯 고통스러웠다. 그러나 친구의 품에 안겨 함께 울던 그날 밤, 나는 알았다. 꽃은 혼자 다시 피어나는 게 아니라는 것을. 누군가의 온기가 뿌리 깊은 곳에 스며들 때, 다시 싹이 트고 꽃이 열린다는 것을.

나는 자주 생각한다. 왜 인간은 이렇게 반복해서 져야 하는가. 왜 상실과 절망은 끊임없이 찾아오는가. 그러나 그 물음에 대한

답은 이미 자연이 보여주었다. 꽃은 지지 않으면 다시 피어날 수 없다. 져야만 다시 뿌리에 힘이 모이고, 새로운 계절을 맞이할 수 있다. 인간도 마찬가지다. 무너지고, 상처 입고, 모든 것을 잃어야 다시 채워질 수 있다.

사람들은 꽃이 지면 슬퍼한다. 아름다움이 사라졌다고, 끝났다고 생각한다. 그러나 나는 이제 안다. 꽃이 지는 순간은 봄의 약속이다. 겨울이 지나야 봄이 오는 것처럼, 절망은 희망의 전주곡이다. 내 삶이 수없이 무너졌음에도 여전히 살아 있는 이유는 바로 그 순환 때문이다.

나는 버려짐 속에서 피었다. 사람들에게 무시당하고, 사회에서 밀려났을 때, 나는 잡초 같은 존재였다. 그러나 잡초는 밟히고 또 밟혀도 다시 일어난다. 길가의 작은 민들레가 보여주듯, 아무도 돌보지 않아도 생명은 자기 길을 찾는다. 내가 살아 있다는 것 자체가 이미 꽃이 지고 다시 피어난 증거였다.

무너짐은 내게 부끄러움이 아니라, 나를 단단하게 만든 과정이었다. 한 번 져본 꽃은 다시 피어날 때 더 깊은 향기를 품는다. 여덟 번 떨어지고 아홉 번째에 합격했을 때, 나는 단순히 공부의 결과를 얻은 것이 아니라, 내 삶 전체가 다시 피어난 것이었다. 쓰러지고 일어서기를 반복하며, 나는 꽃의 순환을 온몸으로 배웠다.

이제 나는 누군가에게 말해주고 싶다.

"꽃이 졌다고 두려워하지 말라. 반드시 다시 피어난다."

인생의 계절은 결코 한 번의 겨울로 끝나지 않는다. 당신의 삶에도 봄은 오고, 여름은 찾아오며, 가을의 풍요로움이 기다리고 있다. 지는 순간은 새로운 시작을 위한 침묵일 뿐이다.

내가 살아온 날들이 그 증거다. 무너지고, 져버리고, 잃어버려도 다시 살아났다. 상처투성이의 몸으로도, 눈물에 젖은 마음으로도, 결국 다시 웃을 날이 찾아왔다. 꽃은 꺾여도 뿌리는 남는다. 그리고 그 뿌리는, 반드시 새싹을 밀어 올린다.

나는 여전히 피어나는 중이다. 지고 다시 피고, 또 다시 지며, 그러나 결코 끝나지 않는 순환 속에서. 그것이 인간의 삶이며, 꽃의 가르침이다.

다시 피어날 당신에게.

나는 살아오며 수없이 물었다.

"왜 나는 이렇게 힘든가. 왜 나만 끝 없이 져야 하는가."

그러나 세월이 흐르며 알게 되었다. 꽃은 누군가의 질문에 답하기 위해 피어나는 것이 아니다. 그저 자기 존재를 드러내기 위해 피어난다. 인간도 그렇다. 우리는 누군가의 기대를 충족하기 위해 사는 것이 아니다. 그저 존재하는 그 자체가 이미 살아가는 이유다.

길가에 핀 꽃을 본다. 누구도 물을 주지 않았는데도, 누구도 바라봐 주지 않았는데도, 그것은 묵묵히 피어나고 있다. 그 모습 속에서 나는 존재의 의미를 깨닫는다. 나는 누군가에게 인정받기 위해, 박수를 받기 위해 살아가는 것이 아니었다. 내가 살아 있는 것 자체가 이미 누군가에겐 위로이고, 또 다른 누군가에겐 희망이었다.

꽃은 짧은 순간을 위해 온 힘을 다한다. 인간의 삶도 길지 않다. 그 짧은 시간을 어떻게 쓰느냐가 중요하다. 지는 순간이 찾아오더라도, 그 순간까지 피어났다는 사실은 사라지지 않는다. 나의 삶이 힘들고 고단했더라도, 그 속에서 피어났던 순간들은 여전히 남아 있다. 어머니와 함께한 겨울의 기억, 친구와 함께 웃던 노가다판의 저녁, 열일곱의 사랑이 남긴 눈빛. 그것들은 모두 내 삶 속에 영원히 지워지지 않는 꽃이었다.

나는 이제 독자들에게 전하고 싶다. 지금 이 글을 읽고 있는 당신, 혹시 삶의 겨울 속에서 길을 잃고 있는가. 혹시 자신이 시들어버렸다고, 더는 피어나지 못할 거라 믿고 있는가. 그렇다면 꽃을 떠올려 주기를 바란다. 꽃은 반드시 진다. 그러나 반드시 다시 피어난다. 그것이 자연의 법칙이고, 생명의 순환이다. 인간도 다르지 않다.

내가 무너졌던 순간들을 떠올린다. 주저앉아 더는 일어날 수 없을 것 같던 날들. 그러나 그 순간에도 내 안의 뿌리는 살아 있었다. 뿌리는 눈에 보이지 않지만, 흙 속 깊이 힘을 모은다. 그 힘이 언젠가 다시 싹을 틔운다. 당신도 그렇다. 지금 눈에 보이지 않을 뿐, 당신 안의 뿌리는 여전히 살아 있다. 절망 속에서도 희망의 씨앗은 죽지 않는다.

사랑 또한 그러하다. 사랑은 꽃처럼 피어났다 지지만, 그 향기는 오랫동안 남는다. 어머니의 손길, 친구의 따뜻한 말, 연인의 눈빛. 그것들은 사라지지 않는다. 내 안에 남아 다시 살아가게 하는 힘이 된다. 당신의 삶에도 그런 향기가 분명 남아 있다. 그것을 잊지 않기를 바란다.

나는 이제 안다. 삶은 꽃처럼 순환한다. 피고, 지고, 다시 피어난다.

그것은 끝없는 반복이 아니라, 더 깊어지는 과정이다. 꽃은 한번 질 때마다 더 단단해지고, 다시 피어날 때 더 깊은 색을 품는다. 인간도 그렇다. 무너지고 다시 일어날 때, 우리는 더 강해지고 더 따뜻해진다.

그러니 두려워하지 말라. 꽃이 진다고 해서 삶이 끝나는 것이 아니다. 오히려 그것은 새로운 계절을 준비하는 신호다. 지금의 겨울이 길고 어둡더라도, 반드시 봄은 온다. 그 봄은 당신을 다시 피어나게 할 것이다.

나는 여전히 살아가며 무너질 것이다. 앞으로도 수많은 상실과 실패가 기다리고 있을 것이다. 그러나 이제는 두렵지 않다. 꽃은 반드시 진다. 그러나 반드시 다시 피어난다. 나도, 그리고 당신도 그러할 것이다.

마지막으로, 나는 이 말을 남기고 싶다.

"당신은 이미 한 송이 꽃처럼 살아왔다. 때로는 지고, 때로는 피어났으며, 지금 이 순간에도 여전히 존재하고 있다. 그것만으로도 충분히 아름답다. 그러니 걱정하지 마라. 꽃은 다시 피어나니, 당신도 반드시 다시 살아날 것이다."

집필을 끝내며

나는 결국 여기까지 살아왔다.

수많은 파도에 휩쓸리며 기나긴 여정이 이어졌다. 부서지고, 다시 일어나며 걸어왔다.

그 길 위에는 늘 어머니의 손길이 있었고, 나를 믿어준 동료들의 눈빛이 있었으며,

내가 지켜내고 싶었던 작은 사랑의 온기가 있었다.

비록 세상은 차갑고 거칠었지만,

나는 그 속에서도 사람 냄새를 잃지 않으려 했다. 어떤 날은 쓰러졌고, 어떤 날은 버텨냈다.

그러나 결국, 나를 다시 일으킨 건 거창한 희망이 아니라 곁에서 건네 온 한마디 말, 따뜻한 손길, 작은 웃음이었다.

이제 나는 안다.

인생은 거대한 성공이나 완벽한 해답이 아니라,

끝끝내 버티며 서로의 삶을 어루만지는 과정이라는 것을.

이 글을 덮는 지금, 나는 다시 한번 다짐한다. 아무리 거센 파도가 몰려와도,

나는 끝내 살아내고야 말 것이다.

그리고 그 끝에서, 나는 누군가의 기억 속에 따뜻한 사람으로 남고 싶다.

인생의 파도

초판 1쇄 발행 2025. 12. 31.

지은이 방지환
펴낸이 김병호
펴낸곳 주식회사 바른북스

편집진행 이지인
디자인 김효나
마케팅 송송이 박수진 박하연

등록 2019년 4월 3일 제2019-000040호
주소 서울시 성동구 연무장5길 9-16, 606호 (성수동 2가, 블루스톤타워)
대표전화 070-7857-9719 | **경영지원** 02-3409-9719 | **팩스** 070-7610-9820

•바른북스는 여러분의 다양한 아이디어와 원고 투고를 설레는 마음으로 기다리고 있습니다.

자비출판 투고 barunbooks21@naver.com
홈페이지 www.barunbooks.com | **유튜브** https://www.youtube.com/@Youtube_brTV
인스타그램 https://www.instagram.com/barunbooks7/ | **X(트위터)** https://x.com/barunbooks7
페이스북 facebook.com/barunbooks7 | **틱톡** https://www.tiktok.com/@barunbooks7

ISBN 979-11-7263-763-7 03800